WINGS OF FIRE

Band 1
DIE PROPHEZEIUNG DER DRACHEN

Band 2
DAS VERLORENE ERBE

Band 3
DAS BEDROHTE KÖNIGREICH

Band 4
DIE INSEL DER NACHTFLÜGLER

Band 5
DIE LETZTE KÖNIGIN

Band 6
MOONS ERWACHEN

Band 7
WINTERS WANDLUNG

Band 8
PERILS FLUCHT

Band 9
DIE KLAUEN DER MACHT

Band 10
DIE DUNKELHEIT DER DRACHEN

Band 11
DER VERLORENE KONTINENT

Band 12
DIE SCHWARMKÖNIGIN

Band 13
DER GIFTDSCHUNGEL

Legenden – Band 1
DARKSTALKER

Legenden – Band 2
DRAGONSLAYER

WINGLETS
DIE ERSTEN VIER GESCHICHTEN

WINGS OF FIRE

Der Giftdschungel

von

TUI T. SUTHERLAND

Aus dem Amerikanischen übersetzt
von Julia Augustin

ISBN: 978-3948638405
1. Auflage 2022

Die Originalausgabe ist 2019 unter dem Titel
Wings of Fire – The Poison Jungle erschienen.

Dieses Werk wurde vermittelt
durch die Literarische Agentur Thomas Schlück GmbH, 30161 Hannover.

ADRIAN VERLAG
Adrian & Wimmelbuchverlag GmbH
Friedrichstraße 126
10117 Berlin

Buchgestaltung: Phil Falco
Übersetzung: Julia Augustin
Korrektorat deutsche Ausgabe: Lara Krüger
Satz deutsche Ausgabe: Catherine Strefford

Printed 2022 in the EU

www.adrian-verlag.de

Für Hazel

Tsetsebau
Käfersee
Geißel-
skorpionbau
Hornissenbau
Zikadenbau
Gottesanbeter-
innenbau
PANTALA

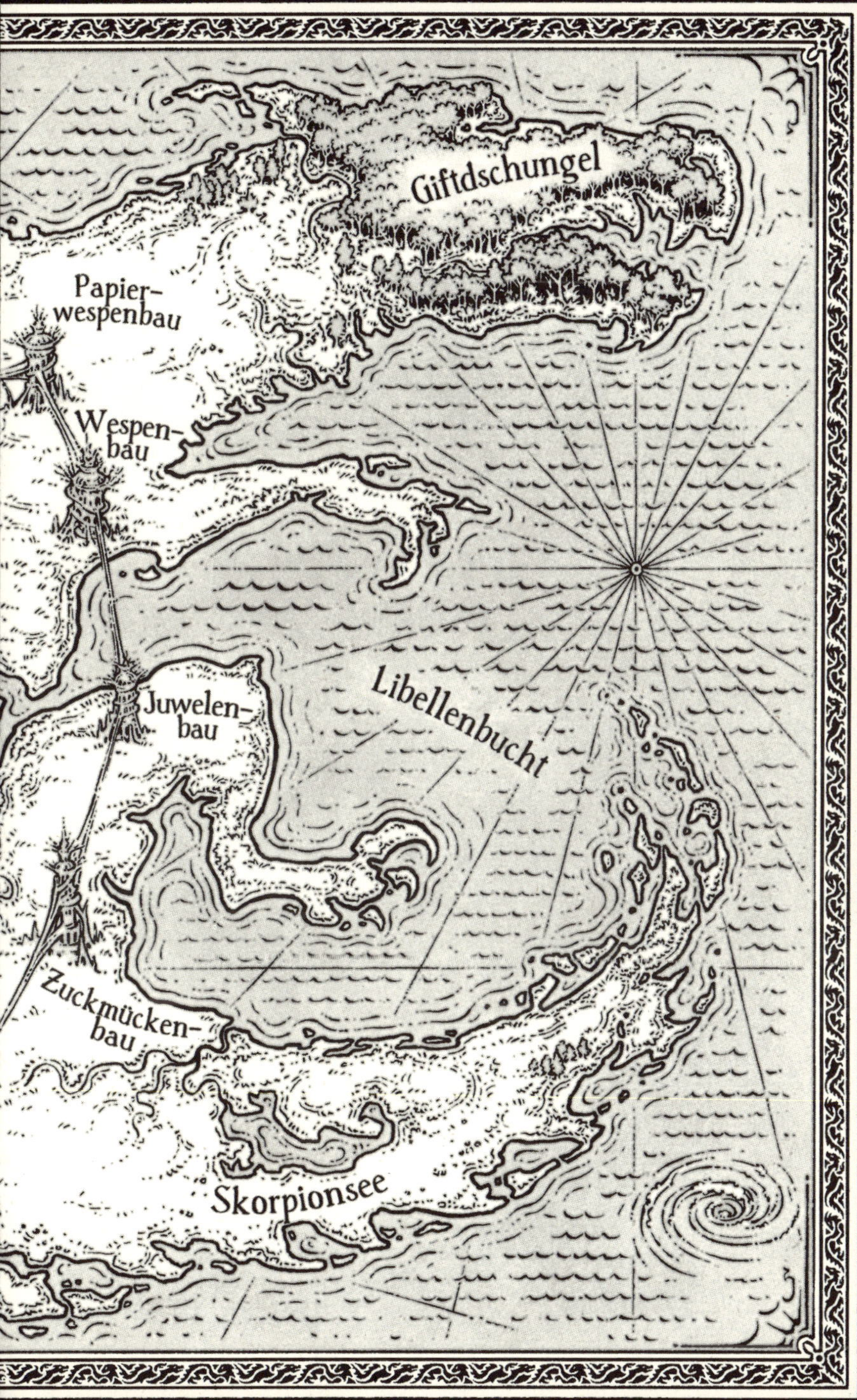
Giftdschungel
Papier-
wespenbau
Wespen-
bau
Juwelen-
bau
Libellenbucht
Zuckmücken-
bau
Skorpionsee

HANDBUCH

DER DRACHEN

VON PANTALA

Schwarmflügler

Aussehen: rote, gelbe und/oder orange Schuppen, unter denen immer einige schwarze sind, vier Flügel

Fähigkeiten: von Drache zu Drache unterschiedlich; manche haben tödliche, ausfahrbare Stacheln in ihren Gelenken, mit denen sie Feinde erstechen können, tödliches Gift in Zähnen oder Klauen, lähmendes Gift, um ihre Beute bewegungsunfähig zu machen, und ätzende Säure, die sie aus einem Stachel auf ihrem Schwanz versprühen

Königin: Königin Wasp

Seidenflügler

Aussehen: Seidenflügler-Drachlinge schlüpfen ohne Flügel und durchlaufen mit sechs Jahren eine Metamorphose, bei der sie vier riesige Flügel bilden und ihre Seidenspinnfähigkeit entwickeln; so wunderschön und anmutig wie Schmetterlinge; Schuppen in allen erdenklichen Farben (außer schwarz)

Fähigkeiten: können mit den Drüsen in ihren Gelenken Seide spinnen und Netze oder andere Objekte weben; erspüren mit ihren Fühlern Vibrationen und können so Gefahren einschätzen

Königin: Königin Wasp (die letzte Seidenflügler-Königin vor den Baumkriegen war Königin Monarch)

Blattflügler

Aussehen: während der Baumkriege von den Schwarmflüglern ausgerottet; zu Lebzeiten grüne und braune Schuppen und blattförmige Flügel

Fähigkeiten: konnten Energie aus Sonnenlicht bilden und waren meisterhafte Gärtner; einige sollen eine außergewöhnliche Kontrolle über Pflanzen gehabt haben

Königin: Die letzte bekannte Königin der Blattflügler war Königin Sequoia zur Zeit der Baumkriege, vor ungefähr fünfzig Jahren

Tsetsebau
Käfersee
Geißel-
skorpionbau
Hornissenbau
Zikadenbau
Gottesanbeter-
innenbau

Die Prophezeiung des verschollenen Kontinents

Eure Augen, Flügel, Feuer wendet
zum Land jenseits des Meeres!
Wo Drachenleben durch Gift endet,
ist keinem Freiheit mehr beschert.

Ein Geheimnis in ihren Eiern,
ein Geheimnis in ihrem Buch,
ein Geheimnis, das tief versteckt ruht,
wird die retten mit wahrem Mut.

Eure Herzen, Geist und Flügel öffnet
den Drachen auf der Flucht vor dem Schwarm!
Stellt euch dem Bösen mit vereinten Klauen,
oder kein Stamm überlebt das Grauen.

Prolog

Die Schwarmflüglerstadt ragte so unfassbar hoch und imposant aus der Savanne empor, als wäre sie unzerstörbar. Schon allein ihre selbstgefällige Erscheinung war Grund genug, sie niederzubrennen; jedenfalls aus Bryonys Sicht. Außerdem wimmelte es dort nur so vor ihren Feinden – ein weiterer Bonus.

Noch dazu war sie aus Bäumen errichtet, die ihrem Stamm, den Blattflüglern, schon lange vor ihrem Schlüpftag gestohlen worden waren. Sie hatte diese Bäume nie selbst gesehen, aber genau das *hätte* sie tun *sollen*. Diese Bäume hätten Hunderte Jahre dort stehen, sich im Wind wiegen, mit ihren Keimlingen flüstern und sich langsam zum Licht emporstrecken müssen. Stattdessen waren sie niedergemäht, zu Holzspänen zerhackt und in diese Pampe gemischt worden, die die Schwarmflügler »Baumzeug« nannten. Alle Bauten waren daraus errichtet worden.

Und deshalb müssen auch alle Bauten brennen.

Irgendwann. Dieser hier war eine Art Test. Der Zuckmückenbau – allein der Name jagte ihr einen Schauer über den Rücken. Sie war froh, dass ihre Anführer einen Bau mit einem so widerwärtigen Namen ausgewählt hatten. Hätte es sich um das Abfackeln des hübscheren Juwelenbaus gehandelt, an dem sie vor ein paar Tagen vorbeigeflogen waren, wäre sie vielleicht etwas weniger enthusiastisch.

Vielleicht aber auch nicht. Bei der Vorstellung der Drachen

darin, kam ihr sogar der funkelnde Glitzerbasar augenblicklich viel verabscheuungswürdiger vor.

Aber das spielte keine Rolle; jetzt waren sie hier, hinter einem Gewächshaus ganz in der Nähe des Zuckmückenbaus und kurz davor, ihre große Mission auszuführen.

»Schon irgendwie lustig, dass alle Bauten Gewächshäuser haben«, wandte sie sich an Hemlock und Pokeweed. »Erst metzeln die Schwarmflügler die Bäume nieder und halten sich für *sooo* clever, und dann, wenn sie damit fertig sind, kriegen sie plötzlich mit, ups, Pflanzen sind doch irgendwie nützlich; vielleicht sollten wir kleine Häuser bauen und ein paar darin züchten.«

Sie ließ einen ihrer blattförmigen Flügel über die Glasscheiben gleiten. »War bestimmt nicht schwer, nachdem sie auch noch den Seidenflüglern ihr Feuer gestohlen haben«, fügte sie hinzu.

Hemlock und Pokeweed saßen wie immer völlig steif und gelangweilt da und ignorierten sie. Beide starrten grimmig in die Ferne, als wären sie zu beschäftigt damit, sich irgendwelche Heldentaten auszumalen, anstatt sich zu einem Gespräch mit ihr herabzulassen. Sie verdrehte die Augen, hockte sich neben sie und spähte in das Schraubglas, das Belladonna ihnen dagelassen hatte.

Bryony hatte schon einmal Feuer gesehen; damals, als ein Blitz in einen Baum einschlug und ihn zu einem Haufen verkohlter Asche verbrannte. Doch in dieser Form, als langen, friedlich eingerollten Faden in einem Gefäß, der wie ein eingefangenes Teilchen der Sonne vor sich hin glühte, hatte sie es noch nie zu Gesicht bekommen. Er war so *klein*.

Vor allem im Vergleich zu dem riesigen Schwarmbau vor ihnen.

»Wie soll das funktionieren?«, flüsterte sie. Wie soll das bisschen Feuer eine ganze Schwarmstadt niederbrennen?

»Wir gehen strikt nach Plan vor«, erklärte Hemlock. Er deutete auf die Beutel mit Diptam und anderen brennbaren Pflanzen, die sie aus dem Dschungel mitgebracht hatten.

»Das wäre alles viel einfacher, wenn Sundew bei uns wäre«, brummte Pokeweed langsam mit seiner tiefen Stimme. »Ich verstehe nicht, warum sie nicht hier ist.«

»Sie ist beschäftigt«, erwiderte Hemlock barsch.

»Womit?«, fragte Bryony, obwohl sie nur zu gut wusste, auch weiterhin würde er ihr nichts von den mysteriösen Missionen seiner Tochter erzählen.

»Ich dachte, sie sollte uns helfen«, murrte Pokeweed erneut. »Ich *dachte*, ein Teil des Plans wäre es, Feuerefeu die Wände hinaufwachsen zu lassen.«

»Ist es auch«, antwortete Hemlock, hob die Klauen und dehnte sie ausgiebig.

Pokeweed warf ihm einen zweifelnden Blick zu. »Vielleicht sollten wir auf sie warten«, meinte er. »Vielleicht kommt sie bald.«

»Pokeweed«, erwiderte Hemlock, in dessen Stimme nun ein ungehaltener Unterton mitschwang. »Nerv' mich nicht.«

»Hmm«, grummelte Pokeweed. »Wie nett.«

»Der Plan ist gut.« Hemlock hob das Gefäß hoch und umfasste es mit beiden Klauen. Das Glühen erleuchtete sein Gesicht von unten und ließ seine Augen in dunklen Schatten verschwinden. »Wir haben alles, was wir brauchen.«

»Ich nerve nicht«, murmelte Pokeweed. »Ich will lediglich wohlüberlegt vorgehen.«

Da trat ein anderer Drache hinter einer Ecke des Gewächshauses hervor. Bryony erstarrte kurz und all ihre Muskeln spannten sich kampfbereit an.

Aber das war kein Schwarmflügler. Auf den Flügeln dieses Drachen leuchteten goldrutenfarbene Tupfen, während der Rest seiner Schuppen verschiedene, einander überlappende helle und dunkle Grautöne hatte, fast wie bei einem Chinchilla. Oder einem aneinander gekuschelten Haufen von Chinchillas.

Sie kannte diesen Seidenflügler erst seit einem Tag, und trotzdem dachte sie jedes Mal bei seinem Anblick an kleine, niedliche, kuschlige Dinge.

»Grayling!«, flüsterte sie.

»Hallo Bryony«, flüsterte er zurück und lächelte.

»Alles erledigt?«, unterbrach ihn Hemlock.

»Wir haben getan, was wir konnten«, antwortete Grayling. »Alle Seidenflügler, die im Bau schlafen, wurden angewiesen, sich mit ihren Drachlingen in der Nähe der Ausgänge aufzuhalten, damit sie zuerst evakuiert werden können. Wir haben einige Chrysalis-Mitglieder zur Rettung unserer Eier und der Drachlinge eingeteilt, die gerade ihre Metamorphose durchlaufen. Und wir haben Nachrichten über die Netze geschickt, die diesen Bau mit dem Juwelen- und dem Gottesanbeterinnenbau verbinden.« Er stockte kurz. »Wenn wir nur einen Tag mehr Zeit hätten –«

»Haben wir nicht«, antwortete Hemlock, zwar nicht unfreundlich, aber mit absoluter Entschiedenheit.

Graylings Blick wanderte zu der langen Seidenbrücke über ihnen hinauf, die sich bis zum Gottesanbeterinnenbau erstreckte. Sie schimmerte leicht, als hätte sich Sternenlicht in den silbrigen Seidenfasern verfangen.

»Glaubt ihr wirklich, dass die ganze Stadt brennen wird?«, fragte er. »Und die Netze mit ihr?«

»Wir zünden die Netze nicht absichtlich an«, erwiderte Bryony. »Aber wenn die Bauten so in Flammen aufgehen, wie wir hoffen …« Sie musste ihren Satz nicht beenden. Es war ziemlich eindeutig, was mit den Netzen passieren würde, die um die Spitzen der Bauten herumgewebt waren.

Als Sundew ihnen das erste Mal von einer Untergrundorganisation der Seidenflügler namens Chrysalis erzählt hatte, dachte Bryony zunächst, dass Sundews Kopf wohl einen ziemlich bösen Schlag abbekommen haben musste. Sie war mit Sundew aufgewachsen, die nur ein Jahr jünger war als sie. Sie waren beide mit der absoluten Überzeugung groß geworden, Seidenflügler wären schwach und ängstlich und wehrten sich niemals gegen irgendwen.

Und als Sundew dann sagte, sie müssten die Chrysalis *warnen*, bevor sie den Zuckmückenbau niederbrannten … also, das war ja nun wirklich kompletter Schwachsinn. Würde einer von ihnen sie nicht sofort bei den Schwarmflüglern verpfeifen? Würde das nicht den gesamten Plan ruinieren?

Doch dann stießen sie auf Grayling und ein paar andere Mitglieder der Zuckmückenbau-Chrysalis. Jetzt war es für Bryony unvorstellbar, was passiert wäre, hätten sie den Bau abgefackelt, ohne vorher alle Seidenflügler in Sicherheit zu bringen. Sie hätte Grayling nie kennengelernt. Er wäre wahrscheinlich gestorben, und sie hätte nicht einmal gewusst, wen sie da verloren hatte.

»Gut«, begann Grayling und schüttelte sich. »Wie können die Chrysalis dann helfen?«

»Das würdet ihr tun?«, fragte Bryony überrascht.

In Hemlocks Augen blitze ein Funke auf. »Ihr könntet den

Bau zusätzlich von innen anzünden«, schlug er vor. »Das wäre ziemlich hilfreich.«

Grayling schaute zum Bau hinauf. Nein, nicht zum Bau, fiel Bryony auf. Er sah zu den Netzen hoch, wo er mit seiner Familie lebte, dem Zuhause, dass sie sich selbst gesponnen hatten. Das einzige Zuhause, das sie kannten. Nach dieser Mission, falls sie von Erfolg gekrönt wäre, würden sie in der Savanne landen – ohne zu wissen, wohin sie gehen sollten.

»Ihr müsst gar nichts machen«, warf sie ein und kassierte dafür einen finsteren Blick von Hemlock. »Das wäre wahnsinnig gefährlich.«

Mit schief gelegtem Kopf sah er sie an. »Schon seit fast meinem Schlüpftag will ich gegen die Schwarmflügler kämpfen«, sagte er leise. »Sie haben meinen Vater sterben lassen und meinen Bruder weggeschickt, zum Tsetsebau. Lady Bloodworm ist eine der grausamsten von Wasps Schwestern; darum haben die Chrysalis hier auch so viele Mitglieder. Ich will endlich irgendetwas *tun*. Ich glaube, das wollen wir alle.«

»Ausgezeichnet«, erwiderte Hemlock. »Dann lasst uns die genauen Orte auswählen und unser Timing besprechen.«

»Wir alle müssen möglichst schnell und zeitlich perfekt abgestimmt handeln«, bemerkte Bryony. »Sobald Königin Wasp mitbekommt, was vor sich geht, wird sie in den Köpfen all dieser Drachen sein. Dann muss es aber schon zu spät für sie sein, um noch irgendetwas zu verhindern.«

»Ich zeige dir die Pflanzen, die wir zum Anbrennen dabei haben«, murmelte Pokeweed wehmütig.

»Das kann ich machen«, rief Bryony schnell. »Du und Hemlock könnt euch inzwischen den Innenplan des Baus ansehen, den wir von den Chrysalis bekommen haben.« Sie streifte Graylings Flügel mit ihrem und winkte ihn zu den Pflanzenvorräten hinüber.

Während sie jede einzelne Pflanze beschrieb – wie schnell sie Feuer fing, wie lange sie brannte, welche davon brennendes Öl verspritzte –, fiel ihr Graylings merkwürdiger Blick auf sie auf.

»Was?«, fragte sie und legte ein Bündel abgestorbener Palmwedel zurück auf den Boden, die sie mit den anderen am Morgen am Ufer der Libellenbucht gesammelt hatte.

»Es ist nur …« Er zögerte. »Ich bin nur erstaunt, wie sehr sich euer Stamm engagiert – mit all diesen Pflanzen und all der Arbeit –, nur um uns zu retten.«

Bryony gab sich alle Mühe, nicht zu zeigen, wie perplex sie war. »Um euch zu retten?«, wiederholte sie.

»Die Seidenflügler«, erklärte er. »Ihr hättet uns auch in Königin Wasps Klauen verrotten lassen können, nachdem wir euch bei den Baumkriegen im Stich gelassen haben. Aber das habt ihr nicht. Ihr seid zurückgekommen, um uns zu befreien.«

Oh, dieses Schuldgefühl! Bryony spürte, wie es all ihre Organe auf einmal durchbohrte. Wie sollte sie ihm nur sagen, dass sie, bevor sie ihn traf, nicht ein einziges Mal über die Bitte der Seidenflügler nachgedacht hatte? Dass es bei ihrer Mission um Rache und nicht um ihre Rettung ging?

»Es ist n-nicht – «, stammelte sie. »Also, wir – wir tun es für uns selbst. Wirklich. Halte uns bitte nicht für Helden oder Retter oder so was.«

Er schnalzte mit dem Schwanz und fegte dabei fast einen aufgetürmten Haufen aus getrocknetem Gras um. »Dann vielleicht für Freunde?«, fragte er.

»Finde ich gut«, erwiderte sie. »Tut mir leid, dass wir dein Zuhause abbrennen.«

»Es ist sowieso eher ein Käfig«, meinte er. »Wohin geht ihr, wenn ihr es abgebrannt habt?«

»Wir haben ein paar unterirdische Höhlen gefunden, in denen wir uns einige Tage lang verstecken können«, antwortete sie. »Belladonna meinte, wir sollten erst einmal untertauchen, damit wir Wasp nicht zu allen anderen führen.«

»Oh«, brummte er und fuhr mit seinen Klauen über die Palmwedel. »Gibt's da vielleicht noch Platz für einen netten kleinen Seidenflügler?« Sie lächelte ihn an und er erwiderte ihr Lächeln mit einem leicht zerknirschten Schnauzenausdruck. »Oder … ein paar Hundert von ihnen?«

»Ich rede mit Hemlock darüber«, versprach sie. Sie sah, wie der ältere Blattflügler sie mit dem Kopf zu sich herannickte. In den Klauen hielt er den schnell gezeichneten Innenplan des Baus.

»Danke«, flüsterte Grayling.

Sie schlang ihren Schwanz um seinen. »Dann lass uns jetzt ein Feuer anzünden.«

TEIL EINS

WURZELN UND TRIEBE

Kapitel 1

Sundew stellte sich manchmal vor, dass sie ohne Zwischenstopp um die ganze Welt fliegen könnte, nur mit ihrer Wut als Antrieb.

Wenn sie müde wurde, dachte sie an die Dinge, die sie wütend machten.

Schwarmflügler.

Schwarmflügler.

Schwarmflügler.

Königin Wasp.

Der Mord an den Bäumen.

Der Versuch, meinen ganzen Stamm auszurotten.

Schwarmflügler.

Mutter und Vater …

Nein, die durften nicht auf die Liste.

Schwarmflügler. Sundew stellte sich vor, wie sie die Krallen tief in ihre Hälse schlug, ihnen das arrogante Grinsen aus dem Gesicht fetzte, sie mit Würgeranken erdrosselte, ihnen Feuerameisen direkt auf die Augäpfel warf …

Ein schwarz-gelbes Aufblitzen riss sie aus ihren Gedanken. Sie fuhr mit dem Kopf herum und fauchte.

»Sorry!« Cricket ließ sich in eine Luftströmung unter Sundew fallen und rief ihr von unten aus zu: »Ich wollte dich nicht erschrecken!«

»Hast du nicht«, raunzte Sundew. Es war etwas schwierig,

sich von ihrer unbändigen Wut auf Schwarmflügler antreiben zu lassen, wenn direkt neben ihr zwei Schwarmflügler flogen, die *extrem* laut waren und sie ablenkten. Noch dazu, wenn einer dieser Schwarmflügler fast schon so etwas, also vielleicht, wie ein freundmäßiger Drache, und der andere gerade einmal so groß wie eine etwas überdimensionale Mango war und dazu noch total in Sundew vernarrt.

»SNUDUU!«, schrie das kleine Drachenmädchen, das fest an Crickets Brust gebunden war. Bumblebee streckte ihre winzigen Klauen nach Sundew aus. »MRBL SNUDUU!«

»Versucht diese Miniechse, meinen Namen auszusprechen?«, fragte Sundew alarmiert. »Wie ist denn DAS passiert?«

»Sie ist sehr klug«, erwiderte Cricket stolz.

»Wohl kaum, wenn sie *meine* Aufmerksamkeit will«, konterte Sundew. Sie drehte ihren Kopf wieder gen Norden und schlug noch energischer mit den Flügeln.

Am Horizont vor ihnen zeichnete sich eine dunkle Linie ab. Sie waren fast da.

Der Giftdschungel. Ihr Zuhause. Oder ihr Niemals-Zuhause, wie einige Blattflügler ihn auch nannten. Doch für Sundew war er das einzige Zuhause, das sie je gekannt hatte. Das wirkliche Zuhause ihres Stammes, der Rest des Kontinents, der von unendlichen, uralten Wäldern durchzogen war, existierte nur noch in den Geschichten aus grauer Vorzeit, und vielleicht in einigen Zukunftsträumen.

Sundew atmete tief durch und flog weiter.

Jeder Flügelschlag brachte sie ihrem Ziel näher.

Näher zu der dornenspitzen, reißzahnscharfen, trügerischen Sicherheit des Giftdschungels.

Näher zu dem Drachen, an den sie nicht denken durfte.

Sie fühlte, wie das Täschchen, das sie über ihr Herz geschlungen hatte, hochsprang – einmal, zweimal, immer wieder und wieder im Rhythmus ihrer Flügel. Es war das einzige unter den vielen Täschchen, die sie umhängen hatte, in dem keine giftigen Insekten oder nützlichen Pflanzen waren.

Alles, was es enthielt, war ein kleiner Jadefrosch.

Der natürlich nicht dazu beitrug, nicht an diesen Drachen zu denken. Stattdessen bewirkte er das genaue Gegenteil.

Doch Sundew hatte ihn trotzdem überall dabei. Solange ihre Eltern, Belladonna und Hemlock, nicht wussten, was er bedeutete, konnten sie nichts dagegen tun.

»Ähm – Sundew?«, fragte Blue nervös an ihrer linken Seite. Sie drehte ihm den Kopf zu. Es war merkwürdig, einen echten Seidenflügler zu kennen – nach all den Jahren, in denen sie darüber gespottet hatte, wie hübsch und nutzlos sie alle waren. Noch merkwürdiger war, dieser hier hatte sich als kein bisschen nutzlos herausgestellt. *Flammenseidenflügler.* Ich *hätte ein Flammenseidenflügler sein sollen. Wenn ich die Kraft des Feuers hätte …*

Na ja, die habe ich ja quasi, jetzt, da Blue auf unserer Seite ist.

Dieser Gedanke fühlte sich unangenehm an, aber sie wusste nicht genau, warum. Ein kleiner Star flog an ihr vorbei. Sie bleckte die Zähne und die arme Kreatur fiel vor Angst fast vom Himmel.

Blues Flügel schimmerten in den Strahlen der untergehenden Sonne azurblau. »Ähm. Ist der Giftdschungel … nicht total gefährlich?«

»Oder ist das eine Lüge?«, erkundigte sich Swordtail von der anderen Seite aus. »Also, vielleicht haben die Blattflügler ja übertriebene Gerüchte in die Welt gesetzt, wie gefährlich es da ist, damit niemand hinfliegt? Das wäre ziemlich schlau. Genauso wird es sein, wette ich.«

Sundew lachte. »Wie hätten *wir* denn Gerüchte in die Welt setzen sollen?«, erwiderte sie. »Wir haben seit dem Ende der Baumkriege vor fünfzig Jahren weder Kontakt mit Schwarm- noch mit Seidenflüglern gehabt. Wir sind offiziell ausgestorben. Das war doch auch eure Absicht, schon vergessen?«

»Nicht *unsere* Absicht«, widersprach Blue ihr gequält.

»Nein, alles, was ihr über den Dschungel gehört habt, ist wahr«, bekräftigte Sundew Richtung Swordtail. »Königin Wasp hat ein paar Expeditionen zum Giftdschungel geschickt, um nach Ressourcen zu suchen und sicherzustellen, dass sich dort keine Drachen vor ihr verstecken. Fast alle von ihnen sind gestorben, und der Rest hat euch die Geschichten mitgebracht.«

Sie runzelte die Stirn. »Eine dieser Expeditionen sollte sogar den Dschungel niederbrennen, da Wasp nirgendwo mehr Bäume haben wollte. *Keiner dieser* Drachen hat überlebt.« Sie schnalzte mit dem Schwanz. »Wir haben dem Dschungel ein bisschen dabei geholfen, auch wirklich alle zu erwischen. Niemand, der es auf die Bäume abgesehen hat, darf mit dem Leben davonkommen.«

»Aber wie habt ihr überlebt?«, fragte Blue. »Wie kann ein ganzer Stamm an einem Ort leben, der so gefährlich für Drachen ist?«

»Wir hatten keine Wahl«, antwortete Sundew. »Es ist einfacher, wenn du schon mit dem Wissen aufwächst, wovon du dich besser fernhältst, wie du Schlangenbisse kurierst und wo der Treibsand ist. Heutzutage verlieren wir pro Jahr nur noch wenige Drachen an fleischfressende Pflanzen.«

»Was?«, japste Swordtail in einer gleich um eine Oktave höheren Stimme. »FLEISCHFRESSENDE WAS?«

»Yep, *du* wirst *sehr wahrscheinlich* gefressen«, meinte Sundew mit einem Schulterzucken. »Sie holen sich immer die lauten, hektisch flatternden. Und dieser Schwarmflüglerdrachling wird garantiert Kobralilienfutter.«

»KOOOLIEEE!«, rief Bumblebee hinter ihnen.

»Dieses Gespräch macht keinen Spaß«, stellte Swordtail fest.

»Müssen wir an den einen Ort fliegen, der unseren sicheren Tod bedeutet?«, fragte Blue.

»Ja, weil er mein Zuhause ist«, entgegnete Sundew. »Und auch der einzige Ort, an dem ihr vor Königin Wasp sicher seid, nachdem ihr ihr Gewächshaus mit den Gedankenkontrollpflanzen abgefackelt habt.« *Und auch, weil dort ein Drache ist, an den ich gerade überhaupt nicht denke, und auch sonst die ganze Zeit lang nicht das kleinste bisschen.*

»Auf der anderen Seite des Ozeans wären wir doch sicher, oder nicht?«, schlug Cricket vor und flog wieder in Sundews Sichtbereich. »In den Fernen Königreichen?«

Sundew lachte. »Wenn ihr alle gern aufs Meer hinausfliegen wollt, um nach einem erfundenen Kontinent zu suchen, dann nur zu.« Dabei dachte sie insgeheim: *Außer dir, Blue. Du gehörst jetzt den Blattflüglern.*

Als sie sich dem Rand des Giftdschungels näherten, verstummte die Gruppe. Der dunkle, schnell dahinströmende, brodelnde Fluss bildete die Grenze, die der sich ausbreitende Dschungel an mehreren Stellen immer wieder trotzig überschritt. Kannenpflanzen und Kobralilien wucherten an beiden Flussufern in die Höhe, und jedes Mal, wenn Sundew hier entlang flog, entdeckte sie neue Pflanzen, die ihre Ranken ins Wasser streckten, und auch mehr verwachsene kleine Dornenbäume, die sich bis zur anderen Seite vorgekämpft hatten.

Wenn wir ihn ungezügelt wuchern lassen, könnte der Giftdschungel den ganzen Kontinent für uns verschlingen, mit allen Schwarmflüglern darauf.

Wenn ich ihn wuchern lasse. Ich könnte dem Dschungel einfach freie Bahn lassen und dabei zusehen, wie er unsere Feinde erwürgt.

Aber das werde ich nicht tun. Ich will kein Pantala, das von giftigen, drachenfressenden Pflanzen überzogen ist. Ich will das Pantala aus den alten Geschichten – die riesigen Wälder, die sich von Küste zu Küste erstreckten.

Sie ballte ihre Klauen zu Fäusten.

Aber falls ich das nicht haben kann, ist das Verfüttern aller Schwarmflügler an überdimensionale Wasserschlauchpflanzen ein solider Plan B.

Sundew hatte schon den Fluss überquert, als sie bemerkte, dass die anderen flügelschlagend in der Luft stehen geblieben waren, um die Bäume anzustarren. Sie drehte um und flog zu ihnen zurück.

»Sie sind so groß«, stellte Cricket voller Ehrfurcht fest. Ihre goldorangefarbenen Flügel surrten wie eine Libellenwolke. Die späte Nachmittagssonne verfing sich in ihrer Brille und reflektierte das sich kräuselnde Wasser unter ihnen. »Ich wusste nicht, dass Bäume so riesig werden können. Ein paar von ihnen sind ja so groß wie die Bauten! Wie alt sind sie? Weißt du das? Würden sie alle so groß werden, wenn sie nur lange genug lebten? Sind sie *alle* gefährlich? Oh, bitte sag mir, dass ihr Bücher über all diese Pflanzen habt!«

»Also *ich* würde gern wissen, wie du überhaupt da reinfliegen kannst, wenn alles so dicht beieinander steht«, brummte Swordtail und beäugte das Gewirr aus Lianen, umgefallenen Bäumen, riesigen Spinnennetzen und Pflanzendickichten, das sich zwischen den Bäumen gebildet hatte und eine undurchdringliche, verschlungene Barriere zu sein schien.

»Es fühlt sich an wie ein Geschöpf mit einer Million Augen«, fügte Blue leise hinzu. »Ich kann es fast atmen hören … als ob es auf uns warten würde.«

Die anderen starrten ihn an, und sogar Sundew, die die unheimliche Ausstrahlung des Giftdschungels gewöhnt war, spürte einen eiskalten Hauch durch ihre Adern fließen.

»Arglerarrgh flort«, verkündete Bumblebee, stieß mit einer ihrer Klauen gegen Crickets Kinn und brach damit den Bann. »Eeeeje? Snuduu?« Sie streckte ihre Arme erwartungsvoll nach Sundew aus.

»Ich glaube ›eeeje‹ heißt ›essen jetzt‹«, übersetzte Cricket seufzend. »Danach schreit sie schon einen halben Kontinent lang.«

»EeeeeeeJE!« Bumblebee gestikulierte wild herum und versuchte, sich aus ihrer Schlinge zu winden. »EEEEEEEEEEje!«

»Du musst warten, bis wir im Dorf sind«, erklärte ihr Sundew streng. »Und schau mich nicht so an. Kein Gejammer, sonst kannst du noch bis morgen früh warten.«

Bumblebee ließ sich langsam nach hinten plumpsen und ihren Kopf und ihre Flügel theatralisch zum Fluss herunterhängen. »Eeeeeeeeeee*nie*«, klagte sie traurig und so deutlich sie konnte.

»Oooch«, seufzte Cricket, schob den Drachling wieder in die Schlinge zurück und tätschelte sein Köpfchen. »Sie lernt so schnell.« Bumblebee kuschelte sich an ihre Brust und antwortete ihr mit einem lauten, dramatischen Seufzer.

Sundew drehte sich zu Swordtail um. »Wir lassen die Randgebiete des Dschungels so wild und undurchdringlich wie möglich«, zischte sie. »Aus naheliegenden Gründen.«

»Nahelie—oh, sie meint euch«, meinte er und drehte sich zu Cricket um. »Die naheliegenden Gründe sind euer mordlustiger Stamm und eure boshafte Königin.«

»Swordtail, komm schon«, erwiderte Blue und flog näher an Cricket heran.

»Euer Stamm ist hier auch nicht gerade willkommen, Seidenflügler«, bemerkte Sundew. Sie ahnte, dass sie mit ihrer Ankunft im Blattflüglerdorf für ziemlichen Aufruhr sorgen würde. Dabei war das alles Belladonnas Schuld. Sie war weggeflogen und hatte einen Schwarmbau angezündet, anstatt wie versprochen auf Sundew zu warten. Wenn sie nicht wollte, dass Sundew Fremde in den Dschungel mitbrachte, hätte sie bis zu ihrer Ankunft am vereinbarten Treffpunkt bleiben sollen.

Sundew blickte auf die dicht aneinander stehenden, hoch in den Himmel wachsenden Baumstämme vor ihnen. »Weiter im Landesinneren wird das Fliegen leichter«, erklärte sie. »Aber jetzt müssen wir erst einmal klettern. Folgt mir, bleibt dich hinter mir – und *fasst nichts an*, was ich nicht vorher angefasst habe.«

Sie wölbte ihre Flügel und ließ sich von einer Luftströmung mitnehmen, die leicht nach Salz und weit entfernten Walen roch. Sie wurde höher und höher getragen, immer weiter hinauf zu den wogenden Baumwipfeln.

Hier oben glichen die Äste und Zweige den langen Armen Tausender Klammeraffen. Sie schienen um sich zu greifen und einander zu fangen, beugten sich nach hinten und schlangen sich kreisförmig zurück. Auf manchen wuchs weiches, hellgrünes Moos, auf anderen waren Kratzspuren von Drachen, Jaguaren und Tamarinaffen zu erkennen.

Der Ort, an dem die Mimosen gediehen, war sehr gut getarnt: Um diese Wand aus Laub waren Pflanzen mit ähnlich geformten Blättern gepflanzt worden. Dennoch fiel es Sundew nie schwer, ihn zu finden; sie könnte auch mit geschlossenen Augen herfliegen. Sie spürte die Vibrationen der Mimosenblätter, hörte sie in ihrem Kopf wie eine ganz leise Musik. Sie hörte sie höher und stärker vibrieren als all die anderen Pflanzen.

Sundew wurde langsamer und ließ ihren Schwanz leicht über die Mitte des Mimosenmeers gleiten. Sofort begannen die langen, ovalen, farngleichen Blätter sich paarweise an ihren Stielen zu schließen wie zusammenklappende Schmetterlingsflügel. Als sie sich geschlossen hatten, wurde im Astgewirr hinter ihnen ein Loch sichtbar, gerade so groß, dass ein Drache hindurchpasste.

»Wow«, flüsterte Blue. »Ich habe noch nie eine Pflanze gesehen, die so etwas macht.«

»Oh, ich glaube … man nennt sie ›Rühr-mich-nicht-an‹, oder?«, fragte Cricket Sundew.

»Das ist einer der Namen, unter denen sie bekannt ist«, antwortete Sundew.

»Uuuuuuh«, raunte Swordtail. »Das klingt megagefährlich! Rühr mich nicht an – oder du STIRBST!«

Sundew kicherte und Cricket hielt sich schnell eine Klaue vor die Schnauze, um ihr Lächeln zu verbergen. »Eigentlich«, klärte Sundew Swordtail auf, »ist das hier wahrscheinlich die einzige Pflanze, die dich *nicht* töten wird.«

»Hmm«, brummte er skeptisch und beäugte die zusammengeklappten Blätter, während er Sundew durch das Loch folgte.

Den Dschungel zu betreten, fühlte sich immer ein bisschen so an, wie in Wasser einzutauchen – nur war dieses Wasser wie eine dicke, grüne, kochende Suppe in einem Kessel, der vor Insekten nur so wimmelte. Sundew fauchte eine Mücke an, die so groß war wie ihr eigenes Ohr. Diese drehte schnell ab und machte sich auf die Suche nach sanftmütigerer Beute. Hinter ihr schrie Cricket kurz auf und hob eine ihrer Klauen, unter der eine zerquetschte, gelb-orangefarbene, schmierige Pampe zum Vorschein kam – vermutlich eine Baumegelschnecke, oder was davon übrig war.

»Njam-jam?«, fragte Bumblebee und streckte ihre kleinen Klauen aus. »Eeeee?«

»*Nein*«, antwortete Cricket entschieden. »PFUI, Bumblebee!«

»BWUI!«, rief Bumblebee und weckte damit eine Anakonda auf dem Baum neben ihnen auf, die so dick war wie Sundews Schwanz. Die Schlange hob langsam den Kopf und sah den Drachling mit zusammengekniffenen Augen an.

»Psssst. Vorwärts«, flüsterte Sundew. Sie lief leichtfüßig über einen Ast, sprang auf einen anderen und kletterte dann auf einen weiteren, der zickzackförmig über ihnen in die Luft ragte. Die Bäume schwankten wild hin und her, als die anderen Drachen ihr unbeholfen folgten.

Sundew spürte, wie von Baum zu Baum eine Botschaft weitergegeben wurde. *Etwas Neues.* Blätter flüsterten sie Blättern zu, Wurzeln schickten sie durch ein Netzwerk unterirdischer Fasern wie dünne Zweiglein, die von einem Strom vorwärts getrieben wurden. *Passt auf, hört zu, bleibt sicher, seid wachsam, haltet Wache.* Sie hatte keine Zeit, ihre Klauen im Boden zu vergraben und die Botschaft zu erläutern. Sie konnte einfach nur hoffen, dass sie diese Drachen schnell ins Dorf bringen und sich dann einen Moment Zeit nehmen konnte, um den Bäumen alles zu erklären.

»Du bist ja wie ein Affe«, ächzte Swordtail und schloss zu ihr auf, als sie kurz anhielt, um auf die anderen zu warten. »Ich meine – auf gute Art – also sehr – schnell – Sprünge – gute Sprünge – nicht essensmäßig – also fürs Abendessen oder so – nur – so schnell eben.« Er kam keuchend zum Stehen.

Cricket balancierte auf einem Ast zu einem Plätzchen hinter ihm und krallte sich dabei so sehr in der Baumrinde fest, dass Sundew zusammenzuckte. Das gefiel den Bäumen garantiert nicht. Doch Bumblebee lehnte sich ständig vornüber oder seitwärts aus ihrer Schlinge heraus, um nach bunten Blüten oder leuchtenden Käfern zu greifen, und Sundew verstand, warum Cricket sich festkrallen musste.

Dicht hinter Cricket folgte Blue, der aussah, als versuche er, den Dschungel mit seinen Augen zu verschlingen.

»Es jagt einem schon ganz schön Angst ein. Ist fast wie das Klettern in den Netzen ganz weit oben«, nickte er gedankenverloren, »aber es ist auch laut, wie in den Bauten, nur dass das Schwirren und Summen in einer Sprache passiert, die man nicht versteht.«

»Und es riecht schlimmer«, fügte Swordtail hinzu.

Sundew war empört. »Überhaupt nicht! Der Gestank Hunderter Drachen, die in einem Gebäude eingepfercht sind, ist *sehr viel* schlimmer! Das hier ist der Duft von Pflanzen, frischer Luft und Freiheit!«

»Nicht auch der verrottender Pflanzen?«, grinste er. »Und toter Tiere? Und … ich weiß nicht, was noch … Sumpfgas?«

»*Du* stinkst nach Sumpfgas!«, keifte sie wütend.

»Tut mir leid«, warf Blue ein. »Ich meinte nur, dass hier alles sehr interessant ist. Ich wollte es mit irgendetwas vergleichen, mit einem früheren Gefühl, aber es ist hier so anders als überall da, wo ich bisher war.«

»Ja, sorry«, pflichtete Swordtail Blue bei und sah Sundew verlegen an. »So schlimm ist es gar nicht. Ein paar Sachen sind sogar irgendwie cool. Wie diese Blume da unter uns – schau mal, Blue, die sieht aus wie ein riesiges, offenes, pinkes Buch. KRASS pink! Und sie riecht tatsächlich nach –«

»NICHT –«, schrie Sundew, als er sich schnüffelnd darüber beugte.

Doch da war es schon zu spät. Als Swordtails Nasenspitze die pinke Blütenoberfläche streifte, schnappte der Kiefer der Pflanze um ihn herum zu, zerrte ihn vom Ast und verschluckte ihn ganz.

Urplötzlich war Swordtail verschwunden.

Kapitel 2

»– die Venusdrachenfalle berühren«, beendete Sundew ihren Satz mit einem Seufzer.

Cricket kreischte und acht weitere Drachenfallen, aufgeschreckt von dem Lärm, schnappten um sie herum zu. Das Schwarmflüglermädchen sprang zurück und rempelte Blue an, wodurch sie fast beide vom Ast fielen.

»Swordtail!«, schrie Blue. »*Swordtail*!«

»Ich wollte euch gerade davor warnen«, maulte Sundew. »Sie gehören zu den gefährlichsten Pflanzen hier. Nie berühren. Nie nie *nie*.« Sie sah Bumblebee sehr ernst an. »*Nie*, kleiner Drache, hörst du?«

»Snebbl *puff*«, versprach Bumblebee mit ehrfürchtiger Stimme und starrte auf den Ort, an dem Swordtail gerade noch gestanden hatte.

Blue drängte sich an Cricket vorbei. »Swordtail! Kannst du mich hören?« Er streckte seine Klaue nach der zum Bersten gefüllten Pflanze unter sich aus, aus deren zugeschnappten Kiefer Swordtails langer, blau-orangefarbener Schwanz heraushing und wild um sich schlug.

Sundew schlug ihm auf die Knöchel. »Was habe ich gerade gesagt?«, schnauzte sie ihn an. »NIEMALS ANFASSEN!«

»Wie kriegen wir ihn da raus?«, schrie Cricket panisch.

Aus dem Inneren der Pflanze drangen erstickte Schreie. Ihre

Seiten wölbten sich nach außen, als Swordtail wild um sich schlug und trat. Doch Sundew wusste, war ein Drache erst einmal in der Pflanze gefangen, konnte er sich nicht mehr allein daraus befreien.

»SWORDTAIL!«, befahl sie. »NICHT MEHR BEWEGEN!«

Natürlich schrie er viel zu laut, um sie zu hören.

»Lektion eins im Grundkurs ›Fleischfressende Pflanzen und Sicherheit‹«, erklärte sie den anderen, vor allem aber Bumblebee, die sie mit weit aufgerissenen Augen anstarrte. »Wenn ihr in eine Drachenfalle geratet, rührt euch möglichst nicht. Wenn die Pflanze glaubt, dass ihr nur ein Stein oder ein Ast seid, der zufällig hineingefallen ist, öffnet sie sich wieder und lässt euch frei. Aber wenn ihr HERUMSTRAMPELT WIE EIN IDIOT«, rief sie in Swordtails Richtung, »dann WEISS SIE MIT SICHERHEIT, DASS IHR EIN LECKERER SNACK SEID.«

»Und dann was?«, fragte Cricket mit großen Augen.

»Dann scheidet sie Verdauungssäfte aus und frisst euch«, antwortete Sundew. »Logischerweise.« Sie schlug erneut nach Blue, als dieser versuchte, sich wieder nach Swordtail auszustrecken.

»SWORDTAIL!«, schrien Cricket und Blue gleichzeitig.

»Sie hat jetzt definitiv mitgekriegt, dass er lebendig ist«, konstatierte Sundew. Sie zeigte auf die langen Haare, die um das Pflanzenmaul herum wuchsen und sich fest ineinander zu verschränken begannen. »Sie wird ihn nicht mehr freilassen, auch wenn er lang genug die Klappe hält, um uns zu hören. Aber das Ganze ist ein langsamer Prozess – es dauert mindestens einen halben Tag, bevor sie ihn getötet hat.«

»Können wir sie nicht aufschneiden und ihn herausholen?«,

knurrte Cricket und hob eine ihrer Klauen, um ihre Krallen auszufahren.

Sundew schüttelte den Kopf. »Daran sind sie schon angepasst. Es dauert ewig, bis man sich durch die Zellwand einer Drachenfalle geschlitzt hat. Außerdem wachsen sie gerade deshalb in Gruppen. Wenn ihr es probiert, wird euch eine andere schnappen.« Sie zeigte auf die weit aufgerissenen, pinken Pflanzenmäuler, die überall um sie herum von den Bäumen hingen; insbesondere die, die sich schon über Swordtails Pflanze geneigt hatte, um jeden Drachen, der ihn befreien wollte, zu verschlucken.

Blue lief auf dem Ast auf und ab. »Swordtail!«, rief er erneut. »Wir holen dich da raus, das verspreche ich dir!«

»Also was macht ihr normalerweise?«, wollte Cricket von Sundew wissen. »Euer Stamm muss doch eine Methode gefunden haben, Drachen vor dem Tod durch Verdauen zu retten.«

Mehr oder weniger. Falls meine Existenz diese »Methode« ist. Während ihres Gesprächs hatte sich Sundew die Pflanzen in ihrer direkten Nähe genauer angesehen. Da war eine vielversprechende Kuzuranke, die einen der Bäume unter ihnen erdrosselte, und mehrere dornige Stechwinden, die sich gleich hinter der Drachenfallengruppe an den Ästen hochschlangen. Die dunklen, mit spitzen Stacheln besetzten, sich windenden Stängel ließen es tief in ihren Gedanken gefährlich kribbeln. Könnte sie zu einem von ihnen durchdringen … doch damit würde sie Blue und Cricket ihre geheimen Kräfte offenbaren.

Sie werden es sowieso bald herausfinden. Und es ist die einzige Möglichkeit, Swordtail zu retten.

»Ich kann –«, fing sie an.

Plötzlich leuchtete ein gleißend oranges, heißes Licht neben ihr auf. Ein langer Flammenseidefaden schoss aus Blues Gelenk und schlängelte sich um die Blätter und den Stiel der Drachenfalle.

»Stopp!«, schrie Sundew. Sie sprang an Cricket vorbei, packte Blues Arm und schlug ihn auf den Ast hinunter. »WARUM SEID IHR BLOSS ALLE SO UNMÖGLICH?« Sie schoss herum und sah, wie sich das Feuer bereits den Stängel der Drachenfalle hinunterfraß, in Richtung des Baumes, wo ihre Wurzeln in der Erde verschwanden. Als der Stängel durchgebrannt war, fiel die sich windende Drachenfallenblüte zu Boden und rollte zur Seite, wo sie drei weitere Pflanzen in Brand steckte, mit denen sie zusammengestoßen war.

Sundew sprang auf einen höheren Ast und griff sich mehrere riesige Bromelien. Ein kleiner blauer Frosch hüpfte aus einer von ihnen und warf ihr beim Ausreißen einen vorwurfsvollen Blick zu. In jeder Blattstaude hatte sich Wasser angesammelt – in manchen so viel, wie in ihre gewölbten Klauen passte, in anderen sogar mehr. Sie hechtete herab und schüttete sie über den Flammen aus.

Das Feuer knisterte und zischte. Die Hälfte der Flammen erlosch, doch der Rest breitete sich noch schneller in Richtung des Baumes aus. Dichter Qualm ließ ihre Augen tränen. Alle Drachenfallen in unmittelbarer Nähe hatten sich bereits so weit zurückgezogen, wie ihre Stängel es zuließen. Überall um sie herum wichen Blätter vor dem Feuer zurück. Sie spürte den Baum tief in ihrem Inneren schreien.

Ich brauche eine feuerfeste Pflanze – etwas voller Wasser oder Pflanzensaft – oder riesige Blätter, mit denen ich die Flammen ersticken kann. Sundew blickte sich verzweifelt um und sah tief unter sich auf dem Waldboden einen Traubenkirschbaum. Sie eilte durch den Rauch zum Stammansatz des brennenden Baumes, presste ihre Klauen gegen seine Rinde und übertrug ihre Kräfte auf sein Holz, schickte sie weiter, tief unter die Erde, in die Wurzeln und Myzelfädchen, bis hinüber in den Traubenkirschbaum.

Dieser schoss nach oben und schien plötzlich mit explosionsartiger Geschwindigkeit zu wachsen. Seine Äste und Zweige peitschten die anderen Pflanzen zur Seite und seine Wurzeln gruben sich tief und schnell in den Boden, um besseren Halt zu finden. Innerhalb weniger Augenblicke hatte die Baumkrone die Höhe von Sundews Kopf erreicht. Die Beeren des Baumes waren so riesig wie ihre Fäuste.

Sie pflückte ein paar davon, zerquetschte sie auf dem Ast unter dem Feuer und verteilte ihren Saft überall hin. Als die Flammen diese feuchten Stellen erreichten, wurden sie langsamer und züngelten erbost gegen die dünne, klebrige, feuerfeste Schicht an.

Mehr Wasser platschte von oben auf das Feuer. Sundew schaute hoch und sah Cricket mit Klauen voller Bromelien. Bumblebee hatte sich tief in ihre Schlinge zurückgezogen. Sogar ihre Schnauze war von dem gestreiften Stoff der Schlinge verdeckt. Cricket schüttete das von den Pflanzen aufgefangene Regenwasser systematisch über allen Flammen aus, bis sie endlich gelöscht waren.

Ihre Stirn an den Baum gelehnt, fühlte Sundew nach, ob er verletzt war. Abgesehen von einem verbrannten Ast und dem Rauch, der seine Blätter einnebelte, war er zwar tief erschüttert, aber unbeschädigt. Doch die Drachenfalle war definitiv tot.

Sie drehte sich zu ihr um und sah, wie Blue die riesige Blüte hochstemmte und gleichzeitig versuchte, ihren Kiefer aufzudrücken – völlig erfolglos. Cricket hatte sich neben ihn gekauert. Sie wollte das Gewicht der Pflanze mit Swordtail darin stützen.

Die anderen Drachenfallen, eben noch vor dem Feuer zurückgewichen, krochen nun wieder langsam auf sie zu.

Sundew flog zu Blue hinüber. Sie konnte Swordtail in der Pflanze husten hören.

»Das war *unglaublich* bescheuert!« Sie peitschte wütend mit dem Schwanz. Sie hatte das Gefühl, innerlich vor Wut zu kochen, fast so, als wäre ihr die Flammenseide direkt in die Adern gekrochen. »Du hättest den ganzen Dschungel in Brand stecken können!«

»Es tut mir leid!«, flüsterte Blue. Wenigstens sah er so aus, als würde er es tatsächlich so meinen, es sei denn, seine Tränen kamen vom Rauch in der Luft. »Ich bin panisch geworden! Ich wollte doch nur Swordtail retten … Ich wusste nicht, dass das Feuer sich gleich so ausbreiten würde.«

»Dann hättest du vorher kurz mal darüber nachdenken sollen! Du hast doch gerade erst gesehen, wie Wasps Gewächshaus in Flammen aufgegangen ist!«

Ein anderer Blattflügler hätte sofort zurückgeschrien. Ein Drache ihres Stammes wäre beleidigt gewesen, hätte sich gerechtfertigt, mit ihr gestritten, wäre umhergestampft und hätte sie auf jedes Detail aufmerksam gemacht, bei dem sie unrecht hatte. Die meisten Unterhaltungen in ihrem Dorf endeten im Streit oder zumindest damit, dass irgendjemand schrie.

Blue aber nickte nur, wischte sich die Tränen ab und entschuldigte sich *erneut*. »Du hast recht. Es tut mir wirklich, wirklich leid, Sundew.«

Das machte es ihr wirklich schwer, ihn weiter anzubrüllen. Der feurige Wutball in Sundew prallte zurück und begann, sich in etwas Nutzloses und Ablenkendes zu verwandeln, zu Schuldgefühlen, Mitleid oder so etwas. Sie schaute finster auf die Drachenfalle hinab, die langsam an der Stelle aufsprang, an der Blue gerade zog.

»Deine Flammenseide lässt sich nicht so leicht kontrollieren, oder?«, fragte Cricket außer Atem und versuchte immer noch, die weiterhin rauchende Blüte hochzuhalten.

»Ja«, erwiderte Blue. »Also war das gerade besonders dumm von mir.«

»Wir helfen dir beim Üben«, bot Sundew ihm an und überlegte sich gleichzeitig, ob sie überhaupt dazu in der Lage wären. Es gab nicht einen einzigen noch lebenden Blattflügler, der auch nur das Geringste über das Kontrollieren von Flammenseide wusste. »Aber jetzt musst du mir erst einmal versprechen, dass du sie *nicht im Dschungel* benutzen wirst, es sei denn, ich sage es dir.«

»Ich verspreche es«, schwor Blue. »Ich verspreche es, wirklich. Kannst du mir helfen, Swordtail da rauszuholen? Er muss wahnsinnige Angst haben.«

»NEIN! KEINE ANGST!«, drang Swordtails teils schreiende, teils stotternde Stimme durch den Riss im Kiefer der Pflanze. »Diese Pflanze hat gleich ein gewaltiges Problem! Ich werde sie von innen aufschlitzen! Ich werde ihr Wahnsinnsbauchschmerzen machen! Sie wird es so was von bereuen, dass sie versucht hat, MICH zu fressen!«

»Du hast es verdient!«, motzte Sundew ihn an. Es fühlte sich gut an, jemanden da zu haben, auf den sie ohne schlechtes Gewissen wütend sein konnte. Sie umschlang die Spitze des Pflanzenkiefers mit ihren Klauen und bedeutete Blue, am Ende zuzupacken. »Du hast dich ihr praktisch selbst zum Fraß vorgeworfen!«

»Gar nicht – also – ich – hab doch nur – daran gerochen!«, murrte Swordtail.

Sundew schlug mit den Flügeln und stemmte sich mit aller Kraft nach hinten. »Der Duft ist genau darauf abgestimmt, Drachen anzulocken«, erklärte sie. »Aber nur hirnlose Drachen! Die ihren Weggefährten ständig Probleme machen! Ich hab ja *gesagt*, dass du sofort gefressen wirst, und habe natürlich recht behalten!«

Mit einem knackend-reißenden Geräusch öffnete sich endlich der Pflanzenkiefer. Schwungvoll sprang Swordtail heraus, direkt auf den ersten Ast in seiner Nähe. Dort hockte er ein paar Sekunden lang hustend und schnell blinzelnd.

Die anderen ließen die Drachenfalle los, deren Blütenkopf von ihrem verkohlten Stiel abfiel und den Dschungelboden entlangrollte.

Sundew spürte den Hunger der anderen sie umgebenden Drachenfallen. Je mehr sich der Rauch in der Luft verzog, umso angriffslustiger wurden sie und krochen auf ihre typisch verstohlene Art raschelnd vorwärts.

Sie schubste Cricket und Bumblebee zurück auf den Ast. Blue kletterte schnell hinter ihnen her.

»Ich habe noch nie einen so idiotischen Haufen gesehen!«, schimpfte Sundew. »Und jetzt bleibt gefälligst *ganz dicht* hinter mir und fasst *wirklich* nichts an!«

»Ich finde, wir hätten ausführlicher gewarnt werden müssen«, beschwerte sich Swordtail hustend, nachdem sie sich wieder in Bewegung gesetzt hatten. »Es wäre jedenfalls ziemlich hilfreich, würdest du uns so aufklären: *Das da* ist eine fleischfressende Pflanze und *die da* brennt total schnell und *die dort* kann euch töten.«

»Na gut«, erwiderte Sundew und zeigte auf den ganzen Dschungel um sie herum. »*Das da* sind gefährliche Pflanzen, und die *meisten* von ihnen sind Fleischfresser, und töten können sie euch *alle*. Also *keine einzige von ihnen* anschnüffeln, anfassen, fressen, anstupsen, anlecken oder anzünden, sonst werdet ihr wahrscheinlich sterben, und das nächste Mal sehe ich einfach dabei zu.«

»Sie meint das nicht so«, flüsterte Cricket Bumblebee zu, die schläfrig zurücktschilpte.

»War sicher ziemlich grauenhaft, als dein Stamm ganz am Anfang hier ankam«, meinte Blue.

Sundew ließ sich nicht zu einer Antwort herab, da sie sich sicher war, dies führte nur dazu, dass sie ihn wieder anschrie. Es machte ihr aber keinen richtigen Spaß, Blue anzuschreien. (Bei Swordtail fühlte es sich hingegen immer gut an.)

Sie kletterten noch eine Weile still vor sich hin und sprangen von Ast zu Ast, immer tiefer in den Dschungel hinein. Es herrschte eine unangenehme Stille: Blue schien in eine Wolke aus Schuldbewusstsein gehüllt zu sein, Swordtail brummte ständig irgendetwas leise vor sich hin und Sundew spürte, wie Crickets Augen an ihr klebten. Sie kannte Cricket inzwischen gut genug, um zu wissen, dass sie gerade mit aller Macht versuchte, eine Frage zu unterdrücken, das aber ziemlich bald nicht mehr schaffen würde.

»Sundew«, platzte es aus Cricket heraus, als sie gerade an mehreren Riesendolden vorbeiliefen.

»Arrgh, was?«, erwiderte Sundew, Cricket einen finsteren Blick über die Schulter zuwerfend. Crickets Brillengläser waren wegen der hohen Luftfeuchtigkeit beschlagen, also wischte sie sie immer wieder mit einem Teil von Bumblebees Schlinge sauber.

»Es ist nur …«, zögerte Cricket, und Sundew wusste schon, was sie fragen wollte. Sogar mitten in ihrem Kampf gegen die Flammen und beim Abreißen wasserspendender Bromelien war Cricket natürlich nicht entgangen, was die anderen Drachen um sie herum taten. Vor allem, wenn es etwas ganz Sonderbares und Unwissenschaftliches war.

Cricket neigte ihren Kopf in Sundews Richtung. »Hast du … einen *Baum* zum Wachsen gebracht?«

Kapitel 3

Sundew zuckte zusammen.

In ihrem Stamm war ihre Gabe kein Geheimnis, doch Belladonna hatte ihr eindeutig klargemacht, dass sie niemals irgendwelchen Schwarm- oder Seidenflüglern davon erzählen durfte. Fast zweimal hatte Sundew schon riskiert, ihr Geheimnis zu verraten: Einmal, als sie die Lianen wachsen ließ, die Blue und Luna bei der Flucht aus der Flammenseidenflüglerhöhle halfen, und ein zweites Mal, als sie ein paar Algen dafür benutzt hatte, den bewusstlosen Swordtail durch die Libellenbucht zu transportieren. Beide Male war sie nicht aufgeflogen und hatte sogar Crickets Fragen erfolgreich ausweichen können.

Aber sie konnte nicht durch den Giftdschungel spazieren, ohne ihre Kräfte einzusetzen. Sie konnte ja nicht einmal durch das Blattflüglerdorf laufen, ohne dass andere Drachen sie um Hilfe mit ihren Pflanzen baten. Cricket und die anderen würden es sowieso bald erfahren.

»Ja«, antwortete sie Cricket. »Das mache ich manchmal.«

»*Bäume* wachsen lassen?«, fragte Cricket. »Also … richtig hohe Bäume, aus dem Nichts, so schnell, dass man nicht mal blinzeln kann?«

»Nicht aus dem Nichts«, korrigierte Sundew. »Ich kann nur den Pflanzen auf die Sprünge helfen, die schon da sind. Ich kann nicht einfach Pflanzen oder Samen auftauchen lassen. Wenn ich das könnte, hätte ich Pantala schon längst mit Eichen, Buchenhainen und Kiefernwäldern überzogen.«

»Aber das ist ja genial!«, rief Blue. »Warum hast du uns nichts davon erzählt? Weil du nicht wusstest, ob du uns trauen kannst«, beantwortete er seine Frage schnell selbst. »Weil du nicht wolltest, dass Königin Wasp davon erfährt.«

»Als ob wir Königin Wasp je etwas davon erzählen würden!«, warf Swordtail ein.

»Oh!«, bemerkte Blue. »Ich erinnere mich daran, dass ich etwas darüber gelesen habe! Blattflügler, die Pflanzen kontrollieren können – ich weiß noch, damals dachte ich, dass sich das irgendwie nach Magie anhört, und ich fragte mich, was ich wohl wachsen lassen würde, wäre ich dazu in der Lage.«

»Können das alle Blattflügler?«, fragte Cricket.

Sundew schüttelte den Kopf. Ein plötzliches Gebrüll aus dem Dschungel unter ihnen rettete sie vor weiteren Fragen.

Die anderen sprangen vor Schreck kurz in die Höhe, und sogar Bumblebee wachte auf und streckte ihr Köpfchen aus der Schlinge hervor. »BLÜLLL?«, wisperte sie. »Bammo slammo eeeeeeeeje?«

»Alle ruhig«, zischte Sundew und duckte sich möglichst flach auf den Ast. »Vor allem du!«, flüsterte sie Bumblebee zu.

»DUUUUUSCHHH HA HAA SELBPSCHH«, erklärte Bumblebee stolz. Cricket zog schnell von irgendwo eine Beere hervor. Das kleine Drachenmädchen schnappte danach und stopfte sie sich auf einmal ins Maul. Doch auch das würde sie höchstens zehn Sekunden lang zum Schweigen bringen.

Das grüne Blätterdickicht verbarg, was unter ihnen passierte, doch Sundew konnte mindestens drei Drachen laut und deutlich schreien und einen vierten brüllen hören, der gar nicht wie ein Drache klang. Sie presste ihr Ohr an die Rinde des Baumes und versuchte so zu erspüren, wie er es wahrnahm, was da gerade passierte. Was auch immer es war, es schien den Baum nicht zu beunruhigen und daher auch nicht zu interessieren.

»KOMM schon, Mandrake!«, schrie einer der Drachen. »Erwürg ihn einfach!«

»Er bewegt sich zu schnell!«, kläffte Mandrakes Stimme zurück. »Wenn er nur – können wir ihn zurück auf – oder daneben – «

»Kann ich ihn *bitte* einfach töten?«, brüllte ein dritter Drache. »Wir könnten schon längst zuhause sein und ihn kochen! Dieser Panther wird an Altersschwäche sterben, bevor Mandrake die *perfekte* Liane an der *perfekten* Stelle gefunden und sich überlegt hat, was er damit anstellen will!«

Oh, armer Mandrake. Sundew konnte sich bestens vorstellen, was gerade da unten vor sich ging. Sie hatte schon genügend Jagden gesehen, zu denen dieser unglückselige Drache von seinem Vater und seiner Schwester mitgeschleift worden war.

»Bleibt hier«, flüsterte sie den anderen zu. Sie schwang sich geschickt durch die Äste, rutschte vorsichtig zwischen den Blättern hindurch und wich möglichst geschickt den Spinnennetzen aus. Schnell fand sie einen Platz in der Nähe eines Baumstamms mit einem guten Blick auf den Dschungelboden, wo sie, falls sie sich nicht rührte, gut von den dicht beieinander wachsenden Klappertöpfen verdeckt wurde.

Jetzt konnte sie beobachten, wie Mandrake hilflos über die Lichtung hetzte und immer wieder nach Pflanzen griff, sie aber wieder ungenutzt losließ. Sein Vater und seine Schwester sahen ihm mit einem ähnlich kritischen Schnauzenausdruck von den unteren Ästen der nächsten Bäume aus zu. Der Panther schlich knurrend hinter ihm her und bleckte seine Zähne, die länger als Mandrakes Krallen waren. Nur den größten, stärksten und furchteinflößendsten Säugetieren gelang es, im Giftdschungel zu überleben, also waren auch die Panther hier unverhältnismäßig riesig und grauenerregend.

Jedenfalls für Drachen wie Mandrake. Sundew, der vor jedem größeren Stammesfest die Aufgabe übertragen wurde, die Beute für das Festmahl zu schlagen, jagte dieser Panther überhaupt keine Angst ein. *Wie können sie es wagen, Mandrake dafür einzuteilen?*, dachte sie voll auflodernder Wut. *Veranstalten sie ein Festmahl ohne MICH? Ist es ihnen egal, wo ich bin? Bin ich etwa nicht ihre ach so wertvolle Weltretterin oder so was in der Art?*

Andererseits war ihr letzter Streit mit Belladonna ziemlich heftig ausgefallen. Es sähe ihrer Mutter ähnlich, ihr mit dem Abfackeln eines Baus und einem Festmahl für den gesamten Stamm eins auszuwischen und dabei so zu tun, als wäre ihr Sundews Abwesenheit völlig egal. Sie wusste, irgendwann würde Sundew zurückkehren. Wo sollte sie auch anders hin!

Aber wenn doch … wenn ich einfach wegfliegen könnte … würde ich es dann tun?

Sundews Klauen wanderten zu dem Täschchen, in dem der kleine Jadefrosch steckte.

Ich hätte weggehen können. Belladonna weiß nicht einmal, dass ich sie hätte verlassen können. Aber ich habe es nicht getan, weil ich ein Ziel habe, und dieses Ziel ist Rache. Ich bin nur aus einem Grund geschlüpft: Um unsere Feinde zu vernichten.

Nur deshalb komme ich immer wieder zurück. Nicht wegen Belladonna oder Hemlock. Ich komme zurück, damit ich eines

Tages diejenige sein werde, die die Schwarmflügler für immer ausrottet.

Ein winziges Gesichtchen, das »SNUDUU!« zeterte, riss sie aus ihren Gedanken. Sundew runzelte die Stirn.

Oder … alle Schwarmflügler bis auf zwei, schätze ich.

Unter ihr sprang der Panther wie zum Üben auf Mandrake zu. Mandrake kreischte, warf eine Samenkapsel nach ihm und rannte zur anderen Seite der Lichtung. Laut seufzend verdrehte Nettle die Augen.

»Er muss lernen, wie man es macht«, zischte Wolfsbane ihr zu.

»Warum?«, beschwerte sie sich. »Ich könnte das viel schneller, ganz ohne magische Kräfte. Und falls wir Magie brauchen, haben wir immer noch Sundew.«

»Aber *jetzt gerade* haben wir sie nicht«, wandte ihr Vater ein. »Sie muss vielleicht wieder auf eine Mission, so wie jetzt. Was, wenn wir dann angegriffen werden und Mandrake einspringen muss?«

»Dann werden wir wohl alle sterben«, erwiderte Nettle trocken.

»Ich kann euch *hören*«, beschwerte sich Mandrake, »und es ist wirklich *nicht hilfreich*!« Er vergrub seine Klauen im Blättermulch unter sich und schloss die Augen.

Bei allen Bäumen!, dachte Sundew. *Nicht die Augen schließen, Mandrake! Vor allem nicht, wenn sich ein Panther an dich heranpirscht!* Aus genau diesem Grund wurde Mandrake auch nie bei Pflanzenmagie-Offensiven eingesetzt. Er musste sich immer erst KONZENTRIEREN und ATMEN, sogar mitten in einem richtigen Notfall.

Nun, Sundew konnte ihn nicht einfach von einem Panther zerfleischen lassen, auch wenn es ihr das Leben ein kleines bisschen erleichtern würde. Sie schickte ihre Magie den Baumstamm hinunter, in die Wurzeln, das Moos und die Farne bis in das Dickicht aus Dornen, das sich hinter dem Panther auftürmte. Als der Panther sich knurrend duckte, um zum Sprung auf Mandrake anzusetzen, fühlte sie sich in das Wurzelgeflecht unter den Pranken des Tieres hinein. Kurz bevor die riesige Katze lossprang, schoss ein neuer Dornenbusch aus dem Boden und rammte sich in ihren Bauch. Dornen bohrten sich in das Fell das Panthers, verfingen sich darin und zogen sich um ihn fest wie eine Falle. Mit einem wütenden Jaulen versuchte das Tier, sich zu befreien, verhedderte sich durch sein Gezappel aber nur noch mehr.

Vom anderen Ende der Lichtung aus verfolgten Wolfsbane und Nettle verdattert das Spektakel. Sundew musste sich die Klauen vor die Schnauze halten, um nicht laut zu lachen.

Mandrake öffnete vorsichtig ein Auge, dann beide, und sah verwirrt und gleichzeitig hoch erfreut aus.

»Whoa. War ich das?«, wunderte er sich.

»Sohn!«, jubelte Wolfsbane. »Schau dich an! Das war fantastisch!«

»Mmhh-hmm«, meinte Nettle und setzte ihr übliches spöttisches Gesicht auf. »Nie im Leben. Sundew! Sundew, mich legst du nicht rein! Ich weiß, dass du hier irgendwo bist.«

Sundew hielt den Atem an und überlegte, ob sie es einfach aussitzen könnte. Wolfsbane und Mandrake spähten zu den Bäumen hinauf. Genau in diesem Moment der Stille plärrte eine sehr laute und sehr hohe Stimme »SNUUUUUUUUUDUUUU-UUUUUUUUUUUUUUUH!«

»Was war das?«, fragte Mandrake erschrocken.

»Klang wie ein Drachling«, antwortete sein Vater.

»Klang wie der Beweis dafür, dass ich recht habe«, giftete Nettle. »Komm raus, Sundew!«

Sundew seufzte. Die lauten Gerangel- und Beschwichtigungsgeräusche von oben ließen sich ebenso wenig übertönen wie das ohrenbetäubende »EEEEEEEEEEEE JEEEEEE«-Gegreine, das darauf folgte. DRACHLINGE. ZU EINHUNDERT PROZENT DAS ALLERALLERSCHLIMMSTE ÜBERHAUPT.

Sie schwang sich von ihrem Baum herunter und landete in einer aufstiebenden Wolke feuchter Blattteilchen donnernd auf dem Boden.

»Hey Mandrake«, grüßte sie ihn mit einem Nicken.

»Oh«, erwiderte er und ließ die Flügel hängen. »Das warst *wirklich* du.«

»Vergib mir, dass ich dafür gesorgt habe, dass du nicht sein Festmahl geworden bist anstatt andersherum!« Sundew knurrte und schnalzte mit dem Schwanz in Richtung des Panthers.

»Ich *wusste* es«, triumphierte Nettle.

»Sorry – ich meine – danke«, flüsterte Mandrake kleinlaut. »Ich hatte mich nur einen Moment lang so gefreut.«

»Ich weiß«, erwiderte Sundew, »aber du musst lernen, die Pflanzen mit geöffneten Augen zu fühlen.« Dann starrte sie Wolfsbane böse an. »Vor allem, wenn deine verantwortungslose Familie vorhat, dich auffressen zu lassen.«

»Ich habe auf ihn aufgepasst«, bemerkte Wolfsbane herablassend. »Sundew, *was* ist das für ein *Gezeter* da oben?« Er deutete mit hochgezogenen Augenbrauen nach oben, als ob der Wutanfall eines kleinen, ausgehungerten Drachlings ein extrem ungewöhnliches Geräusch darstellte.

»Ihr könnt runter kommen«, rief Sundew ihren Freunden zu. »Lauft bis zum Baumstamm vor und klettert vorsichtig nach unten – und fasst nichts außer den Baum an!«

Nettle fiel schon wieder die Kinnlade herunter. »Wer ist das?«, zeterte sie schrill. »Jemand, der unseren Dschungel nicht kennt? Hast du etwa FREMDE zu unseren Bäumen gebracht?«

»Jetzt sei nicht so eine Dramaqueen«, erwiderte Sundew bissig. »Sie können uns helfen.«

»Wissen deine Eltern davon?«, wollte Wolfsbane wissen – die wohl nervigste Frage des gesamten Universums, und außerdem eine, die Sundew wirklich nicht mehr hören konnte.

Belladonna und Hemlock hatten einfach einen Bau niedergebrannt, ohne sie vorher zu fragen, also geschah es ihnen nur recht, dass *sie* nun ohne *deren* Erlaubnis Schwarm- und Seidenflügler mit in den Dschungel brachte.

Swordtail landete zuerst auf dem Boden. Seine Klauen versanken schmatzend in mehreren Schichten aus Moos und abgestorbenen Blättern. Nach seinem unangenehmen Erlebnis mit der Drachenfalle sah er zwar etwas ramponiert, aber immer noch eindeutig wie ein Seidenflügler aus.

Nettle wollte gerade irgendetwas Wütendes brüllen, als Blue hinter Swordtail hergeklettert kam. Bei seinem Anblick verschlug es ihr tatsächlich die Sprache. Im Giftdschungel gab es *nichts*, was so eine intensive blaue Farbe hatte. Blue glänzte auf eine Art, die Sundews Stamm gar nicht kannte.

Doch nicht einmal Blues wunderschöne Flügel konnten die Blattflügler von Crickets Erscheinen ablenken, die Bumblebee an sich drückte.

Nettle flatterte heftig mit den Flügeln und zischte angriffslustig.

Wolfsbane schlug mit seinem Schwanz eine lange, dornige Ranke ab und hielt sie kampfbereit in den Klauen. Sogar Mandrake knurrte leise.

»Schon gut, beruhigt euch!«, rief Sundew. »Sie gehören zu mir.«

»Das macht es nicht besser!«, schrie Nettle. »Schwarmflügler, *hier?!* Was stimmt bloß nicht mit dir? Sie haben garantiert Königin Wasp im Schlepptau!«

»Nein, haben sie nicht!«, blaffte Sundew. »Die Gedanken dieser beiden kann sie nicht kontrollieren. Sie weiß nicht, wo sie sind, und auch nicht, wo wir sind. Es ist alles beim Alten! Nur dass wir *jetzt* einen Flammenseidenflügler haben.«

Wolfsbane schnaubte verwundert und zeigte auf Blue. »Den da?«

Sundew zögerte kurz und war sofort wütend auf sich selbst. Warum fühlte sich das so unangenehm an? »Ja«, gab sie zu. Beim Anblick von Blues nervösem Schnauzenausdruck stieg dieses Gefühl schon wieder in ihr hoch. *Dabei hat er nichts zu befürchten*, sagte sie sich. *Er ist nützlich für uns und wir beschützen ihn vor Wasp. Gewinn für beide Seiten.*

»Ich würde nicht sagen, dass ihr einen Flammenseidenflügler ›*habt*‹«, merkte Swordtail spitz an. »Ok, er *ist* ein Flammenseidenflügler und er ist hier, aber er gehört sich selbst. Er gehört niemand anderem, meine ich damit. Man kann ihn nicht ›haben‹. Er ist sein eigener Drache!«

»Hmm«, brummte Wolfsbane, ignorierte Swordtail und musterte Blue mit seinen unergründlichen, braunen Augen. »Warum töten wir dann nicht einfach die anderen und behalten nur diesen da, Sundew?«

»Weil sie alle nützlich sind«, erwiderte Sundew schnell. Sie gab sich Mühe, ihre Stimme so aggressiv und entschieden wie möglich klingen zu lassen. »Vor allem der Schwarmflügler. Sie ist immun gegen die Gedankenkontrolle, und wir glauben, sie hat herausgefunden, wie Wasp es anstellt.«

»Was ist mit dem da?« Nettle zeigte auf Swordtail. »Der scheint ziemlich unnütz zu sein.«

»Na gut, vielleicht ist *nützlich* das falsche Wort«, berichtigte sich Sundew und fing sich prompt einen beleidigten Blick von Swordtail ein. »Aber wir können ihn nicht umbringen, ohne den Flammenseidenflügler gegen uns aufzubringen. Das ist es nicht wert.«

Blue blinzelte und trat einen Schritt näher an Swordtail heran. Seine Fühler hatten sich zu dünnen, zitternden Antennen über seinem Kopf ausgerollt und sahen aus wie Efeutriebe, die nach einem Ort zum Festhalten suchten.

»Ich *bin* nützlich«, protestierte Swordtail. »Ich besitze *richtig viele* nützliche Eigenschaften. Ich bin schlau und weiß Sachen, ich kann gegen Schwarmflügler kämpfen *und* ich bin *bei den Chrysalis*, hallo, das scheinen alle ständig zu vergessen, und außerdem bin ich auch noch extrem cool.«

»Und der Drachling?«, fragte Wolfsbane Sundew.

»Ein Experiment«, antwortete sie. »Wir glauben, sie ist auch immun gegen die Gedankenkontrolle.«

»Ihr *glaubt*?«, fauchte Nettle. »Das ist ein ziemlich riskantes Experiment, ihr Idioten.«

»Bisher läuft es großartig!«, brauste Sundew auf.

»Du kommst immer mit allem durch, nur weil du Belladonnas und Hemlocks Tochter und soooo besonders bist!«, schrie Nettle. »Aber diesmal bist du zu weit gegangen, Sundew! Dabei wird niemand mitmachen!«

»Lasst uns Belladonna fragen, was wir jetzt tun sollen«, schlug Wolfsbane vor und legte eine Klaue auf Nettles Schulter.

»Schön.« Nettle schüttelte seine Klaue ab. »Aber ich weiß ihre Antwort schon. Wir sind bald zurück, und dann töten wir deine neuen Haustiere!« Sie legte ihre Flügel an und fauchte Sundew ein weiteres Mal an, bevor sie sich umdrehte und davonstampfte.

»Wartet hier auf uns«, befahl ihnen Wolfsbane.

»Ich bleibe bei ihnen«, bot sich Mandrake an. Wolfsbane zuckte nur leicht mit den Schultern und folgte Nettle ins Dickicht.

Sundew schnaubte angewidert und setzte sich hin. So hatte sie sich ihre Ankunft nicht vorgestellt. *Sie* hätte Belladonna alles erklärten sollen. Nicht, dass sie große Lust darauf gehabt hätte. Aber sie wollte nicht, dass der dämliche Wolfsbane es tat! Er würde bestimmt alles verdrehen! Aber das war eigentlich auch egal. Belladonna war nicht Sundews Boss. Außer vielleicht im wörtlichen Sinne, weil sie den Stamm anführte. Aber Sundew würde die Welt retten und grausam an allen Rache nehmen, die es verdient hatten. Also gab es nichts, was Belladonna ihr oder ihren Freunden antun könnte. Nicht, wenn sie ebenfalls Rache üben wollte. *Versuch's nur, Mutter.*

»Äh«, murmelte Blue. »Das … klang nicht gerade so, als wäre es gut gelaufen.«

»Meinst du? Das war eine ziemlich normale Unterhaltung mit Nettle«, erwiderte Sundew. Sie atmete tief ein und ihre Gedanken erforschten das Grün um sie herum. Da – ein Busch, der mit kleinen Kügelchen übersät war. Ihre Kräfte drangen in seine Wurzeln und Ästchen hinein und ließen nur einen kleinen Ast so weit nach oben wachsen, bis sie danach greifen konnte. Sie pflückte eine der klebrigen weißen Beeren und warf sie dem Panther zu.

Knurrend schnappte er sich die Beere aus der Luft. Einen Moment später kippte er tot um.

»Ah, cool«, bewunderte Mandrake sie und schnalzte mit seinen dunkelgrünen Flügeln, auf deren Oberseite goldene Streifen entlangliefen und deren Unterseite mahagonibraun war. »Aber man kann den Panther jetzt noch fressen, oder?«

»Ja. Ich verwende die hier ständig beim Beuteschlagen«, erklärte sie und warf ihm eine Beere zu. »Für Drachen harmlos, bei Säugetieren tödlich. Keine Ahnung, warum.«

»Echt?«, fragte Cricket. Mandrake reichte ihr die Beere und Cricket betrachtete sie fasziniert.

»EEEEEEEEEEEE?«, bettelte Bumblebee und lehnte sich hoffnungsvoll aus der Schlinge.

»Die hier besser nicht«, meinte Cricket. »Nur zur Sicherheit.«

»Hier, die kann man fressen«, erläuterte Sundew, grub eine Knolle aus der dunklen Erde und warf sie Cricket zu.

»Snuduuuuu«, säuselte Bumblebee mit ehrfürchtigem Blick.

»Vielleicht glaubt sie ja, dass ›Snuduuu‹ ›Essen‹ heißt«, vermutete Sundew.

»Ich bin mir ziemlich sicher,sie meint dich – die Heldin, die ihr das beste Essen besorgt«, erwiderte Cricket und legte die Knolle in Bumblebees winzige Klauen. Der kleine Drachling schlang die Ärmchen um seinen Schatz und kaute mit großer Begeisterung daran herum.

»Verzeihung, aber sollten wir vielleicht abhauen?«, warf Swordtail ein. »Oder uns verstecken? Boss? Meinst du nicht, verstecken wäre eine gute Idee?«

»Nein, du Hohlkopf, wir wollen ins Dorf und uns nicht verstecken. Das war doch gerade der Punkt – dass wir dort hingehen.

Es wird dich schon niemand umbringen«, raunzte Sundew ungeduldig. »Jedenfalls nicht, bevor ich es ihnen sage. Sie brauchen mich.«

»Wegen deiner Kräfte?«, interessierte sich Cricket.

»Deine brauchen sie auch«, wandte sich Sundew an Blue. »Also bleib standhaft und sag ihnen, was du willst. Lass dich nicht von ihnen schikanieren.«

»Oh, aber … ok, aber mit brüllenden Drachen lässt sich schwer reden«, wandte Blue ein. »Sind alle Blattflügler so, ähm … extrem laut?«

»Alle außer mir«, antwortete Mandrake mit einem nervösen Lachen.

Das stimmt nicht, dachte Sundew und berührte das Täschchen, in dem der Jadefrosch steckte. *Aber er hat die anderen nie kennengelernt.*

»Der einzige nette Blattflügler hier«, meinte Swordtail. »Hört sich nach einem Drachen an, den man unbedingt kennen sollte.«

»Ich bin Cricket, das ist Bumblebee, der da ist Blue, und das ist Swordtail«, stellte Cricket sie vor. Dann nickte sie Mandrake zu. »Wie heißt du?«

»Ich bin Mandrake«, entgegnete er mit einem unbeholfenen, harmlosen Lächeln. »Sundews Verlobter.«

Kapitel 4

Cricket drehte sich blitzschnell um und starrte Sundew an.

»Ihr *was*?«, wiederholte Swordtail.

»Ich dachte, wir waren uns einig, dass wir dieses Wort nicht benutzen«, knurrte Sundew Mandrake leise an.

»Na, ›zukünftiger Ehemann‹ klingt komisch!«, bemerkte er.

»Genau wie ›Verlobter‹! Total komisch!« Sie pflückte ein absterbendes Blatt von dem Busch ab, der am nächsten bei ihr stand, und zerriss es in kleine Fetzelchen.

»Aber – du – dieser Drache?«, murmelte Blue verwirrt. »Ich dachte nur nicht …«

»Deine wahre Liebe würde jemand wie er sein«, beendete Cricket seinen Satz.

»Niemand hat irgendwas von wahrer Liebe geschwafelt!«, japste Sundew und gleichzeitig stammelte Mandrake »Nein, nein, das ist kein bisschen, nein, das sind wir nicht, nein.«

Als Cricket und Blue einen verwirrten Blick wechselten, wollte Sundew die beiden am liebsten richtig fest mit ihren Klauen boxen. Nur weil die so schmalzig und verschossen waren, hieß das noch lange nicht, dass der Rest der Welt auch so drauf war.

»Aber … ich dachte …«, fing Cricket an, und Sundew durchzuckte plötzlich ein grauenhafter Erinnerungsblitz.

Oh nein.

Vor einigen Tagen hatte sie etwas zu dem neugierigen Schwarmflügler gesagt – darüber, dass sie Swordtails Vernarrtheit in Luna verstehen konnte, weil sie ebenfalls »eine wahre Liebe« hatte.

Sie hatte nicht einmal groß darüber *nachgedacht*, es war ihr einfach so herausgerutscht. Sie wäre nie davon ausgegangen, Cricket würde einmal hier stehen, mitten im Giftdschungel, direkt vor Mandrake, und wäre kurz davor, das größte Geheimnis auszuplaudern, das Sundew je vor ihrem Stamm verborgen hatte.

»NEIN!«, schrie sie, bevor Cricket ihren Satz beenden konnte. »Falsch! Total abwegig! Gar nicht dran zu denken! Was auch immer du geglaubt hast, schluck's gleich wieder runter!« Sie stieß Mandrake in die Seite und hüpfte merkwürdig von ihm weg, was nun wirklich niemanden von ihrer geistigen Zurechnungsfähigkeit überzeugen konnte. »Wir sind nur verlobt. Das ist überhaupt nicht komisch! Das ist einfach nur normal!«

»Meine Güte«, stotterte Blue verwirrt.

»Was ist hier überhaupt los?«, erkundigte sich Swordtail.

»Oje, tut mir leid«, murmelte Cricket. Sie trat einen Schritt von Sundew zurück und machte eine beruhigende Bewegung mit ihren Flügeln. »Ich hab da wohl etwas komplett missverstanden.«

Doch das hatte sie nicht, und das wusste sie auch. Sundew konnte andere Drachen zwar nicht so gut lesen wie Pflanzen, doch gerade jetzt lag Cricket wie ein offenes Lexikon vor ihr, dessen Seiten gerade an der Stelle »Geheimnis dessentwegen ich mir gerade auf die Zunge beiße, das ich aber definitiv irgendwann lüften werde« aufgeschlagen waren. Was nichts Gutes für Sundews Geheimnis verhieß.

»Also. Wie ist es möglich, dass du schon einen Verlobten hast?«, fragte Cricket. »Bist du nicht erst genauso alt wie ich?«

»Ich bin sechs«, antwortet Sundew. »Aber schon gleich nach unserem Schlüpftag war klar, dass wir eines Tages heiraten würden. Wir beide haben die stärksten Blattgeflüsterkräfte unseres Stammes. Das heißt, unsere Drachlinge werden wahrscheinlich noch stärkere Kräfte haben, und genau das braucht der Stamm, um die Schwarmflügler zu besiegen und die Bäume zurückzubringen.«

Es sei denn, ich kriege das ganz allein hin. Dann kann ich mit dem Drachen zusammen sein, den ich mir aussuche.

Mandrake nickte. »Sundews Blattgeflüster ist aber viel besser als meins«, gab er zu.

»Das stärkste, das seit Jahrhunderten in unserem Stamm vorgekommen ist.«

»Darum haben sich Belladonna und Hemlock zusammengetan, um mich zu zeugen«, erklärte Sundew. »Sie hatten die stärksten Blattgeflüsterkräfte der letzten Generation.«

»Unser Stamm hat seit den Baumkriegen darauf hingearbeitet, einen Drachen wie Sundew zu bekommen«, fügte Mandrake hinzu.

»Ohhhh«, nickte Cricket, als ob sich dabei gleich mehrere ihrer Fragen auf einmal beantwortet hätten.

»Wann sind meine Eltern zurückgekommen?«, wollte Sundew von Mandrake wissen – etwas, das ihr tatsächlich wichtig war, das ihr aber AUCH dabei half, endlich das leidige Thema ihrer zukünftigen Ehe zu wechseln.

»Nicht lange vor dir«, erwiderte er. »Vielleicht einen halben Tag früher? Aber nur Belladonna und Odollam. Hemlock und die anderen wollten in der Nähe des, äh, Ziels landen.« Er warf einen nervösen Blick auf die anderen Drachen.

»Sie wissen Bescheid«, meinte Sundew. »Wir haben das Feuer gesehen. Aus der Ferne, meine ich.«

Mandrakes Augen leuchteten. »Oh wow! War es beeindruckend? Belladonna hat erzählt, sie hätten das ganze Ding abgefackelt – mit Flammen bis zum Himmel! Und Schwarmflüglern, die vor Wut schrien!«

»So nah waren wir nicht dran«, bemerkte Sundew. »Wir haben nur den Rauch gesehen. Ich weiß nicht, ob der ganze Bau abgebrannt ist.« *Und ich würde Belladonnas Bericht nicht trauen.* Ihre Mutter tendierte zu Übertreibungen; vor allem, wenn es dabei um aufgebauschte Pläne ging, die sich gegen Königin Wasp richteten.

»Den ganzen Bau«, wiederholte Blue und schaute zu den Bäumen hinauf. »Und alle Netze, die damit verbunden sind.«

Mandrake hatte so viel Anstand, wenigstens ein bisschen betreten auszusehen. »War das euer Bau?«, fragte er.

»Nein«, antwortete Swordtail. »Ihr habt den Zuckmückenbau niedergebrannt. Auf Nimmerwiedersehen. Auf Nimmerwiedersehen mit allen von ihnen.«

Sundew sah, wie Cricket zusammenzuckte und Blue sanft seinen Schwanz auf ihren legte.

»BLEH!«, verkündete Bumblebee plötzlich. Sie warf Swordtail die Knolle an den Kopf und traf ihn damit an der Schnauze. »NIMEHBLÄH! GIBMIGU! EEENEEGU!«

»Hey, autsch, du kleine Brutalolarve!«, jaulte Swordtail auf.

»Bumblebee, beruhig' dich«, mahnte Cricket und versuchte, den Drachling zurück in die Schlinge zu drücken. Aber der winzige Schwarmflügler war zu wütend, um sich in Schach halten zu lassen. Sie kreischte, schlug wild mit ihren schwarz-gelbgestreiften Flügelchen und zappelte so lange herum, bis sie es schaffte, sich aus Crickets Armen zu winden und auf den mit Blättern übersäten weichen Dschungelboden zu plumpsen.

Dort sprang sie sofort auf ihre kleinen Beinchen und flitzte zu Sundew hinüber – so gut sie eben flitzen konnte. Um korrekt zu sein, war es wohl eher ein überhastetes Watscheln. Bumblebee brach auf einer von Sundews Klauen zusammen und schmachtete sie mit ihren bernsteinfarbenen Äuglein kummervoll von unten aus an.

»Snuduu«, schniefte sie. »Snuuuuuubliemie.«

»Was auch immer Snuubliemie ist, es ist nicht mein Problem«, zischte Sundew.

Bumblebee klammerte sich an Sundews Klauengelenk fest, als diese versuchte, sich wegzubewegen. »Habblsnabbluubl«, klagte sie erbärmlich. »Eeeeeeeeeeesnorf.«

»Wie ausgehungert kannst du eigentlich sein?«, fragte Sundew verärgert. »Wir sind bald im Dorf, da gibt es jede Menge zu essen.«

Bumblebees nadelspitze Krallen bohrten sich in Sundews Schuppen, während sie zur Schulter des Blattflüglers hinaufkletterte und sich in die Mulde zwischen Flügel und Hals kuschelte. »Jeme Eee«, plapperte sie zuversichtlich.

Soweit Sundew sich erinnern konnte, hatte sie noch nie einen Drachling gehalten oder getragen, und es war auch noch nie etwas an ihr hinaufgeklettert (mal abgesehen von lästigen Insekten). Ihre Mutter hatte Haustiere im Dorf verboten, weil sie Ressourcen verschwendeten und die Drachen von ihrer Mission ablenkten. Drachlinge wurden strengstens überwacht und blieben in dem für sie vorgesehenen Bereich – zu ihrer eigenen Sicherheit, aber wohl auch, weil Belladonna sie genauso wenig leiden konnte wie Sundew.

Sundews Gehirn befahl ihr, den Drachling abzuschütteln und ihn schnell wieder Cricket zu überlassen. Sie musste wirklich nicht zurück zu ihrem Stamm marschieren und dabei einen winzig kleinen, fröhlich vor sich hin brabbelnden Feind an sich kleben haben. Abgesehen davon sollte sie lieber verhindern, dass Bumblebee eine noch stärkere Bindung zu ihr aufbaute. Und außerdem – was, wenn Königin Wasp *doch* ganz plötzlich in Bumblebee hineinsprang? Dann hätte der Drachling die perfekte Ausgangsposition, um Sundew zu erwürgen.

Ich habe keine Angst vor Wasp!, schalt sie sich selbst. Ich kann mich doch gegen einen Drachling wehren! Und ich muss niemandem von meinem Stamm irgendetwas beweisen! Dann mögen sie es eben nicht, dass ich einen Schwarmflügler auf meiner Schulter sitzen habe – und wenn schon! Ich lasse sie EXTRA dort sitzen, nur um ihnen zu zeigen, dass mir das VÖLLIG EGAL ist!

»Das ist bescheuert. Wir müssen nicht hier rumsitzen und auf Wolfsbane warten«, murrte sie und drehte ihre Flügel so, dass Bumblebee auf ihrem Plätzchen sitzen bleiben konnte. »Ich brauche doch keine Erlaubnis, um in mein eigenes Dorf zu gehen! Los, kommt!« Sie marschierte auf die Bäume zu.

»Aber Sundew!«, protestierte Mandrake. »Es dauert doch nur einen Moment! Mach sie nicht wütend!«

»Sie sind bereits wütend!«, konterte sie. »Egal was wir tun, es wird sie wütend machen! Und wir werden die Nacht garantiert nicht im Dschungel verbringen. Wir gehen da jetzt hin. Folgt mir, und keine Fragen«, erklärte sie und sah Cricket dabei streng an.

»Sogar – ich meine, ja klar, Sundew«, stimmte Cricket ihr zu.

»Bring den Panther mit«, befahl Sundew Mandrake. Sie schickte eine Botschaft an die dornigen Ranken, die von dem

Tier abließen, sodass Mandrake ihn sich über die Schulter werfen und hinter ihnen her taumeln konnte.

Die Außengrenzen des Dorfes waren nur einen kurzen Spaziergang entfernt. Das Ganze glich einem auf den Kopf gestelltes Nest. Es war eine riesige, lebendige, smaragdgrün und schokoladenfarbige Kuppel aus ineinander verflochtenen Ranken und Sträuchern, die zwischen den Bäumen in die Höhe ragte. Diese Begrenzung umschloss das gesamte Dorf und schützte die Drachen vor jeder Angriffsmöglichkeit, die der Dschungel finden konnte, um dort hineinzugelangen und sie zu töten. Hemlock, Belladonna und Sundews Großmutter hatten mit ihren begrenzten Blattgeflüsterkräften begonnen, diese Barriere zu errichten, doch erst Sundew hatte sie perfektioniert.

Beim Näherkommen überprüfte sie sie: Ihre Sinne tasteten die Wurzeln unter ihren Klauen und die miteinander verschränkten Äste, auf der Suche nach Löchern oder anderen Schwachstellen, ab. Da gab es einen Flecken, an dem das Laub sehr ausgedünnt war. Als sie dessen äußere Ränder mit ihren Gedanken abwanderte, fand sie eine Raupenkolonie, die sich durch die Blätter fraß.

Oh nein, das werdet ihr nicht tun. Niemand frisst meine Arbeit! Dafür werdet ihr sterben, Raupen!

Sie ließ eine andere Ranke zu der kahlen Stelle wachsen, die mit den anderen Blättern verschmolz. Nur enthielt diese Ranke einen giftigen Pflanzensaft: Wenn die Raupen daran knabberten, würde er sie vergiften. Oder sie würden dabei zusehen müssen, wie ihre Freunde starben, sich eines besseren besinnen und nach einer anderen Nahrungsquelle suchen.

Das fühlte sich sehr befriedigend an. Wenn sich nur alle von Sundews Problemen so einfach lösen ließen.

»Wow«, flüsterte Cricket beim Anblick der gesamten Kuppel, die hoch über ihre Köpfe hinausragte. »Wie hast du – äh – ich meine, ich frage mich wirklich, wie Drachen überhaupt so etwas bauen können, und wie lange das dauert, und welche Pflanzen dafür verwendet werden, und wie es am Leben bleibt. Aber nur zur Info, ich stelle hier wirklich überhaupt keine Fragen, auch wenn ich auf jeden Fall zuhöre, falls irgendjemand vielleicht Lust hat, darüber zu sprechen.«

»Ich führe dich später rum«, erwiderte Sundew und versteckte gekonnt ihre Erheiterung.

Da sie mit den Pflanzen kommunizieren konnte, war es Sundew natürlich möglich, an jeder Stelle durch die Begrenzung zu treten. Doch um den Schein zu wahren und weil gerade alle zusahen, würde sie durch das Haupttor laufen – es sei denn, dies wäre extrem nervig. Das wiederum hing davon ab, wer gerade Wache hielt.

Ein hochgewachsenes, elegantes Drachenmädchen saß mit eingerolltem Schwanz regungslos lauernd vor dem Eingang, gleich einer fleischfressenden Pflanze, die auf ihr Opfer wartet. Sundew musterte sie kurz und erkannte feine pinkrote Streifen, die sich über ihre Hörner und Flügeladern zogen. Sie atmete erleichtert auf. Glück gehabt – das war Cobra Lily, eine von Sundews Lieblingsdrachen.

Cobra Lily war das völlige Gegenteil von Nettle. Sie war nie nervig oder voller Vorurteile, und sie schrie auch fast nie. Cobra Lilys Wut zeigte sich in einem tiefsitzenden, eiskalten Zorn, den sie für den Rest ihres Lebens mit sich herumtrug. Nur enge Freunde wie Sundew wussten, dass er überhaupt da war. Sundew hatte einmal gesehen, wie Cobra Lily einen tödlichen Strandapfel in das Mittagessen eines anderen Drachen geschmuggelt hatte – als Rache dafür, dass dieser zwei Jahre zuvor ihre Schwester beleidigt hatte. Er hatte überlebt, allerdings nur knapp.

Cobra Lily war irgendwie cool.

»Hallo, Süße«, begrüßte Cobra Lily sie betont lässig, als sie in Sicht kam. »Du hast da ein kleines Monster an deinem Hals hängen.«

»Und was für eins«, stimmte Sundew ihr zu. »Wie läuft's im Dorf? Habe ich irgendwas verpasst?«

»Total langweilig ohne dich.« Cobra Lily neigte sich nach vorn, um Sundew mit ihrer Schnauze anzustupsen. »Du warst ja *ewig* lang weg. Fast hätte ich Nettle abgemurkst, damit wenigstens einmal was Spannendes passiert.«

»Kann mir nicht vorstellen, dass irgendwer was dagegen gehabt hätte. Jedenfalls kann ich das gut verstehen, aber schau mal, was ich mitgebracht habe.« Sundew schob Bumblebee auf ihren Rücken, um besser an ihre Taschen heranzukommen.

»Spione und Nichtsnutze, wie's aussieht«, meinte Cobra Lily, nachdem sie einen Blick auf die Drachen hinter Sundew geworfen hatte.

»Das Buch von Clearsight«, erwiderte Sundew, zog es hervor und drückte es Cobra Lily in die Klauen. »Und das Geheimnis von Wasps Gedankenkontrolle. Glauben wir.« Sie holte das Rankenstück heraus, das sie in Wasps Gewächshaus abgetrennt hatte. »Irgendeine Ahnung, was das sein könnte?«

Cobra Lily sah sich das Pflanzenstück kurz genau an, bevor sie ihren Blick wieder auf das Buch richtete. »Noch nie gesehen«, antwortete sie.

Das war eine Enttäuschung, da Cobra Lily immer die Beste in der Klasse war. Deshalb hatte Sundew gehofft, sie könnte das Geheimnis schnell lüften. Aber es gab noch ein paar andere Blattflügler, die sie fragen konnte.

Pamm schlug der kleine Jadefrosch gegen ihr Herz, als sie die Ranke wieder wegpackte.

»Belladonna meinte, das sei total nutzlos.« Cobra Lily blätterte schnell das Buch durch und überflog Clearsights Prophezeiungen.

»Ist es nicht! Auf gar keinen Fall!«, platzte Cricket heraus. »Weil wir die Wahrheit kennen! Hat sie euch gesagt, was drin steht? Und warum das alles ändert?«

Cobra Lily musterte Cricket kühl. »Warum spricht mich deine Gefangene an?«, blaffte sie Sundew an.

»Sie ist nicht meine Gefangene; sie ist … Ich weiß nicht, eine Verbündete, schätze ich. Und sie hat recht. Wir sind bei seinem Diebstahl fast draufgegangen, also ist es besser nicht nutzlos! Ich kann kaum glauben, dass Belladonna das gesagt hat.« Sundew knurrte leise. Versuchte Belladonna, ihre erfolgreiche Mission kleinzureden?

Cobra Lily gab Sundew das Buch zurück. »Cool. Viel Glück dabei, *die da* den anderen zu erklären.«

Schon einen Moment später waren sie im Dorf, beziehungsweise in der Entgiftungskammer. Cricket schaute verwirrt auf das dichte Geflecht von Ästen und Zweigen, das sie umgab. Der Ort, an dem sie standen, war kaum groß genug für die vier Drachen (und den winzigen), die sich hineinzwängten. *Eigentlich* war er nur für drei Drachen gedacht, aber natürlich hatte Swordtail sich auch hineindrängeln müssen. Mandrake hingegen wartete geduldig draußen, bis er an der Reihe war.

»Runter von meinem Schwanz«, zischte Sundew und schubste Swordtail zurück. »Bumblebee, schließ die Augen.« Der Drachling neigte fragend sein Köpfchen, also griff Sundew nach oben und bedeckte mit einer ihrer Klauen das Gesicht des kleinen Schwarmflüglers.

»Warum sind wir alle – AAAAAAAABGLGLB!« Blue kreischte, als ein Schwall Wasser über ihnen niederprasselte. Cricket schlug die Flügel über dem Kopf zusammen und Swordtail stolperte erneut auf Sundews Schwanz, sodass sie ihn wieder herunterrempeln musste.

So schnell, wie es ausgeschüttet worden war, verschwand das Wasser durch einen Abfluss, der aus dem abgegrenzten Bereich hinausführte.

»Das ist nur, um alle Samen abzuwaschen, die sich vielleicht hineinschmuggeln wollen«, erklärte Sundew. Sie zeigte auf die Klettenköpfchen und die winzigen Flügelsamenkapseln, die auf dem schmutzigen Wasser davonsegelten. »Der Giftdschungel versucht immer, hier einzudringen, und er hat so seine Tricks. Aber wir auch! Jetzt kommt ihr euch bestimmt schön blöd vor, Samen!«, schrie sie den Kapseln zu.

»Die … Samen kommen sich blöd vor?«, fragte Blue, verwirrt blinzelnd.

»Na, das SOLLTEN sie«, erwiderte Sundew. »Ich habe ihnen schon eine MILLION mal erklärt, sie sollen draußen bleiben, aber das scheint der einzige Befehl zu sein, den sie nicht in ihre Dickköpfe kriegen. Oder in ihre Kapseln? Rinden? Argh, dafür gibt es kein Wort auf Drachisch.«

»Vielleicht ist ihr Instinkt, sich zu vermehren, einfach zu groß«, bemerkte Cricket nachdenklich. »Das bedeutet für sie, zu überleben – sich an irgendetwas zu klammern, das sie weiterträgt. Sie versuchen damit, sich möglichst überall auszusäen. Na, ich meine, ist das wirklich Ungehorsam, wenn sie nicht anders können? Wie sollte eine Pflanze ihren Samen beibringen, genau dann von uns abzufallen, sobald wir das Dorf betreten? Aber es wäre natürlich unglaublich toll, wenn sie es könnte. Vielleicht mit einer Art Warnsystem? Die Samen müssten irgendwie wissen, dass der Übergang ins Dorf ihren Tod bedeutet …«

Sie verstummte, als Sundew die Kammertür aufstieß und sie alle in das trübe grüne Licht unter der Kuppel hinaustraten.

Das war das Dorf. Sundews Zuhause. Der sicherste Ort im Giftdschungel: ein großer Kreis, befreit von den giftigsten Pflanzen, damit die Blattflüglerdrachlinge wenigstens eine kleine Chance zum Überleben hatten, bis sie ausgewachsen waren. Anstelle bedrohlicher Würgeranken, Drachenfallen oder tödlicher Sandbüchsenbäume, die über ihre Köpfe hinausragten, war der gesamte Raum bis zum Dach der Kuppel frei. Sie reichte so weit nach oben wie das Blätterdach der Dschungelbäume. Es war hoch genug, damit Drachen fliegen und Drachlinge das Fliegen lernen konnten, ohne sich dabei mit den Flügeln zu verfangen oder der Gefahr auszusetzen, dass Gift auf ihre Schuppen hinabtropfte.

Darauf war Sundew fast übertrieben stolz. Belladonna hatte zwar damit begonnen, die Wände wachsen zu lassen. Den Kuppelbau aber hatte sie nicht allein geschafft. Wirklich sicher im Dorf war es also erst, seit Sundew da war.

Seitdem gab es deutlich weniger Todesfälle, vor allem unter den Drachlingen.

Aber natürlich dürfen wir darüber nicht reden. Nicht mal eine kurze Pause ist uns gegönnt, auch dürfen wir nicht sagen, »hey, die Dinge haben sich schon etwas gebessert, oder nicht?« Alles, was uns erlaubt ist, ist unser Hass auf die Schwarmflügler und all das, was wir ihnen antun werden. Keine Zeit für ein Schulterklopfen oder ein »Danke, Sundew.«

Sie atmete tief durch. Immer, wenn sie das Dorf betrat, schlug ihr Herz schneller und ihre Ohren legten sich eng an ihren Kopf an – fast so, als würde sie sich für eine Schlacht wappnen. Eigentlich müsste es doch andersherum sein: Der Dschungel sollte der Ort sein, an dem ihre Gefahrensensoren anspringen müssten. Doch hier im Dorf wusste Sundew, dass ihre Mutter immer nur ein paar Schritte entfernt war – und damit meist irgendein Streit bevorstand.

»SUNDEW!«

Voilà.

Belladonna stampfte aus dem Versammlungshaus. Ihre aufgebauschten Flügel wogten wie Sturmwolken. Sie flog die Treppen hinunter und landete direkt vor ihnen. Mit einer Kralle fuchtelte sie Sundew bereits vor der Schnauze herum.

»Du *wagst* es, Feinde in unser Dorf zu bringen?«

»Ich habe ihr gesagt, sie soll draußen warten!«, schrie Wolfsbane gekränkt. »Hey, ich hab' dir gesagt, ihr sollt draußen warten!«

»Ich weiß. Keine Ahnung, wie du darauf kommst, mir irgendetwas befehlen zu können«, raunzte Sundew ihn an. Sie schlug die Kralle ihrer Mutter zur Seite. »Und *du* magst dich vielleicht daran erinnern, Mutter, die Zusammenarbeit mit diesen Drachen war überhaupt erst deine Idee.«

»Da draußen!«, fauchte Belladonna und zeigte auf den Dschungel. »Nicht hier! WAS IST DAS DA AN DEINEM HALS?!«

»Das ist Bumblebee«, erklärte Sundew. Sie musste zugeben, sie genoss es ziemlich, ihre Mutter so in Rage zu bringen. »Ist sie nicht niedlich?«

»Mei Mama mei«, zirpte der Drachling, schlang seinen Schwanz um Sundews Hals und kuschelte sich noch ein bisschen enger an sie.

Andere Blattflügler scharten sich flüsternd und leise diskutierend um sie. Einer von ihnen zeigte auf Cricket, und all die grünen und braunen Gesichter verfinsterten sich.

»Das sind unsere Verbündeten«, verkündete Sundew mit lauter Stimme. »Wenn irgendjemand von euch auch nur eine ihrer Schuppen anrührt, werden sich seine oder ihre Augäpfel vor dem falschen Ende eines Bombardierkäfers wiederfinden.«

Sie drehte sich wieder Belladonna zu. »Cricket ist, wie du bereits weißt, immun gegen Wasps Gedankenkontrolle. Und Blue ist ein Flammenseidenflügler. Beide haben uns geholfen, an das Buch von Clearsight heranzukommen – wie *du* es verlangt hast – und brauchen jetzt einen Ort, an dem sie sich vor Wasp verstecken können. Das ist wohl das Geringste, was wir für sie tun können, oder?«

»Ein Flammenseidenflügler?«, rief einer der Blattflügler erstaunt aus.

»Beweis es!«, schrie ein anderer.

Sundew griff schnell nach Blues Klauengelenk, um ihn davon abzuhalten, aber er erinnerte sich an die Lektion im Dschungel und schüttelte den Kopf.

»Nicht hier drinnen, du Bienenhirn«, keifte sie den unverfrorenen Blattflügler an.

»Er muss es nicht beweisen«, stellte Belladonna hoheitsvoll fest. »Wir wissen, was er ist. Es war seine Flammenseide, mit der wir den Zuckmückenbau niedergebrannt haben.«

Ächzend wich Blue vor Sundew zurück, während die anderen Drachen um ihn herum leise anerkennend »*Ohhhhh!*« murmelten.

»Moment, was?«, stammelte Cricket. »Blues Flammenseide? Aber … wie?«

Sie wussten es nicht. Sie hatten nie eins und eins zusammengezählt.

Es wäre Sundew nie in den Sinn gekommen, sie könnten davon so überrascht sein.

Dem Ausdruck auf ihren Schnauzen nach vielleicht eine unverzeihliche Überraschung.

»Stimmt das?«, erkundigte sich Blue.

»Sundew«, hakte Cricket nach. »Wie sind deine Eltern an Blues Flammenseide gekommen?«

Kapitel 5

»Ich habe sie ihnen gegeben«, antwortete Sundew trotzig. »War doch klar. Na und?«

Blue setzte sich hin, seinen Kopf umklammernd. »*Wann?*«, schrie er. »Wie bist du überhaupt an welche herangekommen?«

»Ich habe sie eingesammelt, kurz nachdem du aus deinem Kokon geschlüpft bist«, erwiderte Sundew. »Erinnerst du dich nicht? Ich habe sie in ein Gefäß gegeben. Und zwar kein bisschen heimlich.«

»Aber, ab dann warst du doch die ganze Zeit bei uns, bis wir aus dem Juwelenbau geflohen sind«, wandte Cricket ein. »Oder nicht? Ich dachte, du hättest deine Eltern die ganze Zeit über nicht gesehen.«

»Ich habe sie in der Nacht getroffen, nachdem ich Blues Flammenseide eingesammelt hatte«, erklärte Sundew. »Ihr habt alle geschlafen, damals in dem Teppichstand vorm Glitzerbasar. Ich bin früh aufgestanden und habe sie getroffen, um ihnen Bericht zu erstatten – und die Flammenseide zu übergeben, wie sie es verlangt hatten – und um sie um mehr Zeit zu bitten, so wie *du* es verlangt hattest, was sie aber erneut ablehnten. Und dann bin ich zu euch zurück geflogen und war wieder da, bevor ihr aufgewacht seid.«

»Warum hast du uns nichts davon gesagt?«, stellte Swordtail sie zur Rede.

»*Euch* muss ich gar nichts sagen«, erwiderte Sundew. »Bei dieser Mission war Belladonna meine Befehlshaberin.«

»Ich kann das nicht glauben«, wandte sich Cricket an Sundew. »Ich denke immer, dass du … aber ich liege immer wieder falsch.«

Der Schnauzenausdruck der anderen erweckte in Sundew ein Gefühl, auf das sie am liebsten so lange einstechen würde, bis es endlich tot und verschwunden war. »Wie könnt ihr überhaupt so überrascht sein?«, fragte sie. »Was habt ihr denn *gedacht*, wo die Flammenseide herkam, mit der der Zuckmückenbau abgebrannt wurde?«

»Ich dachte nicht, sie wäre von *mir*«, stammelte Blue. Er vergrub das Gesicht in den Klauen. Cricket setze sich neben ihn und schlang einen ihrer Flügel um ihn. »Du hast doch nur so wenig davon genommen.«

»Man braucht nur eine sehr kleine Menge Flammenseide, wenn man die richtigen Brennmaterialien hat«, fuhr Belladonna dazwischen. »Aber je mehr desto besser natürlich. Deshalb bist du ja auch für den Rest des Krieges so nützlich für uns.«

Blue erschauderte. »*Niemals*«, flüsterte er. »Ich will nicht dabei helfen, andere zu töten!«

Belladonna betrachtete ihn beinahe mitleidig. Sundew konnte hinter ihrer Fassade fast einen Drachen erkennen, der sich schuldig für das fühlte, was er vorhatte. Vielleicht verstand sie sogar, warum Blue nichts damit zu tun haben wollte. Aber diesen Drachen würden die anderen nie zu Gesicht bekommen.

»Du glaubst doch nicht, wir würden eine Waffe wie deine *nicht* nutzen, wenn sie uns in die Klauen fällt?«, erwiderte Sundews Mutter. »Denk lieber an das, was wir alles tun, um *deinen Stamm zu befreien*, als daran, dass wir einen anderen ›auslöschen.‹ Hilft das?«

»Nein!«, schrie Blue.

»Wenn ihr eine Zusammenarbeit mit ihm wollt«, schaltete sich Sundew ein, »müsst ihr euch um seine Freunde kümmern, also sowohl den Seiden- als auch den Schwarmflüglern einen sicheren Zufluchtsort bieten. Und damit meine ich sicher – keine seltsamen Blätter in ihrem Essen, keine Feuerameisen in ihren Betten. Wenn ihr die Hilfe des Flammenseidenflüglers wünscht, müsst ihr euch genauso gut um seine Freunde kümmern wie um ihn.«

»Aber Sundew –«, hob Blue an und jaulte auf, als Swordtail ihm auf die Hinterklaue trat.

»Ganz genau«, betonte Swordtail über Blue hinweg.

»Genau das, was sie fordert, und vor allem keine Feuerameisen, bitte.«

Belladonna hockte sich hin und musterte sie einen Moment mit verengten Augen. »Hmmm«, murmelte sie dann. »Sehr clever, Sundew.«

Sundew konnte es sich nur knapp verkneifen, mit der Stimme eines aufgeregten kleinen Drachlings »Wirklich?!?« zu fragen. Sie hatte ihre Mutter ausgetrickst! Es war genauso, wie sie es Blue erklärt hatte: Ihm musste klar werden, er war derjenige, der die Macht besaß, und dann konnten sie sie zusammen nutzen. Sie mussten nur schlau sein. Vielleicht würde er seine Flammenseide anfangs nicht einsetzen wollen, aber sie würde ihn schon noch überzeugen … oder einen Weg finden, mit dem er kein Problem hätte.

»Ja«, lobte Belladonna Sundew, schnalzte mit dem Schwanz und warf ihr einen anerkennenden Blick zu. »Uns Geiseln mitzubringen, nur für den Fall, dass der Flammenseidenflügler sich weigert, war sehr, *sehr* clever. Ich wusste, dass wir uns da eine gerissene kleine Kriegerin herangezogen haben.«

Sundew stand das Maul sperrangelweit offen. Das war nicht – sie hatte nicht – das war absolut nicht, wie das Ganze hatte laufen sollen! Cricket und Bumblebee waren keine *Geiseln*! Es gab sogar ab und zu Momente, in denen sie Swordtail mochte. Sie hatte mit Sicherheit nicht vorgehabt, sie alle ihrer Mutter als Geiseln auszuliefern.

Vielleicht wusste Belladonna das ja auch. Vielleicht war der betrogene Ausdruck auf Crickets Schnauze ja genau die Reaktion, die sie sich erhofft hatte. Oder ihre Mutter dachte wirklich, Sundew hätte all diese Drachen hinters Licht geführt und dazu gebracht, ihr in die Klauen zu laufen.

So oder so – Belladonna sah sie jetzt als ihre Gefangenen an.

Sundew fühlte, wie ihre Wut unter ihren Schuppen pulsierte. Sie wollte irgendetwas zerfetzen. Sie wollte all ihre Taschen über Belladonna auskippen und sie von Insekten auffressen lassen. Sie wollte laut schreien und die schützende Kuppel niederreißen und alles vom Dschungel verschlingen lassen.

»Ich habe gemeint, was ich gesagt habe«, zischte sie. »Wer auch immer diesen Drachen etwas antut, bekommt es mit *mir* zu tun. Das gilt auch für dich, Belladonna.«

»Ganz recht, Liebes«, bemerkte Belladonna herablassend. WAS AM ALLERSCHLIMMSTEN WAR. Sundew wollte sie am liebsten DIREKT ABSTECHEN, allein schon für diesen Tonfall, und zwar ohne Rücksicht auf alles andere. Belladonna drehte sich um und winkte Wolfsbane mit einer Klaue heran. »Bringt sie alle zu Pokeweeds Nest. Er wird weiter da draußen mit Hemlock auf der Lauer liegen, weiß der Himmel wie lange noch.«

»Wir nehmen auch Bryonys«, sagte Sundew schnell. Sie wusste, welche Nester frei waren; sie wusste, welche Drachen zum Niederbrennen des Baus fortgeschickt worden waren. Und sie würde nicht zulassen, dass Belladonna Cricket und die anderen an einem winzigen Ort zusammenpferchte. Es sollte sich nicht wie ein Gefängnis anfühlen, auch wenn es das schlussendlich war.

Auch wenn sich dieser Ort sogar für mich manchmal wie ein Gefängnis anfühlt.

Von dem Augenblick an, als sie das Dorf betreten hatte, hatten ihre Klauen unablässig gezuckt. Sie befand sich so nahe an dem Ort, an dem sie wirklich sein wollte. Obwohl sie so lange weggewesen war, hatte sie es geschafft, sich diese ganze Zeit nur auf ihre Mission zu konzentrieren … aber jetzt war ihr einziger Wunsch, ein Loch in die Umgrenzung zu reißen und zu ihrem Drachen zu rennen.

Sie berührte das Täschchen mit dem Jadefrosch darin. Nicht mehr lange. Mach jetzt keinen dummen Fehler, während gerade alle zusehen.

»Bring sie weg und melde dich danach bei mir«, befahl Belladonna Sundew. »Ich erwarte eine umfassende Erklärung, vor allem was *dieses Ding* da betrifft.« Sie zeigte mit einer Kralle auf Bumblebee.

»Wir bereiten das Festmahl vor«, blaffte Wolfsbane und eilte zu der Stelle, an der Mandrake den Panther hatte fallen lassen.

Bumblebee griff sich Sundews Ohr und flüsterte »EEEEEEE-EEEEEEEEEEEEEEEEEEEEEE?« hinein.

»Ja, komm mit, wir finden etwas für dich.« Sundew drehte sich um, um zu den Vorräten zu laufen.

»Warte!«, rief Swordtail und sprang nach vorn. »Sundew, frag nach Luna.«

Sundew war sich ziemlich sicher, dass ihr Stamm Luna nicht gefunden hatte. Mit einem anderen, bereitwilligeren Flammenseidenflügler hätten sie nicht so auf Blue reagiert. Aber sie hatte versprochen, zu fragen. Sie hob das Kinn und sah ihrer Mutter direkt in die stechend grünen Augen.

»Hat irgendjemand einen anderen Seidenflügler gesehen? Sie wurde vor ein paar Tagen aufs Meer hinausgeweht. Wir haben uns gefragt, ob sie vielleicht im Dschungel gestrandet ist.«

Belladonna drehte sich um und schaute einen ihrer Leutnants an, der den Kopf schüttelte. »Das da sind die ersten Seidenflügler, die ich je gesehen habe«, erklärte Byblis, auf Blue und Swordtail zeigend. »Wir sind auf unserem Territorium sonst keinen anderen merkwürdigen Drachen begegnet.« Sie wollte noch etwas anderes sagen, zögerte aber und schüttelte erneut den Kopf. »Nein. Wir haben niemanden Ungewöhnliches in unser Dorf gebracht.«

Da lag eine ganz leichte, kaum wahrnehmbare Betonung auf *unser*.

Sundew hörte sie heraus und erkannte die Bedeutung. Das Schlauste wäre, zu warten und später auf ihre Art an Antworten zu kommen. Leider hatte Cricket es aber auch mitbekommen und sprang sofort darauf an.

»Hast du gerade ›*unser* Dorf‹ gesagt? Was bedeutet das?«, bohrte sie nach. »Was wolltest du noch sagen?«

Byblis trat nervös von einer Klaue auf die andere und wirbelte dabei mit ihren Krallen die welken Blätter unter ihr auf. »Nichts«, erwiderte sie. »Keine bestätigten Berichte. Nur Gerüchte. Ich informiere unsere Kommandantin nicht über jedes dumme Gerücht, das da draußen die Runde macht.« Sie verneigte den Kopf vor Belladonna.

»Was für Gerüchte?« Swordtail stieß Sundew in die Seite. »Bring sie dazu, es uns zu erzählen, Sundew.«

»Ich muss zugeben, jetzt bin ich auch neugierig«, bemerkte Belladonna erheitert. »Ich erteile dir die Erlaubnis, das Gerücht mit uns zu teilen, Byblis.«

»Nun … gut.« Der andere Blattflügler sah sehr unangenehm berührt aus. Byblis war eine von Belladonnas loyalsten Untergebenen. Sie tauchte schon in Sundews frühesten Erinnerungen auf: Wie sie die Befehle ihrer Mutter befolgte, auf Sundew aufpasste, dafür sorgte, dass alle Regeln eingehalten wurden. Byblis brauchte Regeln. Sie mochte es, alles einsortieren zu können. Sie setzte nie auch nur eine Klaue nach draußen, es sei denn, sie war für eine bestimmte Mission eingeteilt, und kehrte danach immer sofort zurück. Öffentlich über ein haltloses Gerücht zu reden, für das es keinerlei Beweise gab, musste sich für sie so anfühlen, als würde man ihr Brennnesseln in die Klaueninnenseiten reiben.

»Einige Wachen, die auf Patrouille waren, haben von … einer erhöhten Aktivität gesprochen … da *drüben*«, sagte sie. »Mehr Geräusche, laute Stimmen. Aufgeregte Bäume. Die mit ihrem Blattgeflüster verrieten, es würde über irgendetwas Neues getuschelt, aber ihr wisst ja, wie Pflanzen sein können; über das, was sie nicht kennen, wissen sie nichts. Wir glauben, es wurden etwas mehr Beutetiere geschlagen. Aber Achtung: Wir sind uns nicht sicher. Nur … unter Umständen passt das vielleicht dazu, dass möglicherweise ein oder zwei fremde Drachen aufgetaucht sind … *dort.*«

»Wo?«, schrie Swordtail. »Wovon redest du?!«

»Heißt das, im Dschungel gibt es noch ein anderes Dorf?«, fragte Cricket und sah Sundew an. »Wer lebt da? Mehr Blattflügler?«

Belladonna schnaubte. »Sie verdienen es nicht, Blattflügler genannt zu werden. *Wir* sind die Blattflügler! Wir sind die, die noch immer für unsere Zukunft kämpfen! Wir geben unseren Stamm nicht auf und drehen uns auf den Rücken wie Asseln! Blattflügler. Pah!« Sie rammte ihre Krallen in den Boden, zerrte einen sich windenden Regenwurm heraus und zerfetzte ihn in kleine Stücke.

»Mutter hat da ein paar *kleine* Komplexe, was den anderen Stamm anbelangt«, erklärte Sundew.

»Wir nennen sie Saftflügler«, fügte Byblis hinzu. »Befehl der Kommandantin.«

»Mein *Befehl* lautete, *niemals von ihnen zu sprechen*«, fauchte Belladonna. »Es ist fast so, als existierten sie gar nicht, so wenig sind sie von Nutzen.« Sie wühlte in der Erde herum und vergrub den zerfetzten Regenwurm.

»Aber Luna könnte sich dort befinden!«, rief Swordtail. »Wir sollten hin und nach ihr fragen! Sundew, können wir das?«

»Niemand geht irgendwo hin«, herrschte Belladonna ihn an. Sundew sah sie böse an. Vielleicht drang ja etwas in ihrem Blick zu Belladonna durch. »Nicht heute Nacht jedenfalls«, fügte Belladonna etwas widerwillig hinzu. »Es ist zu dunkel, um im Dschungel herumzuspazieren, vor allem für hirnlose Fremde, die es gar nicht abwarten können, verschlungen zu werden. Ich werde darüber nachdenken, ihnen morgen früh eine Nachricht zu schicken. *Wenn* sich alle benehmen.« Aus irgendeinem Grund sah sie dabei Sundew an. Sundew starrte genauso entschlossen zurück.

»Luna ist auch ein Flammenseidenflügler!«, brach es schnell aus Swordtail heraus. »Sie wird euch viel eher helfen als Blue!

Wenn die Saftflügler sie haben, wollt ihr sie auf jeden Fall hierher zu euch holen!«

Belladonna rieb sich das Kinn. »Hmmm«, brummte sie. »Interessanter Punkt, Schmetterlingsdrache. Ich werde auch darüber nachdenken.« Sie drehte sich auf entschlossene »Dieses-Gespräch-ist-beendet«-Weise um, bereits auf dem Weg zurück zum Versammlungshaus.

Sobald sie weg war, zog Bumblebee wieder an Sundews Ohr. »EEEEEEEEEEEEEESS«, verlangte sie.

Die Vorratsnetze waren bis zum Überquellen gefüllt, wohl zur Vorbereitung des bevorstehenden Festmahls. Sundew trug Bumblebee hinüber und ließ sie eine Mango und dann ein Stückchen getrocknetes Wasserschwein essen, und danach aus einer Schüssel mit Flussdeckelschnecken probieren (von denen Bumblebee einen kleinen Bissen kostete und Sundew den Rest umgehend an den Kopf warf). Darauf gab es noch eine Mango, aber dann zerrte sie den Drachling vom Essen weg und schleifte ihn wieder zu den anderen.

»HrrrmblGRRR«, knurrte Bumblebee und schlug ihre winzigen Zähnchen in ein Stück Wasserschwein, von dem Sundew annahm, es wäre bereits der zweite Streifen, den der Drachling sich irgendwie heimlich unter die Krallen gerissen hatte.

Als Sundew zurückkam, verstummten Blue, Cricket und Swordtail. Sie betrachteten sie alle, als wären sie sich nicht ganz sicher, ob sie die Sundew war, der Drache, der ihnen in den letzten Tagen geholfen, sie beschützt und ihnen die Schuppen gerettet hatte, oder ein drachlingfressendes Krokodil.

»Zu den Nestern geht's hier lang«, erklärte Sundew und stampfte an ihnen vorbei. Sie hatte es nicht nötig, sich zu erklären.

Sie war ein Blattflügler! Außerdem waren sie schon nach ihrem ersten Zusammentreffen ihre Gefangenen gewesen. Sie sollten lieber dankbar sein, dass sie jetzt wenigstens wertvolle Gefangene waren.

Außerdem hatte sie ihnen bei der Lösung ihrer Probleme geholfen, oder etwa nicht? Sie hatte mitgeholfen, Blues Schwester zu befreien, obwohl Belladonna deswegen sauer war. Es war bestimmt nicht Sundews Schuld, dass Blue sie sofort wieder verloren hatte. Sundew hatte Swordtail auch dabei unterstützt, die Chrysalis zu finden, und dann auch noch Cricket bei ihrem idealistischen »Lasst uns die Stämme mit der Wahrheit retten! Und mit Flugblättern!«-Plan. Sie hatte allen möglichen gefährlichen Schwachsinn für diese Fremden mitgemacht! Wie konnten sie es wagen, so entsetzt darüber zu sein, dass sie immer noch ein loyaler Blattflügler war, deren Herz für ihren Stamm schlug?

Mir völlig schnurz, wenn sie mich nicht mögen. Mich muss außer einem einzigen bestimmten Drachen niemand mögen.

»Hier«, sagte sie und hielt vor Pokeweeds Nest an. Es war ein recht wackliges Gebilde aus ineinandergeflochtenen Ästen und Zweigen, das mehr oder weniger der Form eines Eis glich. Sundew war sich nicht einmal sicher, ob es genug Schutz vor dem Regen bot. Pokeweed war ein großer Drache, dem sein körperliches Wohlbefinden ziemlich egal war.

Er lebte dafür, die Schwarmflügler zu vernichten – und das war alles. Immerhin war sein Nest groß genug, dass zwei schlafende Drachen gut darin Platz fanden.

»Blue und Swordtail können das hier haben«, fuhr Sundew fort. »Cricket und Bumblebee das dort drüben.« Sie zeigte auf Bryonys Nest, das ganz in der Nähe und wesentlich ordentlicher als Pokeweeds war. Beide Nester lagen am äußeren Rand des Dorfes, in einer Reihe von Nestern, die zum Versammlungshaus führte.

»Was ist mit dir?«, fragte Blue. »Bleibst du nicht bei uns?«

Sundew blinzelte ihn an. Hatte er sie nicht gerade noch mit seinem »Oh, du bist so ein Monster«-Blick beehrt?

Vielleicht habe ich das ja falsch interpretiert. Das war auf jeden Fall Crickets Schnauzenausdruck … aber Blues war vielleicht nur traurig, und ich habe ihn als Er-hasst-mich-Ausdruck aufgefasst?

»Ich habe mein eigenes Nest«, erwiderte sie und schnalzte mit ihrem Schwanz in Richtung der Konstruktion, in der sie schlief. Sie war überglücklich gewesen, als sie mit zwei Jahren von Hemlock und Belladonna die Erlaubnis erhielt, aus dem elterlichen Nest auszuziehen und sich ein eigenes zu bauen. Erst nach einer Weile hatte sie mitbekommen, andere Drachlinge verließen ihre Familie nicht, bevor sie fünf Jahre alt wurden. Aber damit beschäftigte sie sich nicht lange. Schließlich sah sie ihre Eltern immer noch den ganzen Tag, sei es beim Training oder beim Unterricht. Sie *mochte* die Ruhe und den Frieden, wenn sie abends ganz allein war.

Ich mag es wirklich. Außerdem kann ich mich so viel leichter aus dem Dorf schleichen.

»Natürlich«, antwortete Blue.

»Wie sollen wir uns merken, welche unsere sind?«, erkundigte sich Cricket, die zwischen den Nestern umherlief. »Sie sehen alle gleich aus.«

Sundew zog fragend die Augenbrauen hoch. Sie sahen *kein bisschen* gleich aus. Die Äste stammten von verschiedenen Pflanzen oder waren auf verschiedene Weise miteinander verschlungen, und …

Sie atmete tief durch. Noch einmal helfen, und dann kann ich sie Belladonna überlassen, wenn ich will.

Sundew spürte mit ihrem Blattgeflüster in den Boden hinein. Sie fand einen kleinen Trieb, verfolgte ihn zurück und rief seine Wurzeln zu sich, bis sich ein Spross aus der weichen dunklen Erde ringelte, nach oben kletterte und sich dabei um den Eingang von Bryonys Nest wand. Als sich die Ackerwinde festgeklammert hatte, sprangen ihre Knospen auf und entfalteten sich zu violetten Blüten.

»Da«, meinte Sundew. »Meint ihr, ihr kriegt es jetzt hin?«

»Danke«, flüsterte Blue.

»So cool«, stammelte Swordtail.

»Sundew –«, setzte Cricket an.

»Ich muss zu Belladonna, Meldung machen.« Sundew pflückte sich Bumblebee vom Hals und drückte sie Cricket in die Klauen. Der kleine Drachling protestierte schläfrig und blies Sundew seinen Wasserschwein-Atem ins Gesicht. Doch schnell hatte sie sich, die Augen schon geschlossen, in Crickets Arme gekuschelt.

»Es ist nur … bist du nicht unsere Freundin?«, forschte Cricket nach. »Du hast uns so viel nicht erzählt, zum Beispiel das mit der Flammenseide und dem anderen Dorf, oder dem geheimen Plan zum Niederbrennen der Bauten oder dem Drachen, den du heiraten wirst …«

»Vielleicht geht dich das ja alles nichts an!«, fauchte Sundew. »Vielleicht *musst* du auch nicht die Antwort auf *jede einzelne Frage dieser Welt* wissen! Vielleicht war ich ja ein klitzekleines bisschen damit beschäftigt, euch dabei zu helfen, Königin Wasp auszuspionieren und Gewächshäuser niederzubrennen und dafür zu sorgen, dass ihr überlebt!«

»Es ist nicht ihre Schuld, Cricket«, tröstete Blue sie und schmiegte sich an den Schwarmflügler.

Seine schimmernden blau-violetten Schuppen glänzten nicht ganz so stark in dem grünen Licht unter der Kuppel, doch seine Flammenseide brannte hell wie Glühwürmchen unter den Schuppen seiner Klauengelenke. »Sie hat uns hergebracht, um uns zu helfen. Sie arbeitet schon ihr ganzes Leben lang daraufhin, den Plan ihres Stammes zu erfüllen. Uns kennt sie erst ein paar Tage. Logisch, dass sie uns nicht alles erzählt hat. Und du weißt, dass sie den Zuckmückenbau nicht niederbrennen wollte.«

»Weiß ich das?«, fragte Cricket. »Sundew, kannst du Blue beschützen, wenn er nicht mehr möchte, dass sie seine Flammenseide benutzen?«

»Natürlich kann ich das!«, schrie Sundew so laut, dass sie alle zurücksprangen. »Bei allen Bäumen! Als ob es nicht in eure Köpfe reinginge, wer hier die Guten und wer die Bösen sind! Ist doch total offensichtlich! ARRGH, IHR!« Sie wirbelte herum und stürmte den Weg zum Versammlungshaus hinauf.

Als sie davonstampfte, hörte sie Swordtails Worte: »Sie hat recht. Irgendwie habe ich keine Ahnung, ob ihre Mutter jetzt gut oder böse oder sonst was ist.«

Sundew erlaubte es sich *nicht*, *Ich auch nicht* zu denken.

Sie gestattete es sich *nicht*, darüber nachzugrübeln, wer ehrlich zu ihr war und wen sie aus einem brennenden Bau retten würde, oder ob es normal für eine Mutter und Anführerin war, andere zu manipulieren, oder was nun mit Blue und seinen Freunden geschehen könnte.

Sie lieferte ihren Bericht ab. Sie zeigte Belladonna das Rankenstück aus Wasps Gewächshaus. Ihre Mutter erkannte es wieder, aber nur von den Tagen, die sie sich dort versteckt gehalten hatten. Weder sie noch die anderen herbeibefohlenen Drachen wussten, um welche Pflanze es sich hier handelte.

Sundew erklärte auch, was sie über Wasps Gedankenkontrolle herausgefunden hatten, genau wie sie es Cricket versprochen hatte. Doch, wie bereits geahnt, war dies Belladonna herzlich egal. Wasp übte noch immer die volle Macht über den gesamten Schwarmflüglerstamm aus. Es tat nichts zur Sache, wie sie das geschafft hatte. Sie mussten immer noch besiegt werden, jeder einzelne von ihnen, und die einzige Entscheidung, die es laut Belladonna noch zu treffen galt, war, welcher Bau als nächster niedergebrannt werden sollte.

Nach ihrem Bericht schaute Sundew kurz im Waffenlager vorbei, wo Mandrake wie immer damit beschäftigt war, die Sammlung gefährlicher Insekten zu sortieren und zu versorgen. Hier fühlte er sich am glücklichsten; hier, wo er sich um tropische Riesenameisen und giftige Tausendfüßler kümmern konnte.

Sundew nahm ihre leeren Täschchen ab, teilte ihre Waffen und Vorräte auf ihre restlichen Blatttaschen auf und zog sie sich wieder zurecht.

»Möchtest du Nachschub?«, fragte Mandrake. Er zeigte auf eine Wand mit säuberlich beschrifteten Kästchen. »Mehr Schlaflilien? Oder Rauchblätter?«

»Nicht heute Abend«, antwortete Sundew. »Vielleicht morgen.« Sie war zu müde, um über eine neue Waffenausstattung nachzudenken. Sie wusste auch gar nicht, wie die nächste Bedrohung aussehen würde.

Sundew saß das Festmahl ab. Sie hatte keine Lust, Panther zu essen oder mit Mandrake zu tanzen oder irgendeinem der Drachen zuzulächeln, die ihr zu ihrer erfolgreichen Mission gratulierten. Als leuchtende Nachtblüher das Dorf erhellten, sah sie den anderen Blattflüglern dabei zu, wie sie sich nach und nach an Blue und Swordtail herantasteten, vorsichtig Fragen stellten und sie langsam in ihre Mitte ließen. Sie bemerkte Crickets Versuch, sich an den Gesprächen zu beteiligen, und wie sich alle Blattflügler mit angewinkelten Flügeln und zusammengebissenen Zähnen von ihr abwandten. Sie beobachtete die Blicke, die sie Bumblebee zuwarfen, als der kleine Schwarmflüglerdrachling alles in sich hineinstopfte, was er greifen konnte. Sie registrierte, wie Bumblebee all dies zu spüren und kleiner zu werden schien und stets in unmittelbarer Nähe von Crickets schützenden Flügeln blieb.

Mach nicht immer alles zu deinem Problem, Sundew. Nicht jetzt. Halte einfach bis Mitternacht durch. Um alles andere kannst du dich morgen noch kümmern.

Und dann, endlich, war das Festmahl vorbei. Die Blattflügler krochen langsam in ihre Nester. Zwei Drachen bezogen draußen vor dem Dorfeingang ihre Wachposten. Blue blieb kurz vor Sundew stehen, als sie auf dem Weg zu ihrer Unterkunft waren.

»Bist du sicher, dass du heute Nacht nicht bei uns bleiben willst?«, fragte er.

Sie schüttelte den Kopf. Sie wollte mit jemandem zusammen sein, der ihr das Gefühl gab, sie selbst zu sein, und nicht mit Drachen, die in ihr womöglich eine verräterische Schlange sahen. Swordtail winkte ihr vom Eingang von Pokeweeds Nest aus zu, und sie nickte zurück.

Sie kletterte in ihr eigenes Nest und beobachtete durch die Äste und Zweige hindurch, wie das Dorf still wurde.

Endlich, endlich, endlich war die Zeit gekommen.

Fast Mitternacht.

Zeit, aufzubrechen.

Sundew schlüpfte aus ihrem Nest und schlich heimlich zu der Seite der am weitesten vom Eingang entfernten Kuppelwand. Die Pflanzen hier kannten sie sehr gut. Sie hatte sie darauf trainiert, so zu wachsen, dass sie allen anderen undurchdringlich erschienen. Sie spürten, wie Sundew näherkam und neigten sich auseinander, beugten sich zur Seite und zurück, bis in der Begrenzung ein Loch entstand, gerade groß genug für einen kleinen Blattflügler.

Sie schlüpfte hindurch, worauf es sich sofort wieder schloss. In dieser Dschungelnacht war es ziemlich laut, mit all den Insekten und nachtaktiven Raubtieren, dem Gequake der Frösche und den Fledermauswolken, die über sie hinwegjagten. Mit ihrem Blattgeflüster schaffte sie sich die Hindernisse aus dem Weg und warnte die Drachenfallen und Sonnentaupflanzen. Sie kannte diesen Weg in- und auswendig, sogar besser als die Namen der Blattflügler, mit denen sie zusammenlebte.

Bald war sie am Teich angelangt. Dunkles Wasser kräuselte sich vor ihr und reflektierte die Lichtschimmer, die die drei Monde herabschickten.

Sundew setzte den kleinen Jadefrosch auf den Felsen in der Mitte des Teichs und kletterte auf den nächsten Baum. Dann atmete sie tief ein, klammerte sich an einem Ast fest und wartete auf Willow.

Kapitel 6

Eigentlich war der Frosch daran schuld, dass Sundew mit nur zwei Jahren die Saftflügler entdeckte.

Nicht der Jadefrosch. Ein echter Frosch, klein, braungrün und mit orangefarbenen Tupfen auf seinem knubbeligen Rücken. Ein Frosch, der in Sundews Tarowurzelschüssel gesprungen war und den gezuckerten Grashüpfer aufgemampft hatte, den sie sich extra als Nachtisch *aufgespart* hatte. Er hatte ihr die Zunge herausgestreckt und war dann in den Dschungel gehopst, als würde er jeden Tag Drachen auf die Palme bringen, ohne irgendwelche Konsequenzen befürchten zu müssen.

Na, NICHT mit ihr. OH NEIN, FREUNDCHEN. DIESMAL würde es AUF JEDEN FALL KONSEQUENZEN geben, FROSCH.

Sie jagte dem Frosch bis zu dem Zaun aus Dornenranken hinterher, Belladonnas erster Version der Schutzbegrenzung. Dort hüpfte er durch ein Loch zwischen den Blättern und verschwand im Dschungel.

Nun war es Drachen unter vier Jahren eigentlich gar nicht gestattet, sich allein außerhalb des sicheren Dorfumfelds aufzuhalten. Aber Sundew war nicht wie die anderen Blattflüglerdrachlinge. Eigentlich war sie ja *fast schon* drei, und das bedeutete, *praktisch* schon vier. Außerdem, was sollte sie denn bitte sonst tun? Einfach ZULASSEN, dass dieser Frosch sie so verhöhnte?

Abgesehen davon kannte sie den Dschungel besser als alle

anderen Drachlinge. Sie war eine Venusdrachenfallentöterin! Sie hatte gegen Kobralilien, Sonnentau- und Kannenpflanzen gekämpft und alle besiegt! Sie besaß grandiose Superkräfte! Niemand konnte Sundew, die Auserwählte, die Tochter der beiden Anführer der Blattflügler, aufhalten! Vor allem nicht, wenn sie auf einem RACHEFELDZUG war.

Der Frosch war DRAN.

Sundew schaute sich um, um sicherzugehen, dass niemand sie sah – die meisten erwachsenen Drachen waren bei einer Ratsversammlung, also schien die Luft rein zu sein –, und sprang schnell über den Zaun.

Der Dschungel auf der anderen Seite der Dornen sah fast genauso aus, wie auf ihrer Seite, nur dass die Pflanzen vielleicht etwas größer waren und dichter wuchsen. Sie entdeckte den fiesen Frosch sofort. Er hockte auf *extrem* selbstzufriedene Weise kauend auf einem Häufchen feuchter Blätter. Er kaute auf *ihrem Grashüpfer* herum!

»AHA!«, röhrte Sundew und sprang auf ihn los.

Ihre Krallen gruben sich in die sich zersetzenden Blätter und den Schlamm, verfehlten aber trotzdem knapp den Frosch, der fast einen Meter hoch in die Luft sprang und sich dann im Unterholz davonmachte.

»NEIN!«, schrie Sundew. »DAFÜR wirst du BEZAHLEN!«

Sie schoss dem Frosch hinterher, duckte sich unter den Zähnen einer nach ihr schnappenden Pflanze weg und zwängte sich durch das Dickicht aus Würgeranken, die versuchten, sie festzuhalten und einzuwickeln. Sie bewegte sich zu schnell für sie, aber nicht schnell genug, um den Frosch zu fangen, der einfach so über Treibsand hüpfen konnte, während sie außen herumlaufen musste. Einmal hatte sie den Frosch kurz aus den Augen verloren und blieb einen Augenblick wie angewurzelt stehen. Doch da machte der Frosch den Fehler, wieder loszuspringen, und so war sie ihm erneut auf den Fersen.

Sundew war überrascht, als sie auf einer Lichtung herauskamen und sie bemerkte, dass der Himmel langsam violett wurde. Sie hatte nicht gedacht, dass sie dem Frosch schon *so* lange hinterhergejagt war … allerdings hatte sie auch auf nichts anderes geachtet als auf das Aufblitzen seiner Froschbeine vor ihr. Einer der Monde stieg schon am Himmel empor.

Belladonna und Hemlock würden mordswütend sein.

Aber nicht so wütend wie ich, dachte sie. Auf DIESEN FROSCH, der an dem ganzen SCHLAMASSEL überhaupt ERST SCHULD ist und MEINEN ZORN SPÜREN WIRD.

Sie wurde etwas langsamer, als sie die Bäume hinter sich ließ. Da sah sie den Teich in der Mitte der Lichtung, dessen Wasser von einem kleinen silbrigen Bach auf der anderen Seite der Lichtung gespeist wurde. Ein Felsbrocken, glatt geschliffen wie ein Obsidian, ragte aus der Mitte des Teichs empor. Ein paar weiter entfernte Bäume neigten sich über das Wasser wie Dracheneltern, die ihren Nachwuchs fütterten. Also nicht wie *Sundews* Eltern, aber wie ein paar andere Eltern, die sie in ihrem Stamm beobachtet hatte.

Der Frosch hatte am Ufer des Teichs kurz Halt gemacht und sich halb im Schlamm vergraben. Sundew sah seine rollenden Augen auf sie gerichtet und wie die Adern an seinem Hals schnell pulsierten.

Sie schlich auf leisen Sohlen voran, setzte jede Klaue lautlos vor die andere, kauerte sich eng an den Boden und hielt ihre Flügel absolut still.

Hier komme ich, Frosch. Gleich stirbst du.

Ein Schritt … noch einer … noch näher … und … SPRUNG!

Ihre Klauen schlossen sich, doch leider nur um Schlamm und Luft. Der Frosch war mit einem überheblichen *Plop!* im Teich verschwunden.

»ARRRRRRRRRRGH!«, brüllte Sundew so laut, dass es die Blätter an den Bäumen über ihr zum Beben brachte und ein paar Drachenfallen vergebens zuschnappten. »Du GLITSCHIGER, flohhirniger, dämlich grinsender, KÄFERÄUGIGER SOHN EINES SCHWARMFLÜGLERS! Ich werde DICH VERNICHTEN!«

Sogar in ihrer Wut wusste sie, es war besser, nicht in ein unbekanntes Gewässer zu springen, ohne es vorher auf Wasserfallen und Wasserschlauchgewächse zu testen. Sie drehte sich blitzschnell um, riss einen langen Ast vom nächsten Baum und fing an, damit wütend auf das Wasser einzustechen. Wassertropfen flogen nach oben und spritzten ihr ins Gesicht und auf die Flügel. Das Gestrüpp am Teich wackelte und vibrierte, als winzige Tierchen hastig vor dem zornigen Geplatsche flohen, das sie veranstaltete.

Sie überprüfte das spitze Ende des Asts. Kein gepfählter Frosch. Aber auch keine abgerissenen Stränge tödlicher Unterwasserpflanzen. Das hieß jedoch nicht, dass es keine gab. Wenn sie ins Wasser sprang und von einer hungrigen Wasserfalle ertränkt würde, statt ihr blödes glorreiches Schicksal zu erfüllen, fänden ihre Eltern das gar nicht witzig.

ABER DER FROSCH! SIE KONNTE IHN DOCH DAMIT NICHT DAVONKOMMEN LASSEN!

»Komm raus und stell dich wie ein richtiges Reptil!«, schrie Sundew. »Ich werde dir die Beine abreißen und sie an eine Tarantel verfüttern! Ich werde Piranhas in den Teich kippen und ihnen befehlen, dich ganz langsam abzunagen!«

»Bei allen Bäumen«, ertönte da eine Stimme über ihr. »Mit wem *redest* du da überhaupt?«

Sundew sprang überrascht zurück.

Ein blassgrünes Drachenweibchen saß auf dem Felsen und schaute zu ihr herab. Kurz zuvor war sie garantiert noch nicht da gewesen.

Sie war ebenfalls ein Drachling und genau wie Sundew hier draußen unterwegs, außerhalb des sicheren Bereichs.

Allerdings hatte Sundew sie noch nie zuvor bemerkt, was bei einer kleinen Gruppe wie der der Blattflügler eigentlich unmöglich war.

Und sie hatte die schönsten braunen Augen, die Sundew je gesehen hatte.

»Mit meinem Erzfeind«, knurrte Sundew als Antwort auf ihre Frage. »Der sich in diesem Teich versteckt, aber NICHT MEHR LANGE, weil ich ihn VERNICHTEN WERDE. Oder sie. Was auch immer es ist.«

Der neue Drache legte den Kopf schief und beobachtete das Wasser. »Wow. Was hat dir dieser furchtbare, seinem schlimmsten Untergang geweihte Unhold denn angetan?«

»Er hat MEINEN GRASHÜPFER GESTOHLEN, den ich – ach, weißt du was, egal«, kläffte Sundew, als sie den amüsierten Ausdruck sah, der sich auf der Schnauze der Fremden breitmachte. »Was er GETAN hat, tut nichts zur Sache; was ich mit ihm ANSTELLEN werde, ist VÖLLIG GERECHTFERTIGT, keine Sorge. Ich muss ihn nur erst fangen.«

»Aber wir … wir reden hier nicht von einem Drachen, oder?«, erkundigte sich die Fremde.

»Nnnnnein«, gab Sundew zu.

Das andere Drachenmädchen kräuselte nachdenklich die Schnauze. »Ein Krokodil? Ein Waran? Oh, eine Gila-Krustenechse! Diese Viecher sind *fies.* Letzte Nacht musste ich fast mit einer kämpfen, weil ich ihr auf den Schwanz getreten bin, aus Versehen natürlich! Hey, vielleicht ist es ja dieselbe!«

»Ist es nicht«, motzte Sundew. Sie starrte finster auf das Wasser. »Es ist … ein Frosch«, knurrte sie endlich. »Aber ein SEHR BÖSER Frosch, der es verdient hat, ZERTRAMPELT zu werden.«

»Oh nein. Das ist – oje.« Die Fremde verdeckte ihre Schnauze, als empfände sie tiefstes Mitgefühl, doch Sundew sah, wie ihre Schultern zuckten.

»Lach mich bloß nicht aus!«, ächzte sie. »Wenn du sein dämliches, selbstgefälliges Gesicht gesehen hättest, würdest du schon verstehen! Ich kann selbstgefällige Gesichter nicht *ausstehen.* Ich will sie einfach alle PLATTHAUEN. Wenn du nur fünf Herzschläge eher hier gewesen wärst, hättest du dabei zusehen können, wie er sich ÜBERSELBSTGEFÄLLIG GRINSEND in den Teich plumpsen ließ.« Sundew schaute sich im schwächer werdenden Sonnenlicht um. »Wo … bist du überhaupt *hergekommen*?«

Die Fremde zeigte mit einem ihrer Flügel auf die Bäume hinter sich. »Aus dem Dorf natürlich, du Genie.«

Aber das Dorf lag nicht hinter ihr. Es lag ziemlich weit weg, und zwar genau in der entgegengesetzten Richtung.

»Ähm. Was?«, fragte Sundew, leider nicht so scharfsinnig, wie sie es sich für diese Befragung vorgenommen hatte.

»Wer bist du?«, erkundigte sich jetzt das andere Drachenmädchen. »Ich habe das Gefühl, ich sollte dich eigentlich kennen.«

Sundew streckte sich und setzte ihr grimmigstes Gesicht auf. Es war eine Sache, dass sie, Sundew, diese Fremde nicht kannte, aber nahezu unfassbar, dass diese *sie* nicht kannte. »Ja, das solltest du! Ich bin *Sundew*. Wer bist *du*?«

Das Drachenmädchen legte den Kopf schief. Ihre Schuppen waren von einem Muster aus dunkelgrünen Blattformen überzogen, die den Schatten langer, ovaler Blätter glichen. Ihre Augen sahen aus, als würden sie lächeln. Ihr ganzes Gesicht verzog sich in Wellen zu einem Strahlen, und Sundews Gesicht wollte es ihr gleichtun. Kräuseln und strahlen! Was für eine komische Gehirnwäschemagie war das hier?

»Sundew, wirklich? Das ist ein ungewöhnlicher Name«, meinte sie.

»Nein, ist er gar nicht!«, keifte Sundew. »Ich meine, na ja, irgendwie schon, weil ich die Einzige bin, die ihn trägt, aber alle haben ihn schon gehört, also ist er sehr bekannt, was bedeutet, dass er gar nicht ungewöhnlich sein kann, jedenfalls laut dieser Definition, meine ich jedenfalls, und außerdem, DEIN Name ist der, der komisch ist, er ist … na ja, eben TOTAL KOMISCH …« Die Gehirnwäschemagie machte auch etwas mit ihren Worten! Sie blickte so ernst, wie sie nur konnte. *Hör auf dich zu kräuseln, Gesicht!*

»Ich habe dir meinen Namen noch gar nicht gesagt«, erwiderte das andere Drachenmädchen und strahlte dabei sogar noch mehr.

»Na, ICH WETTE, ER IST KOMISCHER ALS SUNDEW!« Sundew spannte ihre Flügel auf.

»Ich bin Willow!«, stellte sich der blattförmig gemusterte grüne Drache mit dem strahlenden Gesicht vor.

»Da, siehst du, ich habe recht gehabt«, triumphierte Sundew. »Wer hat jemals schon von einem Drachen namens Willow gehört, also ICH JEDENFALLS NICHT.«

Willow zuckte mit dem Kopf und sah verwirrt aus. »Was meinst du eigentlich mit ›sehr bekannt‹? Ich … ich habe noch nie von dir gehört. Sollte ich das?«

Sundew schnalzte mit dem Schwanz und schleuderte dabei aus Versehen eine schockierte Eidechse in den Teich. »Ich bin die Tochter von Belladonna und Hemlock!«, erklärte sie. »Du weißt schon! Der große Plan? Ich bin die, die Pantala retten muss?«

»Pantala retten? Wovor?«, staunte Willow.

Sundew fiel die Kinnlade herunter. »Vor den SCHWARMFLÜGLERN!«, rief sie. »Weißt du überhaupt irgendwas? Wo warst du bis jetzt? Wer *bist* du?«

»Oh!« Willow flogen die Vorderklauen vor die Schnauze. Sie starrte Sundew an, als wäre ein Blitz aus dem Himmel geschossen und hätte sie nach dem Weg gefragt. »Jetzt weiß ich, warum dein Name so komisch ist! Du bist ein *Giftflügler*!«

»Ein was?«, raunzte Sundew, aber Willow war schon von dem Felsen heruntergeflogen, um neben ihr zu landen. Sie umkreiste Sundew und musterte mit großen Augen ihre Flügel und ihren Schwanz. Aus der Nähe roch sie nach einem Hauch von Minze, Schokolade und frischem Regen.

»Aber wie kannst du das sein? Du siehst genauso aus wie wir!«, stellte Willow fest.

»Vielleicht ein bisschen hübscher.« Ihre Blicke trafen sich, und sie duckte kurz ihren Kopf weg und machte wieder dieses Lächel-Kräusel-Ding mit ihrem Gesicht, das sie gleichzeitig zu verstecken versuchte. »Oder sehr viel mehr.«

Was eine komische und auch falsche Feststellung war, denn Willow war hier die mit den flusstiefen Augen und dem Strahlegesicht und DARUM GEHT'S HIER GERADE ÜBERHAUPT NICHT, SUNDEW.

»Ich bin kein Giftirgendwas«, motzte Sundew. »Ich bin ein Blattflügler.«

»Aber du gehörst zu den Abspaltern, oder?«, erkundigte sich Willow. Sie hatte aufgehört, um Sundew herumzulaufen und sich hingesetzt, nachdem sie den Boden kurz nach Dornen abgesucht hatte. »Zu den furchterregenden Drachen mit den Gefährliche-Pflanzen-Namen?«

Sundew starrte sie an. »Abspalter?«, wiederholte sie. »Ich dachte … wir wären die einzigen. Die einzigen Blattflügler, die es noch gibt.«

Willows Strahlen ließ ein bisschen nach, als hätte jemand ein paar Spinnweben über ihr Sternenfunkeln geworfen. »Oh … nein«, erklärte sie. »Da gibt es noch uns. Den Rest von uns. Die, ähm … sorry, ich weiß nicht, wie ich es sonst sagen soll … die echten Blattflügler? Die, die bei Königin Sequoia geblieben und ihr immer noch treu sind.«

»Königin Sequoia *lebt noch?*«, fragte Sundew schockiert.

»Wow«, erwiderte Willow. Ihre großen Augen sahen unverschämt bezaubernd aus. »Ich kann kaum glauben, dass sie uns vor euch verheimlicht haben! Wir lernen in der Schule alles über Giftflügler.«

»Was lernt ihr da?«, zischte Sundew, deren Neugier und Wut innerlich miteinander kämpften. Wusste Mutter davon? Falls ja, wie konnte sie es WAGEN, so etwas vor Sundew geheim zu halten! »Was erzählen sie euch über uns?«

»Oh, na du weißt schon … wie einige Drachen die Baumkriege weiterführen wollten und sich deshalb vom Rest des Stammes abspalteten, als wir den Giftdschungel erreicht hatten. Und ihre Drachlinge dann nach tödlichen Pflanzen benannten, statt ihnen Baumnamen zu geben, wie es die Blattflügler schon immer getan haben. Und wie sie seitdem all die Jahre Rachepläne gegen die Schwarmflügler schmieden. Königin Sequoia hat sich erst im letzten Mondzyklus wieder mit ihrer Anführerin getroffen – sie versucht immer, sie davon zu überzeugen, dass es sicherer ist, hier zu bleiben und kein Aufsehen zu erregen, bis Königin Wasp tot ist.«

Sich mit ihrer Anführerin getroffen – es gab nur einen Drachen, der damit gemeint sein konnte.

Belladonna. Sundews Mutter.

Sundew fragte sich, welchen »Jagdausflug« oder welches »Ratstreffen« ihre Mutter ihr wohl vorgelogen hatte, um ihr geheimes Treffen mit der Königin der Blattflügler zu vertuschen. Der Königin, die noch am Leben war, obwohl Sundew und den anderen Drachlingen beigebracht wurde, sie wäre während der Baumkriege gestorben.

Willow redete immer noch. »Ich meine, kannst du dir vorstellen, wie dumm es wäre, die Schwarmflügler auf uns aufmerksam zu machen? Solange sie denken, dass wir ausgerottet sind, sind wir sicher. Aber wenn wir sie wissen lassen, dass wir noch hier draußen sind?« Sie schauderte.

»Entschuldige mal«, begann Sundew erbost. »Dein Vorschlag ist also, sie gewinnen zu lassen? Wir lassen sie unseren Kontinent stehlen und freuen uns über unsere angebliche Ausrottung? Wir akzeptieren einfach, dass wir *hier* leben?« Sie schwang ihre Flügel in Richtung der Venusdrachenfallen über ihnen, die sich langsam zu ihnen vorstreckten, immer näher und näher, je länger ihr Gespräch andauerte. Sundew wühlte einen Stein aus dem Schlamm und warf ihn auf die nächste Pflanze. Sie schnappte zu und zog sich zurück, während die anderen sich um sie herum aufstellten.

»So schlimm ist es hier nicht«, meinte Willow. »Oder? Also … ich denke … es ist natürlich besser mit, ähm … interessanter Gesellschaft.« Sie schaute Sundew wieder mit ihrem kräuselig-strahlenden Gesicht an, das alle Worte in Sundews Kopf durcheinander brachte, sodass sie ineinander purzelten wie orientierungslose Motten.

Lächle NICHT zurück, Sundew. Sie liegt völlig falsch, was deinen gesamten Lebenszweck betrifft! WAS MACHT DEIN GESICHT DA, SUNDEW?

»Es ist unser Geburtsrecht, *da draußen* zu sein!«, erklärte Sundew und versuchte, sich an all das zu erinnern, was ihr beigebracht worden war. Belladonna hatte sie darauf trainiert, ihre Wut augenblicklich zu konzentrieren und sie dann herauszulassen. Wut war immer gut, wenn Sundews andere Gefühle zu kompliziert wurden. »Wasp könnte noch einhundert weitere Jahre leben, oder ihr könnte jemand folgen, der genauso schlimm ist! Wir können nicht einfach nur rumsitzen und darauf warten, dass die Geschichte schon alles von allein regelt. Wir *müssen* kämpfen! Wir *müssen* die Dinge besser machen, und zwar mit unseren eigenen Klauen!«

Willow schaute auf die Faust, zu der Sundew ihre Klaue geballt hatte. Sie griff nach ihr und nahm sie zwischen ihre beiden Vorderklauen. Sie streichelte die Anspannung heraus und legte dann eine ihrer Klaueninnenflächen auf Sundews. Ihre Schuppen waren warm und leicht wie Farnwedel. Sundew konnte Willows Herzschlag spüren, der nur halb so schnell war wie ihrer.

»Schhhhh«, flüsterte Willow sanft. »Jetzt gerade musst du gar nichts tun. Sei einfach nur hier. Atme.«

Noch nie hatte jemand zu Sundew gesagt, sie solle einfach nur »atmen«. Ihr erster Instinkt war, zurückzumotzen, dass sie doch BEREITS ATMETE, und zwar ziemlich häufig und auch ziemlich gut, besten Dank. Doch da lag ein Ausdruck auf Willows Gesicht und in ihren Augen, als sie auf Sundews Klauen hinabblickte, der es Sundew unmöglich machte, sie anzublaffen.

Einen Moment lang standen sie einfach nur so da. Einer von Willows eleganten Flügeln war nur einen Hauch von Sundews Flügel entfernt, wie ein Schmetterling, der über einem Blatt schwebt. Sundew fragte sich, ob dies dem Schmetterling genauso bewusst war wie dem Blatt. Sie war sich nicht sicher, ob sich ihr Herzschlag verlangsamte oder der von Willow schneller wurde, doch irgendwann bemerkte sie, wie ihre Herzen im Einklang miteinander schlugen.

»Findest du nicht, dass *pochen* ein furchtbares Wort ist?«, fragte Willow gedankenversunken. »So würden wahrscheinlich die meisten Drachen das bezeichnen, was unsere Herzen tun, aber es *fühlt* sich gar nicht pochend an. *Pumpen* klingt irgendwie auch nicht richtig, und *schlagen* zu brutal. *Klopfen* passt auch nicht ganz. Es sollte ein besseres Wort dafür geben.«

»Du meinst dafür, wenn sich zwei Herzen finden?«, hauchte Sundew so leise sie konnte, um den Zauber des Moments nicht zu zerstören.

Willow lächelte sie schüchtern von der Seite aus an. »Das hoffe ich.«

Sundew wusste nicht, was sie antworten sollte. Belladonna hätte ihr geraten, den Blattflügler in den Teich zu stoßen und ihr etwas von den Baumkriegen vorzuschreien und wie wichtig es war, Wasp zu töten. Sie hätte sie daran erinnert, dass es ihre Pflicht war, Mandrake zu heiraten und Drachlinge mit Superkräften großzuziehen, um ihre Feinde zu vernichten. Belladonna hätte gesagt, dass nichts so wichtig war wie ihre Rache, und Willow es nicht wert war, dass man überhaupt mit ihr sprach.

Aber Belladonna war eine Lügnerin und Willow der einzige Drache, der in Sundew jemals dieses Innen-und-Außen-Funkelgefühl erzeugt hatte.

Sie ließ ihren Flügel sanft über Willow gleiten. »Hey, ich habe eine Entscheidung getroffen.«

»Hast du?«

»Ja.« Sundew räusperte sich und setzte ein ominöses Gesicht auf. »Ich habe beschlossen, dir zu Ehren das Leben dieses abscheulichen Froschs zu verschonen.«

»Oh!« Willow lachte. »Wie schade. *Ich* hatte nämlich gerade beschlossen, so lange bei diesem Teich auf der Lauer zu liegen, bis er herauskommt, damit ich ihn für dich abmurksen kann.«

»Was?!« Sundew konnte nicht anders, als auch zu lachen. »Mir hat noch nie jemand angeboten, einen Frosch für mich abzumurksen!«

»Na, mir hat noch nie jemand angeboten, einen Frosch für mich *nicht* abzumurksen«, erwiderte Willow. »Das ist sehr edelmütig von dir.«

»So bin ich«, grinste Sundew. »Immer total edelmütig.«

»Willst du mitkommen und bei uns leben?«, platzte es aus Willow heraus. »Und ein Blattflügler sein, Königin Sequoia treffen, nicht mehr ständig ans Kämpfen denken und mich jeden Tag sehen?«

Das war das erste Mal, dass sie das fragte, aber nicht das letzte Mal.

Fast immer, wenn sie sich trafen, bot Willow Sundew an, sie mit in ihr Dorf zu nehmen, ihr ein Zuhause zu geben und ihr beizubringen, ein friedliebender Saftflügler zu sein (eine Bezeichnung, die Willow nie verwendete und kein bisschen mochte).

Doch jedes Mal musste Sundew dies verneinen.

Nein, ich habe eine Bestimmung.

Nein, mein Stamm braucht mich. Dein Stamm braucht mich auch für diese Aufgabe, auch wenn es keiner von euch begreift.

Nein. Ich muss zuerst die Welt retten.

»Es tut mir leid«, erklärte sie beim ersten Mal. »Ich kann nicht.«

Willow hatte weggeblickt, während ihre Flügel langsam nach unten sanken, aber Sundew hatte schnell ihre Klauen ergriffen, bevor sie sich ganz wegdrehen konnte.

»Aber kann ich dich wiedersehen?«, hatte sie gefragt. »Morgen Nacht? Und die Nacht danach? Und vielleicht auch die danach und die danach? Ich kann mich rausschleichen; es ist ganz leicht.«

Willow hatte wieder gelacht und Sundew in der Nacht darauf den Jadefrosch geschenkt. Unser Zeichen, hatte sie gesagt. Damit ich weiß, dass du da bist. Leg ihn auf den Felsen, und dann komme ich und finde dich.

In den folgenden vier Jahren hatte Sundew ihre Mutter überzeugt, auch die jüngsten Drachlinge müssten über die Saftflügler Bescheid wissen, anstatt erst mit vier Jahren von ihnen zu erfahren. Aber Belladonna nahm sie nie zu ihren Treffen mit Königin Sequoia mit und verschwieg auch dem Rat, was sie beredeten.

Sie hatte Sundew verboten, das andere Dorf zu besuchen oder zu versuchen, mit irgendeinem von ihnen zu sprechen. Sie schien Sundews Interesse an den Saftflüglern verdächtig zu finden und hasste es, von ihnen zu hören.

Also blieb Willow ein Geheimnis. Sundews Geheimnis.

Das war die längste Zeit ihrer Trennung gewesen. Willow wusste, es könnte eine Weile dauern, aber sie war sogar noch länger weg gewesen, als sie selbst erwartet hatte. Und sie hatte Willow nicht den Grund für ihre Abwesenheit verraten oder wohin sie ging.

Ein leichter Regen setzte ein und durchdrang die Blätter über Sundew.

Sie war sich nicht sicher, wie viel Zeit schon vergangen war. Nur einer der Monde war durch das Blätterdach sichtbar.

Ob sie noch kommt? Was, wenn sie aufgegeben hat, nach dem Frosch Ausschau zu halten?

Doch endlich bewegten sich die Schatten um den Teich herum. Einer von ihnen glitt bis zum Felsen und dann in das Mondlicht vor ihr und wurde zur Silhouette des einzigen Drachen, auf den sich Sundew je gefreut hatte.

Sundew sprang unter dem Baum hervor, rannte über das Gras und direkt in Willows Flügel hinein.

Kapitel 7

»Du warst *ewig lang* weg!«, beschwerte sich Willow und drückte Sundews Klaue zwischen ihren. »Ich muss dir so viel erzählen! Ich habe gewartet und gewartet und jede Nacht auf diesen Felsen gestarrt. Es war einfach grauenvoll und ich mochte es kein bisschen, lass uns so etwas nie wieder machen! Ich hatte schon Angst, dass Belladonna das mit uns herausgefunden hat! Ich habe mich gefragt, ob ich eine waghalsige Rettungsaktion durchführen muss – und die Dorfbegrenzung durchbrechen! Die anderen Giftflügler aus dem Weg schleudern! Dein Gefängnis niederreißen und mit dir in Richtung Sicherheit davonfliegen! Wäre das nicht total heldenmäßig gewesen?«

Sundew schlang ihren Schwanz um Willows. »Das absolut Heldenmäßigste und Romantischste überhaupt, aber völlig unnötig. Du weißt doch, Belladonna könnte mich nie einsperren, auch wenn sie wollte.«

Sie schickte ihr Blattgeflüster tief in die Erde hinab und ließ ihre Kraft die Wurzeln entlangwandern, bis sie das Gesuchte fand: Sie ließ ein kleines Veilchenmeer aus dem Boden sprießen. Klein und wunderhübsch und violett wuchsen sie direkt neben Willows Klauen empor.

»Angeberin«, lächelte Willow zärtlich. Diese Lichtung war dank der vielen verstreuten Blumen, die Sundew in den letzten drei Jahren für Willow hatte wachsen lassen, vermutlich der farbenfrohste Fleck im ganzen Dschungel. »Womit warst du denn so beschäftigt? Letzte Nacht hatte ich einen grauenvollen Albtraum, in dem du den Giftdschungel verlassen hast und direkt in Wasps Klauen gerannt bist. Es hat sich so echt angefühlt! Fast hätte ich ihn Königin Sequoia erzählt, aber sie versichert uns immer, Belladonna würde niemals den Rest von uns in Gefahr bringen, nur um … oder sie würde es uns zumindest sagen … Sundew?«, fragte sie, und ihr versagte fast die Stimme, als sie Sundews Gesichtsausdruck sah. »Was ist los?« Sie ließ Sundews Klauen los und presste sich die Klauen vors Maul. »Oh nein …«

»Ich habe den Dschungel verlassen«, berichtete Sundew. »Aber flipp' jetzt nicht aus.«

»Aber du wurdest nicht gesehen«, flehte Willow. »*Es hat dich niemand gesehen*, weil du vorsichtig warst, stimmt's?«

»Ich war vorsichtig«, erwiderte Sundew langsam. »Ich meine … *wir* waren vorsichtig …«

»Wer ist wir?«, fragte Willow. »Was meinst du damit?«

»Belladonna, Hemlock und ich sind ohne Probleme bis zum Wespenbau gekommen«, antwortete Sundew. »Aber zuerst konnten wir nicht hinein. Und dann sind wir auf diese … anderen Drachen gestoßen.«

»Oh nein, oh nein«, flüsterte Willow.

»Aber es lief alles gut!«, beruhigte Sundew sie schnell. »Zwei von ihnen waren Seidenflügler, und die andere ein Schwarmflügler, bei dem die Gedankenkontrolle nicht funktioniert, und sie ist auf unserer Seite. Also bis jetzt jedenfalls. Wir haben sie irgendwie auf unsere Seite gezerrt, aber sie war eh schon auf dem Weg dahin. Eigentlich ist sie nur auf der Seite dieses einen Seidenflüglers, aber er ist wahrscheinlich für uns, es sei denn

Belladonna hat es versaut, aber der Punkt ist, dass sie damit einverstanden waren und uns geholfen haben. Also, sich zum Helfen bereit erklärt haben. So ein bisschen wie Nein-sagen-geht-nicht-also-stimme-ich-mal-zu-mäßig.«

»Ich kriege gleich einen Herzinfarkt«, stammelte Willow. »Also hast du ein paar Verbündete gefunden und bist gleich zurück nach Hause gekommen? Unbehelligt? Ohne gesehen zu werden?«

»Na ja … nein«, gab Sundew zu. »Wir … haben irgendwie das Buch von Clearsight gestohlen.«

»WAS?«, kreischte Willow und schreckte damit ein paar schlafende Vögel auf, die explosionsartig in den Nachthimmel hinaufstoben.

»Schhhhhhhhhh«, zischte Sundew und legte ihr eine Klaue aufs Maul.

»Wir haben es! Wir mussten Wasp doch ihr geheimes Wissen über die Zukunft wegnehmen. Oder zumindest selbst wissen, was darin steht, oder? Ist das nicht eines von Sequoias gebetsmühlenartig wiederholten Argumenten, dass wir nichts gegen Wasp unternehmen können, weil sie dieses allwissende Buch hat, das sie vor jedem unserer Schritte warnt?«

»Ja, aber das ist doch Wahnsinn!«, rief Willow. »Das Buch muss doch der am besten bewachte Gegenstand im am besten bewachten Bau Pantalas gewesen sein.«

»War es auch«, bestätigte Sundew. »Aber nicht mehr! Ha ha! Jetzt gehört es MIR!«

»*Niemals!*«, stöhnte Willow. »Das hast du wirklich gemacht? Hast du es gelesen? Bist du jetzt der allwissendste Drache im ganzen Land? Die Zukunft liegt vor deinen Augen ausgebreitet? Alle Geheimnisse darüber, was uns bevorsteht?«

»Na«, murmelte Sundew. »Nein.«

»Nein?«

»Tja, die ganze Buchgeheimniskrämerei war eine dicke fette Lüge. Clearsight hat schon ein paar Prophezeiungen niedergeschrieben, aber die verliefen schon vor über eintausend Jahren im Sande. *Nichts* von alldem, was Wasp uns erzählt hat, war wahr.«

Willow starrte sie durch das fahle Mondlicht hindurch an. »Wow«, murmelte sie. »Hattest du das nicht schon vermutet? Vor ein paar Jahren? Du meintest damals ›Was, wenn nichts davon stimmt? Was, wenn es nie eine Clearsight gegeben hat und alles, was uns über das Buch erzählt wurde, nur von einem grausamen Schwarmflügler erfunden wurde?‹«

»Das habe ich gesagt?« Sundew schnalzte selbstzufrieden mit den Flügeln. »Tja, dann hatte ich wohl so halb recht. Es sieht so aus, als hätte es Clearsight wirklich gegeben, aber auch die Lügen, und in den letzten tausend Jahren auch jede Menge grausame Schwarmflügler.«

Willow atmete tief ein. »Ok«, überlegte sie. »Das ist unglaublich. Du hast dich in den Bau geschlichen, von dort aus in den Tempel, hast das Buch gestohlen, bist wieder herausgeflogen und dann gleich wieder zurück nach Hause, ohne entdeckt zu werden, richtig?«

»Ähm«, zögerte Sundew. »Nein.«

»Nein?! Sundew!«

»Nicht wirklich. Ich meine … wir haben uns in den Bau geschlichen, ohne bemerkt zu werden. Und in den Tempel. Aber das eigentliche Stehlen und Abhauen lief … nicht so gut.«

»Bei allen Bäumen«, stöhnte Willow. »Du wurdest *gesehen*? Sundew, sag mir, dass du nicht *gesehen* wurdest!« Ihre Flügel zitterten. Sundew griff erneut nach ihren Klauen.

»Es ist alles gut! Ich bin doch hier, oder nicht? Ich habe es sicher zurück geschafft. Ich habe sogar unsere neuen Verbündeten mitgebracht. Einer von ihnen kann Feuer schießen! Ein feuerschießender Drache *und* das Buch von Clearsight – das ist eine ziemlich erfolgreiche Mission, findest du nicht?«

»Aber die Schwarmflügler haben dich *gesehen*. Also wissen sie, dass wir nicht ausgestorben sind. Oh, vielleicht wird ihnen niemand glauben!« rief Willow. »Ein bisschen so wie bei Geistern oder Zweibeinern – eine überdramatisierte Geschichte, die auf Partys erzählt wird, die aber keiner ernst nimmt. Stimmt's? Alle anderen werden bestimmt denken, sie hätten Halluzinationen. Durchgeknallte Visionen! Eine überdrehte Fantasie, die mit ein paar von ihnen durchgegangen ist! Und alle werden sie auslachen und spotten ›Ha ha, Blattflügler, die sind alle längst ausgerottet! Ihr Spinner! Wir lachen uns tot über eure Witzgeschichte und werden garantiert und auf keinen Fall überhaupt nur daran denken, mit unserer Armee loszuziehen, um den Rest des Stammes auszulöschen. Weil davon nämlich nichts mehr übrig ist! Blattflügler, wie lustig.‹ Das könnte passieren. So wird es wahrscheinlich laufen. Wie viele Schwarmflügler können dich schon gesehen haben? Einer? Zwei?«

Sundew machte ein zerknirschtes Gesicht.

»Drei?«, fragte Willow nervös.

»Na ja, eher … alle?«, gab Sundew kleinlaut zu.

»ALLE?«

»Du *musst* aufhören, so rumzuschreien!«, tadelte Sundew sie. »Dein Dorf ist nicht so weit weg. Und heute Nacht ertrage ich wirklich keinen anderen Drachen außer dir.«

»Du kannst nicht wirklich *alle* meinen«, jammerte Willow.

»Na ja«, erwiderte Sundew. »Also wenn man davon ausgeht, dass Königin Wasp die Gedanken des gesamten Schwarmflüglerstammes kontrolliert, sie alle zum Tempel fliegen und uns angreifen ließ und dann dabei zusah, wie ich geflohen bin, denke ich irgendwie, na ja, alle haut schon hin. Ach, warte mal! Eigentlich nur alle aus dem Wespenbau. Nicht die aus den anderen Bauten. Also nur ein Bau von insgesamt neun, und das macht dann nur ein Neuntel der gesamten Schwarmflügler. Siehst du? Du hattest recht. Nicht alle von ihnen.«

»Alle Drachen im Wespenbau«, stammelte Willow leise, »mit der Königin in ihren Köpfen, haben dich angegriffen und gesehen und dabei zugeschaut, wie du mit dem Buch von Clearsight geflohen bist.«

»Ja«, gestand Sundew. »Jetzt hast du's verstanden. Es war eine sehr beeindruckende Flucht, muss ich sagen.«

»Also«, meinte Willow, »werden wir jetzt alle sterben.«

»Nein!«, rief Sundew. Sie strich mit ihrer Klaue sanft über Willows Gesicht. »Nein, werden wir nicht, Willow. Diesmal werden wir *gewinnen.*«

»Wie kannst du das bloß denken? Sogar wenn wir irgendwann gewinnen würden, bedeutet ein Krieg tote Blattflügler, vor allem ein Krieg gegen Königin Wasp. Und wir können nicht gewinnen, weil sich seit dem letzten Mal nichts geändert hat, nur dass wir jetzt noch weniger Blattflügler sind!«

»Das stimmt nicht«, belehrte Sundew sie. »Es ist alles völlig anders.« Sie begann, die verschiedenen Punkte an ihren Krallen herunterzuzählen: »Wir haben einen Flammenseidenflügler. Wir haben das Buch von Clearsight und kennen die Wahrheit darüber. Die Hälfte unseres Stammes bereitet sich seit fünfzig Jahren auf einen Krieg vor, und wir haben jede Menge neue Waffen. Die Seidenflügler sind unruhig, unterdrückt und unglücklich – na ja, nicht alle von ihnen, aber immerhin genug, dass sie eine Anti-Schwarmflügler-Untergrundbewegung gebildet haben und Wasp dieses Mal nicht einfach blind folgen werden. Außerdem haben die Schwarmflügler zu viel Angst, um im Giftdschungel gegen uns zu kämpfen. *Und* wir kennen das Geheimnis von Königin Wasps Gedankenkontrolle.« Sie ließ Willow los und zog die Ranke aus der Tasche. »Es ist eine Pflanze. Diese Pflanze. Sie muss sie fressen oder so etwas, und dann injiziert sie es den Schwarmflüglern, wenn sie noch in ihren Eiern sind, um die Drachen unter ihre Kontrolle zu bringen.«

Sie hielt Willow die Pflanze hin. Willow schnüffelte daran und fuhr mit einer Kralle vorsichtig über den stacheligen Stängel.

»Die kenne ich nicht«, erklärte sie. »Wenn sie hier wüchse, könntest du sie doch bestimmt fühlen, oder?«

»Ich habe es versucht.« Das hatte Sundew tatsächlich, und zwar gleich vom ersten Moment an, als sie den Giftdschungel betreten hatten. Sie hatte ihr Blattgeflüster hinaus in den Dschungel geschickt und so weit sie nur konnte den unterirdischen Pilzmyzelgeflechten und Wurzelwegen der Bäume nachgespürt. »Ein paar der ältesten Bäume haben dieses ›Hmmm‹-Ding gemacht, das sie immer von sich geben, wenn sie etwas Bekanntes sehen, und einmal dachte ich, ich hätte eine Verwandte dieser Pflanze von ganz weit weg ein Echo zurückwerfen hören. Aber ich habe es verloren, und keiner der Bäume konnte mir sagen, wo ich diese Pflanze finde.«

»Ich könnte ein paar Drachen in meinem Dorf fragen«, schlug Willow vor. Sie zögerte und lehnte dann fünf Herzschläge lang ihre Stirn an Sundews. »Ich finde, du solltest mit in mein Dorf kommen, Sundew. Es ist Zeit.«

Zeit, die Saftflügler zu treffen. Zu sehen, wie andere Stämme leben. Wie es so ist, ein Dorf voller feiger Drachen anstelle voll Kämpfer für die Gerechtigkeit zu sein.

Zeit, endlich Willows Zuhause kennenzulernen.

»Ich kann nicht.« Sundew wich zurück. »Damit würde ich meinen Stamm verraten. Belladonna wäre fuchsteufelswild … und würdest du dann nicht Schwierigkeiten bekommen?«

»Nicht so sehr wie du«, antwortete Willow. »Ja, eine Menge Drachen werden schon sauer sein. Aber wir müssen Königin Sequoia von alldem erzählen, verstehst du? Sie muss über das Buch Bescheid wissen, und über den Flammenseidenflügler …«

Sundew wollte Willow unterbrechen, hielt sich aber im letzten Moment davon ab. Doch Willow kannte sie zu gut, um es nicht zu bemerken.

»Was? Ist da noch mehr?«, wollte sie wissen.

»Vielleicht … noch eine Sache«, zögerte Sundew. »Sie wird *wahrscheinlich* mehr über den Bau erfahren wollen, den wir niedergebrannt haben.«

Willow öffnete ihr Maul, schloss es wieder und öffnete es erneut, wie eine wirklich entzückende, aber total entgeisterte Drachenfalle im Regen.

»Sorry, zu dem Teil bin ich bisher noch nicht gekommen«, murmelte Sundew. »Hemlock hat ein paar andere Drachen mitgenommen, um einen von den Bauten in Brand zu stecken. Ich habe es nur aus der Ferne gesehen, aber da war jede Menge Rauch, also schätze ich, es muss funktioniert haben.«

Sie beschloss, Königin Wasps abgebranntes Gewächshaus erst einmal nicht zu erwähnen. Sie würde später darüber reden, wenn ihr Gespräch ein bisschen entspannter und natürlicher verlief.

»Dann haben wir keine Zeit«, sagte Willow und machte schon einen Schritt in Richtung ihres Dorfes. »Ich dachte, wir hätten noch einen Moment, um uns einen Plan zurechtzulegen, aber das ist eine Kriegshandlung, Sundew. Wasp ist wahrscheinlich jetzt schon auf dem Weg hierher, mit ihrer gesamten ferngesteuerten Schwarmflüglerarmee im Schlepptau.«

»Fraglich«, murrte Sundew. »Und ich kann immer noch nicht –«

»Ich stimme Willow zu«, mischte sich da eine andere Stimme ein. Ein riesiger Blattflügler mit sehr langem Hals trat unter den Bäumen hinter Willow hervor und zog den Kopf ein, um den niedrigeren Ästen und herunterhängenden Drachenfallen auszuweichen. Als sie auf sie zukam, schleifte sie ihren Schwanz, der mit tiefen Kratzspuren übersät war, durch den Teich. Sundew sah mit fasziniertem Entsetzen, dass ihr ein Ohr und die Hälfte eines ihrer Hörner fehlte. Das war ein Drache, der im Krieg gewesen war und erbittert gekämpft hatte. Das war auch ein Drache, der schon sehr lange lebte – ein Drache, der sich noch an die alten Wälder vor der Zeit der Baumkriege erinnern konnte.

Und die Art, wie diese Drachendame lief, ihren Kopf neigte, um auf sie hinabzusehen, ihre Flügel hielt und ihre majestätischen Juwelen trug, verriet, dass sie von königlichem Blut war.

Die Königin.

»Hallo, Belladonnas Tochter«, begrüßte Königin Sequoia sie. »Willow hat recht. Ich muss das alles wissen. Ich finde, es ist höchste Zeit, dass du dich den echten Blattflüglern anschließt.«

Kapitel 8

»Eure Majestät!«, japste Willow.

Sundew spürte, wie sie instinktiv den Kopf vor ihr verneigte, und riss ihn schnell wieder hoch. Sie war ein echter Blattflügler – oder ein Giftflügler, wie die Saftflügler sie nannten – und vor allem war sie Sundew, und sie verbeugte sich vor *niemandem*.

Königin Sequoia lächelte kaum merklich. »Du hast haargenau denselben sturen Schnauzenausdruck wie deine Großmutter. Den habe ich in den Baumkriegen sehr oft gesehen.«

»Meine Großmutter?«, wiederholte Sundew überrascht. Sie hatte natürlich von ihr gehört, die ganze Zeit über sogar, aber sie war schon gestorben, bevor Sundew geschlüpft war.

»Sie war meine beste Generalin.« Sequoia seufzte. »Und meine loyalste, bis ich ihr schließlich einen Befehl gab, den sie nicht befolgen konnte: aufzugeben und zu fliehen. Da hat sie mir den Rücken gekehrt und stattdessen eure Gruppe gegründet.« Sie drehte sich um und fegte mit einer Klaue lässig eine vorlaute Kröte in den Teich, die mit einem überraschten *Glorp!* darin versank. »Kommt. Im Dorf sind wir sicherer.«

Das sollte ich nicht tun. Ich sollte mich umdrehen und nach Hause rennen. Belladonna RASTET AUS, wenn sie erfährt, dass ich zu den Saftflüglern gegangen bin und dort über sie getratscht habe.

Sie war sich nicht sicher, ob es der Gedanke an Belladonnas vor Wut verzerrte Schnauze war oder die Autorität, die Königin

Sequoia ausstrahlte, aber sie sah sich plötzlich ganz automatisch hinter der Königin hertrotten, mit Willow an ihrer Seite.

»Hast du ihr von mir erzählt?«, zischte Sundew Willow an. »Hast du sie hierher gebracht?«

»Sundew«, erklärte Willow in dem urgeduldigen Ton, in dem eine Lehrerin ihre Schüler daran erinnert, dass drei plus drei immer sechs ergibt. »Das würde ich niemals tun, und das weißt du auch.«

Sie wusste es, irgendwie, aber ein Teil von ihr war immer noch wütend, dass sie so überrumpelt worden war. Dafür wollte sie irgendjemandem die Schuld geben. *Ich kann Königin Sequoia die Schuld geben. Wie kommt sie dazu, uns zu bespitzeln? Wie kann sie es wagen! Ich werde ihr auf jeden Fall klarmachen, was ich davon halte, und zwar in einem so wütenden Ton, wie es mir passt. Ich muss sie nicht wie eine Königin behandeln! Ich kann sie anbrüllen, wenn mir danach ist! Vielleicht nicht gerade jetzt in dieser Sekunde. Aber vielleicht später. WENN ICH LUST DAZU HABE.*

»Du musst keine Angst haben«, flüsterte Willow.

»Ich habe keine Angst!«, blaffte Sundew laut genug, dass die Königin ihnen einen Blick über die Schulter zuwarf. Sie fuhr leiser fort: »Wann hatte ich je Angst? Wovor sollte ich überhaupt Angst haben? Sie ist nur ein großer Drache. Sie hat nicht mal eine Armee. Ich habe *keine* Angst.«

Willow hielt an und ergriff eine von Sundews Klauen. Im Dunkeln spürte Sundew plötzlich das vertraute Gewicht des Jadefroschs in ihrer Klauenfläche ruhen. Sie steckte ihn zurück in ihre Tasche, streifte Willows Flügel mit ihrem und spürte, wie ihr Herzschlag sich beruhigte.

»Es tut mir leid, dass sie mir gefolgt ist, aber es tut mir nicht leid, dass du jetzt mit in unser Dorf kommst«, gab Willow zu und lief wieder los. »Da gibt es etwas, das ich dir unbedingt zeigen muss.«

»Ja, du meintest, du müsstest mir etwas erzählen«, erinnerte sich Sundew verlegen. »Worum ging es?«

»Also, *ich* finde es ist total aufregend«, begann Willow. »Du vielleicht nicht, nachdem du fast gestorben bist und der Krieg losgegangen ist. Aber weißt du was? Da sind Fremde in unserem Dorf! Ganze drei! Und du errätst nie, woher zwei von ihnen stammen! Es ist unglaublich! Warte nur, bis du sie siehst.«

»Ist eine von ihnen ein Seidenflügler?«, erkundigte sich Sundew. »Einer der Seidenflügler, die ich in den Regenwald mitgebracht habe, sucht nach seiner Schwester.« Es gelang ihr gerade noch, nicht herauszuplatzen *Und unsere Spione glauben, dass ihr sie haben könntet.*

Sie war sich ziemlich sicher, Königin Sequoia hörte ihnen zu, auch wenn sie mehrere Schritte vor ihnen lief.

»Ja, das stimmt, eine von ihnen ist ein Seidenflügler«, antwortete Willow. »Ooooch, ich hoffe, wir können sie wieder miteinander vereinen.«

Sundew schnalzte freudig überrascht mit den Flügeln. Wie wahrscheinlich war es überhaupt, dass Luna ausgerechnet hierher geweht worden war? Und überlebt hatte und von den Saftflüglern gerettet wurde, bevor Sundews Stammesgefährten, Drachenfallen, Kobralilien oder Schlangen sie erwischen konnten?

Könnten wir Belladonna Luna statt Blue geben, würde das einige Probleme lösen. Ein bereitwilliger Seidenflügler wäre ein viel besserer Glücksgriff als Geiseln, die wir dazu zwingen müssten, uns zu helfen. Dann könnten Blue und Cricket tun, was auch immer sie wollten, und wenn sie von meiner Freundschaft genug hätten, würde mich das auch nicht jucken.

Aber erst müsste Sequoia sich dazu bereiterklären, Luna herzugeben. Was, wenn sie schon eigene Pläne für den Einsatz des Flammenseidenflüglermädchens hatte?

»Und die anderen beiden?«, fragte sie.

»Wirst du schon sehen.« Willow grinste sie unmissverständlich an und strahlte dabei so, dass es selbst in der Dunkelheit unter den Bäumen zu sehen war. Sundew fühlte ein komisches Zittern in ihrer Brust, als ob sie sich gerade ein paar Regentropfen von den Flügeln schütteln würde.

Selbst nach allem, was ich ihr gerade erzählt habe, und obwohl sie denkt, ich hätte ihren Stamm in Gefahr gebracht und einen neuen Krieg angezettelt, den sie nicht will … liebt sie mich immer noch.

In Sundews Leben wurde Liebe hauptsächlich in Form von Brüllen, Kritik und Verurteilungen gezeigt. Ihre Eltern »liebten« sie und zeigten ihr dies, indem sie ihr sagten, was sie alles falsch machte, ihre Fehler korrigierten und einen Brüllorkan vom Stapel ließen, wenn sie auch nur einen Hauch aufgebracht waren.

Es verwirrte sie manchmal immer noch, aber Willow tat nichts davon. Es verwirrte sie auch jetzt gerade. War Willow nicht wütend auf sie?

Sie hatte Willow noch nie wütend erlebt.

Ehrlich gesagt war es ein bisschen verstörend. Sundew hatte schon mehrere Jahre darüber nachgegrübelt und war irgendwann zu dem Schluss gekommen, Willow konnte ihre Wut wohl einfach sehr gut verstecken. Aber bedeutete das, all dies würde eines Tages ganz plötzlich aus ihr hervorbrechen und ihre Beziehung in Schutt und Asche legen? Das waren die Dinge, die Sundew nachts den Schlaf raubten.

Sie hatte eine Mauer, eine Barriere oder einen Zaun erwartet, ähnlich dem, das sie rund um ihr eigenes Dorf hatte wachsen lassen. Stattdessen schien das Saftflüglerdorf um sie herumzukriechen wie ein Schwarm Termiten. Zuerst bemerkte sie, sämtliche Drachenfallen waren verschwunden. Sundew war noch nie durch einen Teil des Dschungels gelaufen, in dem es keine Drachenfallen gab – oder, wie ihr jetzt auffiel, auch keinen Sonnentau, keine Kannenpflanzen oder irgendetwas anderes, das Drachen fraß.

Sundew sah sich so aufmerksam nach fleischfressenden Pflanzen um, dass sie die ersten vereinzelten Blatthäuser übersah, aber es war ja auch dunkel und die Häuser hingen hoch über ihnen.

Plötzlich fielen ihr mehrere glühende Moosballen in einem Baum vor ihr auf. Beim Näherkommen erkannte sie, sie erleuchteten das Innere eines kugelförmigen Blatthauses, das auf den höheren Ästen saß.

»Wow!«, rief sie und hielt an, ohne es zu merken. Willow stupste sie an, um sie zum Weiterlaufen zu bewegen. Sundew erblickte immer mehr von ihnen. Die Bäume waren voller Blatthäuser! Sie sahen nicht viel anders aus als die Nester in ihrem Dorf, nur dass sie über ihr im Himmel hingen. Sie waren mit Blättern bedeckt und viel größer als die Unterkünfte, die sie kannte.

Sie vermutete, dass in so ein Haus wohl mindestens sechs Drachen bequem hineinpassten – jedenfalls in die Häuser, die sie entdeckte.

Jetzt hörte sie auch Stimmen: Hier und da das Gemurmel sich unterhaltender Drachen, ein wenig weiter weg eine Stimme, die ein Wiegenlied sang. Sie hörte einen Drachling piepsen und seine

Eltern antworten, die ihn wieder zurück ins Bett schickten. Sie vernahm das leise Rascheln von Drachen, die von Ast zu Ast sprangen und wahrscheinlich jede Bewegung der Königin überwachten – *und meine*, vermutete sie und grub ihre Krallen in die Erde.

Willow und Sequoia spreizten gleichzeitig die Flügel, also tat Sundew es ihnen gleich. Die beiden Drachen schwangen sich vor ihr in die Lüfte und geleiteten sie zum größten Baumhaus von allen, einem Bauwerk mit vielen Balkonen und Räumen, das sich spiralförmig über mehrere Ebenen hinweg um einen riesigen Affenbrotbaum wand, dessen massive Äste die Konstruktion stützten. Sundew konnte in der Dunkelheit nicht alles erkennen, doch dank der Nachtblüher, die einige der Räume erhellten, sah sie dunkelviolett-weiß-gestreifte Clematisblüten an langen Ranken, die sich um Säulen schlängelten, und leuchtend rote Klettertrompeten, die von den Decken herabhingen.

Sie landeten auf der obersten Ebene, in einem Saal mit einem blank polierten Holzboden. Es musste eine Menge Arbeit gewesen sein, ihn so glatt und glänzend zu bekommen.

Ein junges Blattflüglermädchen saß eingerollt auf einem Mahagonithron und wartete auf sie. Sie war gerade dabei, mehrere Seiten fleckiges Papier zu einem Buch zusammenzunähen. Sie wirkte ein kleines bisschen älter als Sundew, hatte große braune Augen und geschickte dunkelgrüne Klauen.

»Hazel«, mahnte Königin Sequoia tadelnd, als das Drachenmädchen aufblickte. »Was habe ich dir zum Thema nächtliches Büchermachen gesagt?«

»Das es … ein sehr nützlicher Zeitvertreib ist?«, fragte Hazel mit einem schelmischen Lächeln.

»Es verdirbt dir die Augen.« Die Königin zog der protestierenden Hazel die Seiten aus den Klauen. »Und dann müssen wir entweder eine Brille von den Schwarmflüglern stehlen oder haben eine blinde Königin. Mir persönlich gefällt keine dieser beiden Optionen.«

Sundew sah Willow verdutzt an.

»Das ist die Urenkelin der Königin«, flüsterte Willow. »Prinzessin Hazel, die Nächste in der Thronfolge.«

Oh, richtig – Willow hatte Hazel schon einige Male erwähnt. Meistens im Zusammenhang damit, warum Königin Sequoia sich weigerte, die Baumkriege neu zu beginnen. Irgendwie ging es darum, nicht noch mehr Drachen zu verlieren.

»Ich finde Brillen niedlich«, lächelte Hazel vergnügt. »Und wir müssen sie gar nicht stehlen! Wenn unsere Späher recht haben, ist den Giftflüglern heute ein Flammenseidenflügler ins Netz gegangen!«

»*Hazel*«, sprach die Königin in einem warnenden Ton. »Das ist Sundew. Belladonnas Tochter.«

Hazel stand das Maul offen. Sie starrte Sundew einen ehrfürchtigen Moment lang an.

»So hättest du bei unserem ersten Treffen reagieren sollen«, flüsterte Sundew Willow zu.

»*Die* Sundew?«, schmachtete Willow scherzhaft und riss ihre Augen theatralisch weit auf. »Die einzige, unnachahmliche Sundew? Die, die *fast* das gigantische und entsetzliche grashüpferstehlende Froschmonstrum aus dem Dschungel niedergestreckt hätte?«

Sundew gab Willow mit ihrem Schwanz einen Klaps auf die Schnauze, und Willow konnte kaum aufhören, zu kichern.

»Darf ich Hallo sagen?«, fragte Hazel ihre Urgroßmutter.

»Ja, natürlich«, erwiderte Königin Sequoia etwas ungeduldig. »Vor allem, wenn es dich von meinem Thron herunterbringt, los. Stühle sind für alte Drachenknochen da, nicht für gelenkige kleine Sprösslinge wie dich.«

Hazel hüpfte vom Thron und schlitterte über den Holzboden bis vor Sundews Klauen.

»Hallo! Ich bin Hazel – sorry, das weißt du ja schon. Ich höre ständig Dinge über dich! Belladonna findet, *du* solltest Königin sein und nicht ich; findest du das auch? Sie ist so gruselig! Tut mir leid, ich weiß, dass sie deine Mutter ist. Ach, mir rutscht immer nur das Falsche raus.« Sie richtete sich auf und versuchte sich an einer ziemlich beeindruckenden Nachahmung von Königin Sequoias königlichem Gebaren. Sogar ihre Stimme klang plötzlich auf lustige Weise vornehm. »Willkommen im Dorf der Blattflügler. Wir sind hoch erfreut über deinen Besuch. Tee?«

»Oh, für Sundew musst du nicht Königin Hazel spielen«, scherzte Willow.

»Doch, muss sie«, rief Königin Sequoia gerade in dem Moment dazwischen, als Hazel ihre Flügel wieder lockerer hielt. Hazel nahm sofort wieder eine elegante Haltung an. »Das ist eine gute Übung. Abgesehen davon kennen wir Belladonnas Tochter nicht so gut, wie du es offenbar tust, Willow.«

»Oh … ich … wir trafen uns … ähm …«, stammelte Willow.

»Zufällig«, schob Sundew ein. »Es war meine Schuld. Nicht, dass wir uns für irgendetwas entschuldigen müssten! Wer sagt überhaupt, dass wir uns nicht kennenlernen dürfen? Das wäre eine ziemlich bescheuerte Regel.«

»Meines Wissens ist das eine von Belladonnas Regeln«, stellte

Sequoia klar und rieb sich die Stirn. »Oder nicht? Keine Verbrüderung zwischen Gift- und Blattflüglern?«

»Wir sind keine Giftflügler«, zischte Sundew. »Auch wenn es ihre Regel ist, ist sie immer noch bescheuert, und sie hat sie auch erst eingeführt, nachdem ich Willow getroffen habe, und sie kann mir nicht sagen, was ich tun soll oder wen ich mögen darf, das geht sie nichts an.«

»Ein bisschen schon«, bemerkte Sequoia. »Als deine Mutter und deine Anführerin. Aber ich bin nicht im Geringsten an dir und Willow interessiert, oder daran, wie ihr euch getroffen habt oder warum sie sich weggeschlichen und die letzten Nächte wehmütig auf einen leeren Teich gestarrt hat.« Sie zeigte mit einer langen Kralle auf Sundew. »Ich habe dich etwas über ein Buch, einen Flammenseidenflügler und einen niedergebrannten Bau sagen hören. Die ganze Geschichte. Jetzt.«

Sundew *musste* es ihr nicht erzählen. Eigentlich war sie ja nicht ihre Königin, weil der Stamm sich offiziell geteilt hatte. Doch andererseits ...wenn sie die Wahl hätte, entweder dieser Königin zu gehorchen oder die Anweisungen ihrer Mutter zu befolgen, gefiele ihr die erste Option besser. Und sie brauchte Hilfe dabei, diese Ranke zu identifizieren, wenn sie immer noch Crickets idiotischen Plan in die Tat umsetzen und versuchen wollte, die Schwarmflügler von der Gehirnwäsche zu befreien.

Abgesehen davon würde es Belladonna zur Weißglut treiben, und das hatte sie sowas von verdient.

Also erzählte Sundew alles – die ganze Geschichte: Wie sie den Dschungel verlassen, sich im Gewächshaus versteckt und Blue und Cricket getroffen hatte, wie sie zusammen das Buch gestohlen, Blue befreit, sich in den Juwelenbau geschlichen, die Chrysalis gefunden und die Wahrheit über die Gedankenkontrolle und das Buch verbreitet hatten, wie Cricket aus irgendeinem Grund ein Ei gestohlen hatte, wie sie geflohen waren, herausgefunden hatten, dass die Gedankenkontrolle etwas mit einer Pflanze zu tun hatte, den Zuckmückenbau aus der Ferne niederbrennen sahen und die Gelegenheit dafür nutzten, Wasps Gewächshaus mit den Gedankenkontrollpflanzen abzufackeln.

»Und dann sind wir nach Hause geflogen«, beendete sie ihren Bericht. »Und niemand ist uns gefolgt, und alles ist gut. Mission erfüllt. Alles gut. Rache auf dem Weg.«

Die Königin lehnte sich mit einem abgekämpften Schnauzenausdruck in ihrem Thron zurück. Sundew fragte sich, wie alt sie wohl war. So alt, wie sie aussah? Die Baumkriege waren erst fünfzig Jahre her. Damals, als Wasp versuchte, ihr die Macht zu stehlen und ihren Stamm zu unterwerfen, war sie eine junge Königin gewesen, wenn Sundew sich richtig an ihre Geschichtsstunden erinnerte.

»Ich fasse nicht, dass Belladonna das getan hat«, murmelte Königin Sequoia mit schwacher Stimme. »Nach all unseren Gesprächen! Nach allem, was ich ihr erklärt habe! Ihre Mutter war so loyal, aber diese *Schlange* –« Sie ließ ganz plötzlich ihren Kiefer zuschnappen und atmete tief durch die Nüstern ein.

»Urgroßmutter?«, fragte Hazel.

»SPRICH MICH NICHT AN, ICH BERUHIGE MICH GERADE!«, raunzte Sequoia.

Die drei jüngeren Blattflügler sahen erst einander und dann die Königin an. Sequoia starrte so besessen auf einen Knubbel am Fuß ihres Thrones, dass Sundew fürchtete, dieser würde jeden Moment in Flammen aufgehen. Immer wieder atmete sie extrem laut durch die Nüstern ein und aus.

»Bist du –«, hob Hazel an.

»NEIN, BIN ICH NICHT«, knurrte Sequoia. »RUHE.«

Hazel seufzte. »Das kann ein Weilchen dauern«, flüsterte sie Sundew zu.

»Passiert das oft?«, flüsterte Sundew zurück.

»Nur wenn sie *wirklich* wütend ist. Normalerweise kriegt sie sich auch ohne dieses ganze Theater wieder ein.«

»Ich kann EUCH IMMER NOCH HÖREN.« Sequoia ließ ihren Schwanz gegen eine Seite ihres Throns knallen. »Ich VERSUCHE zu ZÄHLEN, bis ich mich BERUHIGE und nicht mehr ALLE UMBRINGEN WILL.«

Sundew drehte ihren Kopf der Königin zu. »Zählen?«, wiederholte sie und sah Willow fragend an.

»Darum dauern ihre Treffen mit Belladonna immer so lange«, witzelte Hazel. »Weil sie nach jedem Satz, den deine Mutter vom Stapel lässt, immer tief durchatmen und zählen muss, um sich zu beruhigen, sonst würde sie sie wahrscheinlich erwürgen.«

»Das könnte sie ruhig mal probieren!«, rief Sundew. »Warum schreit sie sie nicht einfach an? Oder uns?«

Willow sah Sundew entsetzt an. »Ich will nicht, dass sie uns anschreit!«

»Aber danach fühlt sie sich vielleicht besser«, meinte Sundew.

»Ja, aber *wir* nicht!«, erwiderte Willow. »Ich würde mich furchtbar fühlen! Und ich wette, sie auch. Fühlst du dich nach dem Schreien besser? Mir geht es danach immer nur noch schlechter.«

»Ich werd' irre!«, staunte Sundew. »Ich muss sofort jedes einzelne Detail darüber hören, wie du mal jemanden angeschrien hast!«

Willow sah sie mit zerknirschter Schnauze an. »Ich war noch ganz klein, es ist nur einmal passiert, und ich fühle mich deshalb immer noch schuldig.«

»Also *ich* bin mir sicher, dass er oder sie es auf jeden Fall verdient hat«, bestärkte Sundew ihre Freundin.

»Urgroßmutter gibt sich große Mühe, ihre Untertanen nicht anzuschreien«, bemerkte Hazel mit ihrer auf königlich gestellten Stimme. »Während der Baumkriege war sie ein impulsiverer, wütenderer Drache. Heute glaubt sie, dass das einigen ihrer Untertanen das Leben gekostet hat. Darum hat sie sich bemüht, eine weisere und ausgeglichenere Regentin zu sein – und das hat sie ziemlich gut geschafft mit ihrer Bis-Zehn-Zählen-Strategie.«

»Sie muss schon längst über zehn hinaus sein«, ätzte Sundew. »*Ich* hätte in dieser ganzen Zeit schon bis neunhundert gezählt.«

»Nicht mit einem Trio lästiger Grünschnäbel, die wie Elstern im Hintergrund herumschnattern«, fuhr Königin Sequoia streng dazwischen. Sie atmete noch einmal tief ein. »Ich bin ruhig. Alles ist gut.«

»Ich will nur sagen«, platzte Sundew heraus, »ich für meinen Teil bin froh, dass Ihr während der Baumkriege so ein wütender Drache wart und euch gegen Wasps Griff nach der Macht gewehrt und nicht einfach den Schwanz eingekniffen habt wie Monarch. Ich bin *froh*, dass Ihr für unseren Stamm gekämpft und uns vor ihr beschützt habt. Ich würde es *hassen*, wären die Blattflügler jetzt in der gleichen Lage wie diese rückgradlosen Seidenflügler. Also danke dafür, dass Ihr ein wütender Drache wart, und ich behaupte mal – weiter so, lasst uns alle noch mehr kämpfen!«

Die Königin sah sie lange von oben herab an, und dann flackerte ein kaum merkliches Lächeln über ihre Schnauze.

»Ich finde, es war ein Fehler von Belladonna, dich die ganze Zeit von unseren Treffen auszuschließen«, bemerkte sie. »Du bist wesentlich überzeugender als sie.«

Sundew stellte ihren Rückenkamm auf und strahlte. Nimm das zur Kenntnis, Belladonna! Ich wusste, ich hätte dabei sein sollen! Genau wie ich immer gesagt habe!

»Doch nein«, fuhr Königin Sequoia fort. Als sie weitersprach, fiel Sundew buchstäblich in sich zusammen. »Meine Blattflügler werden nicht in einen neuen Krieg verstrickt.«

»Haben wir eine Wahl?«, fragte Willow. »Wird Wasp uns jetzt nicht jagen, nach der Sache mit dem Zuckmückenbau?«

»Ich vermute, sie wird über ihr Gewächshaus wütender sein als über den Bau«, erwiderte Sequoia nachdenklich. »Vor allem wenn dies ihr einziger Vorrat an dieser mysteriösen Pflanze war und sie sie braucht, um ihren Stamm zu kontrollieren. Lasst mich mal diese Ranke sehen.«

Sundew zog das Pflanzenstück hervor, das nach dem vielen Herausholen und wieder Hineinstopfen in die Tasche ziemlich mitgenommen aussah. Sie trat nach vorn und legte es in Sequoias ausgestreckte Klauen.

Da geschah etwas mit dem Gesicht der Königin. Es passierte ganz schnell und war in dem schummrigen Licht der phosphoreszierenden Blüten kaum wahrzunehmen, doch Sundew war, als sähe sie einen Ausdruck des Wiedererkennens und Grauens in den Augen der Königin aufblitzen. Ihre Klauen schlossen sich fast zwanghaft und zerdrückten die Ranke leicht. Dann ließ sie sie los und atmete nochmals tief ein.

»Ihr kennt sie!«, rief Sundew. »Ihr habt die Pflanze schon einmal gesehen!«

»Ich … bin mir nicht sicher«, gestand Sequoia. Sie stand ruckartig auf. »Ich muss in meinen Büchern nachsehen. Geht und kommt nach Tagesanbruch wieder. Alle drei«, fügte sie mit einem strengen, an Hazel gerichteten Blick hinzu.

Sundew wollte die Ranke eigentlich zurückverlangen, befürchtete aber, die Königin würde dies verneinen. Und was sollte sie dann tun – versuchen, sie ihr aus den riesigen Drachenklauen zu winden?

Ich kriege die Wahrheit schon noch aus ihr heraus, sobald wir zurückkommen, dachte sie sich, als sie alle einen Schritt in Richtung Balkonbrüstung machten. Sie kennt diese Pflanze auf jeden Fall.

»Kann ich Sundew mit den neuen Drachen bekanntmachen?«, bat Willow.

»Ja, ja«, antwortete die Königin und winkte sie davon.

»Die schlafen, du Nuss«, warf Hazel Willow mit einem Grinsen an den Kopf, das Sundew vor Eifersucht rasend machte.

»Dann werfen wir nur einen Blick auf sie«, meinte Willow. »Los, komm, Sundew!«

Wie sich herausstellte, waren die neuen Drachen nur ein paar Ebenen weiter unten im selben Baum untergebracht, in zwei innenliegenden benachbarten Räumen, die, wie Sundew fand, zwar nicht *genau* wie Gefängniszellen aussahen, aber auch nicht gerade offen dem Dorf zugewandt waren. Ihr entgingen auch die Dornenranken und die Pflanzen mit giftigem Saft nicht, die sich um die Türen wanden, oder die vier Blattflügler, die in der Nähe stationiert, mitten in der Nacht ganz beiläufig Mikado im Gang spielten. Sie fixierten Willow und Sundew argwöhnisch, wandten sich aber mit einem Schulterzucken wieder ihrem Spiel zu, als sie Hazel sahen.

»Der Seidenflügler ist da drin«, flüsterte Willow und zeigte auf den ersten Eingang.

Sundew lugte mit pochendem Herzen hinein. Die ganze Zeit lang war sie sich sicher gewesen, dass es Luna gut ging. Die wenig gemeinsam verbrachten Stunden hatten bei ihr den Eindruck erweckt, Luna konnte sehr gut auf sich selbst aufpassen. Aber Blue und Swordtail sorgten sich pausenlos so sehr, dass es ein bisschen auf sie abgefärbt hatte. Jetzt erfasste sie ein aufgeregtes Zittern, als sie in den dunklen Raum spähte. Luna, endlich! Gesund und in Sicherheit! Also konnten jetzt alle aufhören, über sie zu reden, und sich endlich auf die Mission konzentrieren!

Nur dass … das nicht Luna war.

Sie konnte den schlafenden Seidenflügler nicht genau erkennen, sah aber, dass seine Flügel eine dunkle Farbe hatten, vielleicht blau oder lila, aber nicht das perlmuttartige Grün von Lunas Flügeln. Und da war auch keine Flammenseide, die die Klauengelenke des Seidenflüglers zum Glühen brachte.

»Was ist los?«, fragte Willow leise.

»Nicht der Drache, nach dem wir suchen.« Sundew schüttelte seufzend den Kopf. Blue würde zutiefst enttäuscht sein. Und mit Swordtail würde es noch schlimmer werden: Er würde deshalb SUPER NERVEN. Aber Luna *musste* es gut gehen. Sie musste eben einfach … irgendwo anders gelandet sein. »Wo habt ihr die da gefunden?«

»Festgeklebt in einer Wanzenpflanze, nicht weit von der Grenze«, antwortete Willow. »Sie hatte Glück, dass wir sie gefunden haben, bevor sie gefressen wurde.«

»Ich frage mich, was ein Seidenflügler *im* Giftdschungel zu suchen hat«, überlegte Sundew nachdenklich.

»Vielleicht aus den Bauten geflohen«, meinte Willow. »Komm, ich zeige dir die anderen.« Sie zog Sundew am Ellenbogen zur nächsten Tür. Als Sundew in den Raum sah, stockte ihr der Atem.

Einen kurzen Moment lang wusste sie nicht, was sie da sah. Da lagen zwei schlafende Drachen, Rücken an Rücken. Der größere hatte schützend einen Flügel über den kleineren gelegt. Der kleinere sah grünlich aus, wie ein Blattflügler, aber der Flügel, den sie sehen konnte, hatte eine merkwürdige, überhaupt nicht blattartige Form. Und der andere Drache war … nicht grün … blau vielleicht? Wie ein Seidenflügler … aber mit nur zwei Flügeln?

Das Merkwürdigste aber war, dass sie beide irgendwie zu glühen schienen.

Sie musterte sie genauer.

Yep. Überall kleine Muster auf den Schuppen ihrer Flügel, auf ihren Schnauzen und bis zu ihren Schwänzen hinunter, die ganz leicht leuchteten, als hätten sie sich in fluoreszierendem Moos gewälzt. Allerdings schien das Leuchten ein Teil von ihnen zu sein.

»Was *sind* sie?«, keuchte sie verwundert.

»Sie nennen sich selbst Meeresflügler«, flüsterte Willow. »Und sie kommen aus den Fernen Königreichen.«

Kapitel 9

Willow und Sundew verbrachten den Rest der Nacht auf einem Laubhaufen in Hazels Zimmer. Willow hatte Sundew angeboten, sie mit zu sich nach Hause zu nehmen, war aber sichtlich nervös bei dem Gedanken daran, ihren Vater aufzuwecken und ihm mitten in der Nacht zu erklären, warum Sundew bei ihr war. Also beschlossen sie, dass es am einfachsten wäre, wenn sie im Baumhaus der Königin übernachteten und sich am Morgen mit den Erwachsenen auseinandersetzten; bei Tageslicht und nachdem die Königin mit ihnen gesprochen hatte.

Nach tagelangem Fliegen und dem ganzen Stress der letzten Tage schlief Sundew fast augenblicklich ein, nachdem sie sich neben Willow gelegt hatte. Sie hatte noch einen Moment, um durchzuatmen, Willows ruhigen Herzschlag durch ihre Schuppen hindurch zu spüren und zu denken *Bleib wachsam, du kennst dieses Dorf nicht, da sind überall Fremde um dich herum, außer Willow, ich habe Willow direkt neben mir …* und schon war sie weg, in einer traumlosen Dunkelheit.

Sie schlief bis weit nach Tagesanbruch. Als sie schließlich doch aufwachte, sah sie die Sonne, die schon fröhlich ihre Himmelsbahn hinaufstieg.

Sie setzte sich schnell auf und spähte zu Hazel hinüber, die in ihrer Hängematte kauerte und ein Buch las.

Hazels Zimmer war dank der offenen Fenster und Balkone,

die für eine angenehme Brise sorgten, hell und luftig. Ein darüber hängendes Dach aus großen runden Blättern schützte es vor Regen. Drei Schreibtische nahmen fast den gesamten Raum ein: sie waren in die Ecken geschoben worden, um Platz für den Laubhaufen zu machen, auf dem Sundew geschlafen hatte. Auf jedem dieser Schreibtische häuften sich in wildem Durcheinander Buchbindematerialien aus Dschungelrohstoffen: eine Art Pflanzensaftleim tropfte über den Rand seines Töpfchens, Baumzellstofffäden lagen überall herum und dazwischen befanden sich Rindenstücke für Buchdeckel, die in dunkles Beerenrot, sommerliches Margaritengelb oder einen wilden Farbwirbel aus Violett und Perlweiß gefärbt waren.

Leuchtend rote Klettertrompetenblüten hatten sich durch das Blätterdach gezwängt und hingen von oben herab. Hazel hatte kleine Papierdrachen und Wolken an jeden Blattstängel gehängt, sodass über ihrem Kopf ein kleiner Papiersturm in der Brise wogte.

Sundew blinzelte erneut und schaute über ihre Schulter zu Willow, die immer noch schlafend neben ihr lag. Willow hatte einen Flügel zur Seite gestreckt, wie es Babydrachen oft im Schlaf taten, und ihre Wange niedlich auf ihre Vorderklauen gepresst.

Konzentriere dich, Sundew!

Oder genieße kurz den Moment und sei glücklich. Das würde dir Willow empfehlen. Nach all diesen krassen Sachen mit den Seidenflüglern, dem Umherschleichen in den Bauten und all diesen Fremden bin ich endlich wieder bei ihr und kann einfach ich selbst sein.

Sie seufzte. Ok. Moment vorbei.

»Hazel«, begann sie, und die Prinzessin sah von ihrem Buch auf. »Kommen wir nicht zu spät zum Treffen mit deiner Urgroßmutter? Sollten wir nicht bei Tagesanbruch dort sein?«

Hazel zog die Flügel hoch und ließ sie wieder fallen. »Sie hat einen Boten mit der Nachricht geschickt, sie wäre noch nicht bereit. Sie ruft uns, wenn sie uns sehen will, keine Sorge.«

Sundew betrachtete sie finster. »Und was soll ich bis dahin machen? In diesem Dorf herumsitzen wie eine Orchidee, die darauf wartet, zertrampelt zu werden? Drachen werden nach mir suchen! Und außerdem habe ich Sachen zu erledigen!« Sie dachte an Blue, Cricket, Bumblebee und Swordtail. Würden sie sich Sorgen um sie machen? Oder würden sie glauben, sie hätte sie verlassen, weil es aus ihrer Sicht typisch für sie wäre?

Ich hoffe, jemand füttert Bumblebee, schoss es ihr plötzlich durch den Kopf. Für diesen Gedanken wollte sie sich am liebsten selbst ohrfeigen.

Dieser Drachling würde zu 1.000 Prozent dafür sorgen, dass irgendjemand sie fütterte; dafür brauchte sie Sundew nicht. Keiner von ihnen brauchte sie.

»Du machst das Allerwichtigste«, murmelte Willow verschlafen. »Du erforschst die Gedankenkontrollpflanze *und* hast uns gewarnt, dass die Schwarmflügler von unserem Aufenthaltsort wissen. Das ist ziemlich wichtig, wenn du mich fragst.«

»Die Schwarmflügler wissen nicht, dass wir *hier* sind«, stellte Sundew klar. »Sie wissen, dass wir noch leben, aber sie wissen nicht, wo.«

Willow legte ihr Kinn auf einer Klaue ab und sah Sundew skeptisch an. »Und du glaubst, sie können sich das nicht denken? Hmmm. Wo könnten diese Drachen, die Bäume mögen, wohl sein? Oh, vielleicht in dem einzigen Fleckchen Wald, das auf dem gesamten Kontinent noch existiert, und das auch der einzige Ort ist, wo sie in den vergangenen fünfzig Jahren nicht hinkonnten – was für ein Zufall.«

Sundew spürte ein unangenehmes Kribbeln unter ihren Schuppen. Hatte Willow recht? Wäre es für Wasp tatsächlich so einfach, sie zu finden? Sie war sich schon darüber im Klaren, dass Wasp ihnen irgendwann auf den Fersen wäre, hoffte aber, dass sie vorher den ganzen Kontinent absuchen und dabei einige Ressourcen verschwenden würde.

»Es ist egal, ob sie es erraten«, schnaubte sie. »Der Giftdschungel wird sie garantiert aufhalten! Sogar wenn sie schon heute am Brodelnden Fluss ankämen, könnten sie zu keinem unserer beiden Dörfer durchdringen. Der Dschungel würde sie verschlingen.«

»Ich hoffe, du hast recht«, meinte Willow. »Hey, da wir schon warten, können wir auch mit diesen Meeresflüglern reden! Willst du sie nicht kennenlernen?«

Sundews Schuppen kribbelten vor Aufregung und Nervosität. Sie hatte sie fast vergessen. Drachen aus den Fernen Königreichen! Sie konnte es immer noch nicht glauben, doch Cricket hatte recht behalten – dies war ein realer Ort, wo tatsächlich Drachen lebten.

»Ja«, antwortete sie. »Lass uns das sofort tun.«

»Wir können ihnen Frühstück mitbringen«, schlug Willow vor, setzte sich auf und streckte sich. »Hazel, willst du auch mitkommen?«

Die Prinzessin schüttelte den Kopf. »Ich bin gerade bei einer richtig guten Stelle«, entschuldigte sie sich und hielt ihr Buch hoch. »Wisst ihr, Urgroßmutter lässt mich normalerweise nie so lange in Ruhe, also will ich die Zeit nutzen, solange ich kann.«

»Versteh' ich«, beruhigte Willow sie. »Bis später!«

»Tschüss«, murmelte Sundew und folgte Willow aus dem

Zimmer. Sie flogen beide zur Küche hinunter, wo zwei geschäftige Drachen Willow zuwinkten und Sundew erstaunt musterten, aber ihr unermüdliches Schneiden, Schälen und Vorbereiten nicht unterbrachen. Willow schnappte sich zwei Kokosnusshälften, gab eine davon Sundew und füllte ihre mit Streifen aus getrockneter Mango und rohem Fisch.

»Sieht so aus, als würden dich die meisten Drachen hier im Palast kennen«, bemerkte Sundew.

»Ja«, erwiderte Willow und ließ ihren Blick über die Köchinnen und Köche schweifen. »Irgendwie kennt hier jeder jeden. Es sind ja auch nicht mehr so viele von uns übrig.«

Weil die Schwarmflügler versucht haben, uns auszurotten, und dann die Hälfte von uns einen neuen Stamm gegründet hat, dachte Sundew mit einem merkwürdigen Anflug von Schuld, der sich unter ihrer unablässig brodelnden Wut bemerkbar machte.

»Kommst du oft hierher?«, fragte Sundew und sah Willow dabei zu, wie sie ein Gefäß mit Macadamianüssen hervorkramte und öffnete. »Zum Palast, meine ich? … Vielleicht, um Hazel zu sehen?«

Willow kräuselte die Schnauze und sah Sundew amüsiert an. »Hazel ist *tatsächlich* eine Freundin von mir«, erwiderte sie, »so wie all Drachlinge in unserem Alter hier im Dorf.

Aber wenn du *eigentlich* fragen wolltest ›Hey Willow, hast du dich rein zufällig in einen anderen Drachen verliebt, als ich dich verlassen habe, um einen Krieg vom Zaun zu brechen und mit Seidenflüglern abzuhängen?‹, dann lautet die Antwort ›Nein, habe ich nicht.‹ Du bist immer noch der einzige Drache für mich, sogar wenn du alberne verschleierte Fragen stellst.« Sie warf eine Nuss auf Sundew, die von ihrer Schnauze abprallte, bevor sie sie fing.

»Oh«, krächzte Sundew. »Na gut. Schön. Toll. Also, *das* habe ich gar nicht gefragt, aber jetzt, wo *du* davon sprichst, finde ich das echt gut und beruhigend und so.«

»Und?«, bohrte Willow.

»Und … danke für die Macadamianuss?«, riet Sundew.

»Und du bist immer noch der einzige Drache für mich, Willow, Licht meines Lebens, und ich verspreche dir, ich werde mich niemals in einen schönen Seidenflügler verlieben und dich verlassen.« Willow legte sich mit dramatischer Pose eine Klaue auf die Stirn.

»Bei allen Bäumen!«, rief Sundew. »Natürlich! Das ist doch klar! Völlig klar! Das muss ich doch nicht extra sagen, oder? Das weißt du doch alles. Also, klar doch. Pfff, als ob! Dich für einen Seidenflügler verlassen! BLÄH.«

Willow kicherte. »Ich weiß«, flüsterte sie, »aber du solltest es trotzdem immer sagen.«

»Ich kann mir nicht vorstellen, dass du mich ernst nehmen könntest, würde ich die ganze Zeit Dinge wie ›Licht meines Lebens‹ nuscheln«, entgegnete Sundew und balancierte vorsichtig die Kokosnusshälfte und ihren Inhalt in ihren Klauen, als sie sich mit Willow vom Balkon aus in die Luft schwang.

»Ich werde dich immer genauso ernst nehmen, wie du es verdienst«, grinste Willow.

»Das ist keine beruhigende Antwort, Licht meines Lebens«, konterte Sundew. Willow musste so sehr lachen, dass ihr fast ihre Kokosnuss entglitt.

Nicht ganz wie Wachen aussehende Drachen standen vor den Zimmern der fremden Drachen. Diese vier hatten sich über eine Karte, die den Dschungel um das Dorf darstellte, gebeugt und zeigten auf Stellen, wo unerwünschte Pflanzen versuchten, durchzubrechen. Sie übertrumpften sich gegenseitig beim Erzählen ihrer mutigen Kämpfe gegen Drachenfallen.

Sie schauten zu Willow und Sundew auf. Als die beiden landeten, machten sie jedoch keine Anstalten, sie aufzuhalten oder auch nur zu fragen, was sie hier wollten.

»Kann jeder aus dem Dorf einfach hier vorbeikommen und sich die komischen Drachen ansehen?«, interessierte sich Sundew.

»Ich schätze schon«, antwortete Willow. »Aber ich komme wahrscheinlich am häufigsten vorbei, weil ich sie gefunden habe.«

»DU?«, fragte Sundew überrascht.

»Habe ich das nicht erzählt?«, erwiderte Willow. Sie schlug die Flügel zurück und klimperte mit den Wimpern. »Ich habe sie *gerettet*! Vor einer RIESIGEN Anakonda! Ohne mich wären sie jetzt absolut tot! Und wir hätten nur die Überreste zweier interessanter Leichen, die wir untersuchen könnten.« Sie seufzte.

Der blaue Drache steckte seinen Kopf aus dem Zimmer heraus. Im Tageslicht waren die phosphoreszierenden Schuppen um ihre Augen und auf ihren Schnauzenknochen weniger gut zu erkennen. Dafür waren ihre tiefblaue Farbe, die ungewöhnliche Form ihrer Flügel und die – Sundew sah es nun zum ersten Mal – Schwimmhäute an ihren Klauen umso auffälliger. »Willow!«, rief das Drachenweibchen aufgeregt. »Ich weiß immer gleich, dass du es bist, wenn ich jemanden so laut über heldenhafte Rettungen vor Anakondas reden höre. Aber ich vergebe dir diesen Leichenkommentar, weil du Essen mitgebracht hast.«

»Hi Tsunami!«, begrüßte Willow sie und reichte ihr eine der Kokosnusshälften. »Das ist Sundew, meine Freundin.«

Kleine Glücksexplosionen durchfuhren Sundews gesamten Körper von den Krallen bis in die Flügelspitzen. Sie hatten es bisher noch niemandem verraten! Zu hören, wie Willow es ganz beiläufig laut sagte, zu einem völlig beliebigen Drachen, war wohl der zweitbeste Moment in Sundews gesamtem Leben – gleich nach ihrem allerersten Treffen mit Willow. Was das blaue Drachenmädchen wohl davon hielt, auf einen Blattflügler zu stoßen, der gerade wie ein dusseliges Honigkuchenpferd grinste?

»Hallo Sundew. Sundew – Sonnentau … Was ist das für ein Baum?«, fragte Tsunami und trat ins Zimmer zurück, damit die beiden anderen hineinkommen konnten. Der andere Drache lag in der Nähe der Wand auf der Seite. Er sah ein bisschen krank aus, hob aber neugierig den Kopf, um sie anzusehen.

»Das ist kein Baum. Das ist eine Pflanze, die Drachen und andere Tiere frisst«, erklärte Willow. »Sie ist einer der Giftflügler, von denen ich dir erzählt habe.«

»Wir selbst nennen uns nicht so«, schob Sundew schnell ein. »Wir sind Blattflügler, echte Blattflügler.«

»Sie kann dir vielleicht ein paar deiner Fragen beantworten«, fuhr Willow zu dem dunkelblauen Drachenmädchen fort, »weil sie gerade erst in den Bauten war.«

»Oh!«, erwiderte Tsunami und blickte Sundew fester an.

»Hi«, krächzte der andere Meeresflügler. »Ich bin Turtle. Nimm's mir nicht übel, dass ich nicht aufstehe. Mir geht's nicht so gut.«

»Er hat *wesentlich* mehr Wasser aus dem Schlundfluss geschluckt, als ich empfehlen würde«, erklärte Willow. »Ich bin mir aber sicher, in ein bis zwei Tagen ist er wieder auf dem Damm. Der Ingwertee hat geholfen, oder nicht, Turtle?«

»Hrm«, stimmte er ihr mehr oder weniger zu und ließ seinen Kopf wieder nach unten plumpsen.

»Armer Drache«, meinte Willow. »Weißt du, ich habe ihnen geraten, besser gleich umzukehren und wieder zu ihrem Kontinent zurückzukehren, aber gut, dass sie den Rat nicht befolgt haben. Ich glaube nicht, dass Turtle es geschafft hätte.«

»Grmbpf«, stöhnte er.

»Ihr seid wirklich den weiten Weg aus den Fernen Königreichen hergekommen? Wie habt ihr es hierher geschafft?«, wollte Sundew von Tsunami wissen. Sie konnte schon hören, wie Cricket wie ein Flummi auf- und absprang und ihr der Kopf vor lauter Fragen fast explodierte. Diese Drachen aus den Fernen Königreichen würden sie komplett durchdrehen lassen. Bestimmt reagierte sie noch krasser auf sie als auf ihre geliebten, rätselhaften, lesenden Affen.

»Wir sind geschwommen«, antwortete Tsunami. Sie hielt eine ihrer Schwimmhautklauen hoch und zeigte dann auf etwas an ihrem Hals, das an Kiemen erinnerte. »Meeresflügler können unter Wasser atmen. Also sind wir geschwommen, bis wir müde wurden, haben auf dem Meeresgrund ein Schläfchen gehalten, etwas Fisch gefressen und sind weitergeschwommen. Es hat sich angefühlt wie eine Reise zum Ende der Welt. Die meiste Zeit über konnten wir in keiner Richtung Land entdecken, außer vielleicht eine Insel in der Ferne, wenn es keine Halluzination war. Aber wir haben versucht, auf westlichem Kurs zu bleiben und den Sternen zu folgen, wenn mein Bruder tatsächlich Ahnung von dem hatte, was er diesbezüglich immer von sich gab.

Wir sind ungefähr vier Tage lang nonstop durchgeschwommen, aber ich wette, allein hätte ich es in drei Tagen geschafft. Ich bin mir nicht sicher, ob Turtle wirklich krank ist oder sich nur von der Anstrengung erholen muss.«

»Hey!«, protestierte Turtle schwach. »Ich liege direkt hier!

Und bin wirklich krank!«

»Das ist eine lange Schwimmzeit, vor allem, wenn man nicht weiß, ob es da draußen überhaupt irgendetwas gibt«, nickte Sundew. *Die müssen komplett durchgeknallt sein. Welche Verrückten würden ohne Grund bis zum Ende der Welt schwimmen?*

»Aber wir wussten doch, dass es diesen Kontinent gibt«, antwortete Tsunami überrascht. »Hast du es ihr nicht erzählt?«

»Ich fand, dass du das selbst tun solltest«, erklärte Willow.

»Ein pantalischer Drache wurde vor ein paar Tagen an unserer Küste angeschwemmt«, erzählte Tsunami. »Sie war in einen Sturm geraten und wurde über das Meer zu uns geweht.«

»In einen Sturm?«, wiederholte Sundew und stellte die Ohren auf. »Hat sie blassgrüne Flügel und glühende Klauengelenke?«

»Whoa … du kennst Luna?«, warf Turtle aus seiner Ecke ein.

»Ich dachte, Blatt- und Seidenflügler reden nicht miteinander«, meinte Tsunami zu Willow. »Luna hat uns zum Beispiel *rein gar nichts* von diesem Dschungel erzählt.«

»Oder von drachenfressenden Pflanzen. Oder drachenfressenden Riesenschlangen. Oder drachenvergiftenden Flüssen«, brummte Turtle.

»Ich habe Luna nur kurz getroffen«, stellte Sundew klar, »als wir sie aus der Flammenseidenflüglerhöhle gerettet haben.«

Turtle und Tsunami wechselten einen bedeutungsvollen Blick. »Also stimmt dieser Teil ihrer Geschichte«, murmelte Tsunami. »Willow hatte noch nie von einer Flammenseidenflüglerhöhle gehört.«

»Ich bin mir sicher, dass alles wahr ist!«, rief Sundew. »Luna ist ziemlich wagemutig für einen Seidenflügler, aber immer noch ein Seidenflügler, und die sind ein ziemlich einfach gestrickter

Stamm. Was auch immer sie euch erzählt hat, könnt ihr ruhig glauben.«

»Wirklich?«, forschte Tsunami nach. »Sie war sehr aufgebracht über die Situation der Seidenflügler. Sie wollte, dass wir eine Armee zusammenstellen, über den Ozean herkommen und die Schwarmflügler vernichten, um ihren Stamm zu retten.«

Sundew sprang mit leuchtenden Augen auf die Beine.

»Oh-oh«, sagte Tsunami.

»JA!«, schrie Sundew. »Macht das! MACHT DAS!«

»Momentchen«, widersprach Turtle, doch Sundew redete weiter.

»Wie groß ist eure Armee? Was für Waffen habt ihr? Wie schnell können sie hier sein? Sind sie schon auf dem Weg? Seid ihr die Vorhut?«

»Sundew, freu dich nicht zu früh«, warnte Willow sie und berührte einen von Sundews zitternden Flügeln mit ihrem. »Sie sind sich nicht sicher, ob sie sich da einmischen sollten.«

»Warum solltet ihr das NICHT?«, japste Sundew. »Wollt ihr nicht gegen Ungerechtigkeit und – und – und das Böse kämpfen? DAS BÖSE? IHR KÖNNTET DAS BÖSE AUFHALTEN, HABT IHR MAL *DARÜBER* NACHGEDACHT?«

»Hey!«, wehrte sich Tsunami. »Ich hab schon JEDE MENGE Böses bekämpft! Und Turtle auch!«

Sundew sah ihn skeptisch an, vermied es aber, nachzufragen, wie das wohl möglich war. »Dann haltet auch dieses auf!«, forderte sie von Tsunami ein. »Die Schwarmflügler sind am allerschlimmsten, und sie verdienen es, vernichtet zu werden!«

Tsunamis Gesicht verschloss sich so plötzlich wie eine Drachenfalle, die unversehens zuschnappt. »Wir vernichten keine ganzen Stämme«, erklärte sie bestimmt. »Und wir werden auch niemals jemandem helfen, der so etwas vorhat.«

»Aber wisst ihr nicht, was sie getan haben?«, schrie Sundew. Sie fühlte sich, als würde ihre ganze Hoffnung wie Schokolade in der Sonne dahinschmelzen und ihr durch die Klauen tropfen, bevor sie sie essen konnte.

Genau im falschen Moment steckte Hazel ihren Kopf zur Tür herein.

»Wow«, blaffte sie. »Könnt ihr das da nicht hören?« Sie deutete mit einer Klaue über ihre Schulter hinter sich. In der Pause, die daraufhin folgte, hörte Sundew das unverwechselbare Gebrüll einer ihr entsetzlich vertrauten Stimme irgendwo draußen im Dschungel.

»Oh nein«, stammelte sie und sah Willow an. Sie hatte nicht einmal bemerkt, dass sie eine ihrer Klauen Willow entgegengestreckt hatte, bis diese sie nahm und ermutigend drückte.

»Was ist das?«, fragte Tsunami.

Sundew seufzte. »Meine Mutter ist hier.«

Kapitel 10

Willow, Sundew und Hazel kamen zuerst in Sequoias Thronsaal an. Die Königin der Blattflügler saß mit geschlossenen Augen und zerfurchter Stirn auf ihrem Thron, als plagten sie entsetzliche Kopfschmerzen. *Die werden ab jetzt nur noch schlimmer werden*, dachte Sundew verbissen.

»Eure Majestät –«, grüßte Willow.

»Wir haben Belladonna draußen gehört«, beendete Sundew den Satz für sie. »Ich weiß nicht, wie sie herausgekriegt hat, dass ich hier bin! Ich verlasse das Dorf oft nachts oder früh am Morgen, um zu jagen. Ich dachte nicht, sie würde so schnell nach mir suchen, oder überhaupt daran denken, bei den Saftflüglern nachzusehen.«

»Ah«, erwiderte Königin Sequoia und öffnete die Augen. »Sie ist nicht von selbst darauf gekommen. Ich habe sie herbestellt.«

»HERBESTELLT?!«, wiederholte Sundew völlig entgeistert. Keiner *bestellte* Belladonna irgendwohin. Und außerdem – wie konnte die Königin es wagen! »Warum habt Ihr mich nicht gefragt? Oder mich wenigstens gewarnt? Ich will sie nicht sehen! Ich meine – hier, jetzt, so.« Sie zwang sich, dabei nicht zu Willow zu schauen, um mit ihrem Blick nicht zu viel zu verraten. Sie war noch nicht bereit, ihrer Mutter alles zu erzählen. Sie wollte nicht, dass Belladonna ihr das ruinierte, denn genau das würde sie tun.

Königin Sequoia wirkte leicht skeptisch. »Ich will sie auch

nicht sehen, aber wir haben jetzt keine Zeit für meinen inneren Frieden oder dein Familiendrama. Wasp wird sich mit brachialer Gewalt und allem, was sie hat, auf uns stürzen – mit jeder Klaue, jedem Zahn und jedem giftigen Stachel. Wir brauchen einen Plan und sämtliche Klauen für unsere Verteidigung … *alle* Blattflügler, egal wie groß unsere Differenzen in der Vergangenheit auch waren.«

»Tja, mit *ihr* zu reden, wird nicht viel bringen«, grummelte Sundew.

»Ich habe nicht wirklich eine Wahl«, erwiderte Sequoia. »Ich muss wissen, was sie noch auf dem Kerbholz hat, und was sie als nächstes tun wird. Ich habe ihr gesagt, sie soll ihre Gefangenen mitbringen, sonst würde ich meine Geisel nicht freilassen«, fügte die Königin hinzu. »Das bist du.« Sie schnaubte kurz vor Lachen, als stellte sie sich Belladonnas Reaktion auf diese Drohung vor. Auch Sundew musste sich eingestehen, dass dieses Bild wirklich sehr lustig war.

Als Belladonna dann tatsächlich vor Wut schäumend hereinstürmte, war das Ganze doch nicht ganz so lustig. Sie segelte direkt durch einen der Balkone herein und rammte beim Landen ihre Klauen in den polierten Holzfußboden, wobei sie überall Regentropfen verspritzte. Sie trug nur ein paar ihrer Täschchen, als hätte sie sie in aller Hast übergeworfen, aber Sundew hörte ein unheilvolles Zischen und Klicken aus einigen von ihnen. Es klang so, als hätte Belladonna sich mit einigen ihrer deutlich unangenehmeren Insektenwaffen ausgerüstet.

»Was tust du hier?«, brüllte sie Sundew an. »Du weißt, dass du nicht mit Saftflüglern reden darfst! Und auf keinen Fall in ihr Dorf gehen!«

Sundew spreizte die Flügel, zuckte mit den Schultern und hoffte, dass niemand ihr laut klopfendes Herz hörte. »Was sollte ich denn machen? Sie haben mich gefangengenommen.«

»GEFANGENGENOMMEN, dich?«, schnaubte Belladonna.

»Und, ähm, hierher geschleift«, fügte Sundew hinzu. »Hab' mich den ganzen Weg mit Schlägen und Tritten gewehrt!«

»*Diese* Drachen?«, knurrte Belladonna ungläubig. »*Saftflügler* sollen das geschafft haben?«

»Ja, und dann haben sie mich gezwungen, ihnen alles zu sagen«, fuhr Sundew fort. »Es war grauenhaft, wirklich. Du solltest auf *sie* sauer sein.« Sie zeigte auf die Königin, die ihre Augen verdrehte.

»Irgendetwas an der ganzen Sache stinkt gewaltig«, knurrte Belladonna.

»Das tut nichts zur Sache«, sagte Königin Sequoia und erhob sich.

»Belladonna, ich sollte dich wegen Verrats einsperren lassen. Ihr habt *all das* getan, was ich euch untersagt habe. Ihr wurdet von Schwarmflüglern gesehen. Ihr habt ihr Allerheiligstes gestohlen. Und ihr habt einen ihrer Bauten angezündet!«

Belladonna hob das Kinn und kniff die Augen zusammen. »Ich sehe, du hast ihnen tatsächlich alles erzählt«, zischte sie Sundew an.

»Hast du ihre Gefangenen mitgebracht?«, herrschte die Königin sie an. »Den Flammenseidenflügler und die anderen?«

»Ich habe die anderen mitgebracht«, schnarrte Belladonna und ließ ihren Schwanz in Richtung Fenster schnalzen. Sundew sah aus dem Augenwinkel, wie draußen Wolfsbane und Byblis Cricket auf beiden Seiten zu Boden drückten. Kein Wunder, dass sich all die Bäume zunehmend mit neugierigen Drachen füllten, die auf den Schwarmflügler in ihrer Mitte hinabstarrten.

»Aber nicht den Flammenseidenflügler. Meinen Flammenseidenflügler kriegst du nicht«, zischte Belladonna.

»Nicht einmal im Austausch gegen deine Tochter?«, hakte Sequoia unbekümmert nach, fast so, als wäre sie einfach nur neugierig.

»Meine Tochter könnte fliehen und dich jederzeit töten, wenn sie wollte«, erwiderte Belladonna und warf Sundew einen finsteren Blick zu. »Der einzige Grund, warum sie das bisher noch nicht getan hat, ist, sie will mich wütend machen.«

»Das stimmt, Mutter«, seufzte Sundew mit einem theatralischen Gähnen. »Es geht hier nur um dich. Du bist der einzige Grund, warum ich überhaupt irgendetwas tue. Ich denke *den ganzen Tag* nur an dich.«

»Schluss, ihr beiden!«, befahl die Königin. »Belladonna, bring die anderen Gefangenen herein. Hazel, bitte hole unsere merkwürdigen Gäste.«

Hazel nickte und eilte aus dem Saal.

»Was, wenn ich nicht –«, fing Belladonna an.

»Mir ist egal, was du nicht machen willst! Ich werde deine Drachen nicht sterben lassen!«, donnerte Königin Sequoia. »Ihr mögt euch vor fünfzig Jahren abgespaltet haben, aber ihr gehört immer noch zu *meinem* Stamm. Wenn wir jetzt nicht zusammenarbeiten, haben wir keine Chance.« Sie schloss die Augen und murmelte »Eins … zwei … drei …«

Belladonna lief schnaubend zum Fenster und gab Wolfsbane ein Zeichen.

»Werdet Ihr uns die Wahrheit über diese Gedankenkontrollpflanze sagen?«, fragte Sundew die Königin.

Sequoia öffnete die Augen, warf ihr einen merkwürdigen, trüben Blick zu und zögerte, aber nur ganz kurz. »Ja«, antwortete sie. »Das muss ich.«

Sundew wollte weiter nachbohren, doch da kam schon Hazel mit Tsunami und dem unbekannten Seidenflügler im Schlepptau zurück. Das Seidenflüglermädchen war sehr groß und hatte riesige indigoblaue Flügel, mit vereinzelt schillernden grünen Tupfen. Sie zeigte einen wachsamen, trotzigen Schnauzenausdruck, schien aber nicht beunruhigt darüber zu sein, so viele Blattflügler um sich herum zu haben.

»Oh, dem Himmel sei Dank«, tönte Swordtails Stimme laut durchs Fenster. »Ich habe mich schon gefragt, wie lange wir noch hier draußen im Regen warten müssen! Ich bin *völlig* durchgeweicht! Igitt!«, meckerte er, als er auf dem Balkon landete und sich nach drinnen zwängte. »Tut mir echt leid wegen des Fußbodens! Oh Mann, seht euch bloß diese Dreckspuren an; ich wusste gar nicht, dass ich so viel Schlamm an den Klauen kleben hatte! Wie ist das überhaupt passiert, immerhin sind wir doch geflogen, oder? Und trotzdem –«

»Swordtail?!«, japste das violette Seidenflüglerweibchen.

Er sah auf, seine Kinnlade klappte herunter und er starrte sie einen verdatterten Augenblick lang an. »IO!«, schrie er endlich und stürmte durch den Saal auf sie zu.

All seine Gedanken über sein Durchgeweichtsein schienen wie weggeflogen, genau wie die Regentropfen, mit denen er alle im Saal vollspritzte, als er seine Flügel um den anderen Drachen schlang.

»Swordtail, bei allen Bäumen«, knurrte Sundew und schüttelte sich trocken. Sie schaute zum Balkon hinüber und sah Cricket hereinfliegen, die Bumblebee trug. Als ihre Blicke sich kreuzten, lächelte Cricket sie zaghaft und besorgt an.

»Das ist meine Schwester!«, krähte Swordtail. »Sundew! Cricket! Das ist Io! Meine Schwester!«

»Wie bist du hierhergekommen?«, rief Io.

»Das ist die längste Geschichte der Welt. Wie bist *du* hierhergekommen?«, fragte er, als Cricket durch den Raum zu Sundew schlich. Sundew sah, dass Bumblebee schlief, und merkte, irgendwie und aus einem unerklärlichen Grund fand sie das schade.

»Na ja, mein Plan war eigentlich, mich mit ein paar Freunden bei den Chrysalis des Papierwespenbaus zu verstecken«, erzählte Io Swordtail, »aber als ich dort ankam, entdeckten mich ein paar Wachen, die mich mehr oder weniger bis zum Dschungel verfolgten. Ich bin in den Wald hineingeflogen, um vor ihnen zu fliehen, und wurde fast sofort von dieser riesigen und grauenhaften, unglaublich klebrigen Pflanze geschnappt. Die wollte mich fressen, Swordtail! Mit, na, ihrem Verdauungssaft oder so! Wie krass ist das bitte? Aber diese Drachen haben mich gerettet und mir gesagt, ich könnte mich eine Weile lang hier verstecken.«

»Das ist total verrückt!«, erwiderte Swordtail. »Ich bin auch gefressen worden! Von einer riesigen Maulpflanze!«

»Noch ein Swordtail«, flüsterte Sundew Cricket zu. »Genau das hat uns noch gefehlt.«

Io drückte Swordtails Vorderklauen. »Hast du irgendetwas von Blue gehört?«, erkundigte sie sich. »Haben die Schwarmflügler ihn erwischt oder hat er die Chrysalis gefunden?«

»Weder noch!«, meinte Swordtail. »Er hat sie gefunden.« Er zeigte auf Cricket.

Io sah den Schwarmflügler zum ersten Mal an, und ihr begeisterter Schnauzenausdruck verwandelte sich innerhalb von Sekunden in blanke Wut. Sie machte mit angelegten Ohren einen Schritt auf Cricket zu, doch Swordtail stellte sich ihr in den Weg, packte sie an den Schultern und schüttelte sie.

»Nein, nein, beruhige dich. Cricket ist auf unserer Seite«, erklärte er. »Sie hat Blue gerettet. Mehr als einmal. Er ist sogar hier, in dem anderen Blattflüglerdorf.«

»Oh«, meinte Io. »Aber … was ist mit …« Sie schnippte ihren Schwanz in Crickets Richtung, deutete mit einer Klaue auf ihren Kopf und rollte ihre Augen zurück, bis fast nur noch das Weiße darin zu sehen war.

»Funktioniert bei ihr nicht«, verneinte er. »Keine böse Königin in ihrem Kopf, nie.«

»Oh. Also … super.« Io winkte Cricket höflich zu. »Schön, dich kennenzulernen. Danke, dass du Blue gerettet hast.«

»Verzeihung«, schaltete sich Tsunami ein. »Habt ihr Blue gesagt? Es ist nur, wir wurden gebeten, einen Blue zu finden –«

»Liebes Bisschen«, japste Cricket. Sie griff nach Sundews Arm und zeigte auf Tsunami. »Oh – oh Mann. Siehst du das? Was passiert hier? Wer ist das? Warum ist sie so toll und blau und sieh dir bloß ihre Flügel an, und sind das da Häute zwischen den Krallen? Sind die fürs Schwimmen? Ist sie ein Wasserdrache? Was ist sie und wo kommt sie her und OH MAN SIE IST AUS DEN FERNEN KÖNIGREICHEN, ODER?«

»Wenn du jetzt umkippst, gib mir vorher bitte Bumblebee, damit du sie nicht aus Versehen zerquetschst«, verkündete Sundew trocken.

»Ich sollte öfter neue Kontinente besuchen«, bemerkte Tsunami heiter. »Ich wünschte, alle wären immer so begeistert bei meinem Anblick.«

»Warte mal ab, was passiert, wenn du Swordtail erzählst, dass du Luna getroffen hast«, grinste Sundew.

Swordtail wirbelte mit einem hoffnungsvoll strahlenden Gesicht zu Tsunami herum.

»Yep, es geht ihr gut«, meinte Tsunami. »Sie ist auf unserem Kontinent gestrandet. Sie ist auch der Grund, warum wir hier sind – sie erzählte uns, ihr würdet alle Hilfe brauchen. Sie bat uns, nach Swordtail und Blue zu suchen und euch zu versichern, dass es ihr gut geht.«

Io legte einen Flügel um ihren Bruder, der das Gesicht in den Klauen vergrub und in Tränen ausbrach. »Ooch, Swordtail«, flüsterte sie. »Sie findet ihren Weg zurück. Ihr werdet immer wieder zueinander finden.«

»Traurig und glücklich zugleich«, kommentierte Tsunami, »aber das ist mehr oder weniger das, was Luna auch gesagt hat.«

»Woher kann sie *unsere Sprache*?«, hauchte Cricket. »Ist das *Magie*, dass wir sie verstehen können? Ist sie ein Zauberdrache mit Superkräften, so wie Clearsight? Oh meine Güte, kannst du die Zukunft vorhersehen?«

»Ich kann *eine* Zukunft vorhersehen«, antwortete Tsunami. »Eine, in der ich die nächsten drei Jahre damit zubringe, all deine Fragen zu beantworten.«

»WIRKLICH?«, japste Cricket.

»Beruhige dich, Cricket«, befahl Sundew. »Könnte diese Drachenlady wirklich die Zukunft vorhersehen, wäre sie nicht fast von einer Anakonda gefressen worden.«

»Stimmt«, erwiderte Tsunami. »Und ich hätte heute Morgen

auch nicht dieses Ding gefressen, das wie eine Nacktschnecke aussah und leider auch eine Nacktschnecke war.«

Die Königin klatschte in die Klauen und alle verstummten und blickten zu ihr.

»Hört zu. Es gibt eine Menge zu bereden«, erklärte sie, »und wir haben nicht viel Zeit, also müssen die Vorstellungsrunde, die Wiederbegegnungen und die Fragen erst einmal warten. Nach meinem Verständnis haben Belladonna und die Giftflügler vor zwei Tagen eine Kriegshandlung begangen, als sie eine der Schwarmflüglerstädte niedergebrannt haben. Dabei wurden einige Blattflügler gesehen, also hat Königin Wasp nun keinerlei Zweifel am Überleben unseres Stammes und dass wir diejenigen waren, die das Feuer gelegt haben.«

»Können wir ihr nicht sagen, dass sie es waren und nicht wir?«, fragte Hazel und zeigte mit einer ihrer Krallen auf Belladonna.

»Ja, versucht das gern«, kommentierte Wolfsbane dies gallig. »Ich habe gehört, sie sei ganz vernünftig.«

»Tut mir leid, Hazel«, sprach die Königin. »Sie hasst alle Blattflügler gleichermaßen, und sie wird sogar noch wütender sein, wenn sie erfährt, dass ich nicht tot bin. Es ist ausgeschlossen, dass sie unserer Hälfte einfach gestattet, weiter ein ruhiges Leben im Dschungel zu führen.« Sie spreizte die Flügel und sah zu Wolfsbane und Belladonna hinüber. »Es ist ebenfalls ausgeschlossen, dass ich zulasse, dass sie diese Hälfte unseres Stammes vernichtet, auch wenn sie verspräche, den Rest von uns in Frieden zu lassen. Das sind auch unsere Drachen.«

»Wir gehorchen dir nicht!«, fauchte Belladonna. »Wir haben keine Königin!«

Sequoia verengte die Augen und atmete mehrmals tief und lang ein und aus, ohne irgendetwas zu sagen. Doch irgendwann platzte sie heraus: »Aber ihr habt durchaus ein Problem. Das Problem einer bald einfallenden Armee, die ihr mit nur einem halben Stamm nicht bekämpfen könnt. Das letzte Mal gelang es nicht einmal dem gesamten Blattflüglerstamm, ihr etwas entgegenzusetzen … und jetzt sind wir ihnen zahlenmäßig noch mehr unterlegen.«

»Woher willst du wissen, dass wir ein Armee-Problem haben?«, konterte Belladonna. »Vielleicht haben wir sie ja eingeschüchtert! Vielleicht lecken sie ihre Wunden und fragen sich, ob wir nach Rache dürstende Geister sind!«

Die Königin schüttelte den Kopf. »Ich kenne Wasp. Wenn sie getroffen wird, schlägt sie sofort zurück. Ich schätze, wir haben einen Tag, vielleicht zwei, während sie noch das Feuer löschen, ihre Verletzten versorgen und ihre Eier und Drachlinge in Sicherheit bringen.

Dann vielleicht noch einen Tag, den sie braucht, um ihre Horden zusammenzurotten und hierher zu fliegen – wohl eher weniger als das. Wenn sie also nicht heute Nacht schon den Rand des Giftdschungels erreichen, dann spätestens morgen früh.«

»Heute Nacht!«, japste Willow.

»Das ist lächerlich«, knurrte Belladonna. »Sie kann ihre Armee niemals so schnell organisieren und kriegsbereit machen.«

»Doch, kann sie«, bestätigte Cricket. »Sie braucht keine Zeit damit zu verschwenden, Boten umherzuschicken oder auf Drachen zu warten, die sich verabschieden, oder sonst irgendetwas. Sie kriecht einfach in all ihre Köpfe und *bringt* sie dazu, herzukommen, ob sie wollen oder nicht.«

»Ich habe dir von der Gedankenkontrolle erzählt«, seufzte Königin Sequoia. »Doch du hast mir nie wirklich geglaubt.« Sie erhob sich, zog die Ranke hinter ihrem Thron hervor und hielt sie nach vorn, sodass alle sie sehen konnten. »Das hier ist der andere Grund, warum sie keine Zeit verschwenden wird. Sie braucht diese Pflanze, um ihren Stamm zu kontrollieren, aber Sundew und ihre Freunde haben ihren Vorrat niedergebrannt.«

»Was eine *gute* Idee war«, warf Swordtail ein. »Nur um das klarzustellen. Es war total heldenhaft und ein Sieg für Gerechtigkeit und Freiheit und ich war natürlich daran beteiligt.«

»Sie hat vielleicht noch mehr von diesen Pflanzen«, wandte Cricket ein. »Wir haben ein Gewächshaus abgebrannt, aber sie könnte irgendwo noch einen Ersatzvorrat haben, oder?«

»Vielleicht«, meinte die Königin. »Aber sie weiß auch, wo sie so viel davon findet, wie sie braucht.« Sie zeigte zum Fenster hinaus. »Genau hier. Im Giftdschungel. Da, wo die Pflanze herkommt.«

»Sie stammt von hier?«, fragte Sundew. »Seid Ihr sicher? Ich habe sie noch nie irgendwo gesehen.«

»Das liegt daran, dass sie isoliert wurde.« Königin Sequoia starrte die Ranke so finster an, als verdiene sie es nicht, zu leben. »Sie wächst nur in einer bestimmten Ecke des Dschungels und wird von einem Drachen namens Hawthorn bewacht, der sie in ihren Grenzen hält.«

»Echt?«, japste Hazel mit weit aufgerissenen Augen. »Davon hast du mir nie etwas erzählt.«

»Ich habe auch noch nie etwas davon gehört«, schnaubte Belladonna.

»Das ist nicht gerade ein Geheimnis, das alle kennen sollen«, erwiderte die Königin. »Es handelt sich dabei um die gefährlichste Pflanze im gesamten Giftdschungel.« Sie pflückte eine der verwelkten Blüten von der Ranke und hielt sie sich vor die Augen. Das blasse Weiß der Blütenblätter hatte schon begonnen, braun zu werden, doch in der Mitte der Blüte glühte ein dunkelroter Samen, der fast schon schwarz zu sein schien.

»Hat irgendjemand von euch«, fragte die Königin, »schon einmal von der Legende des Schwarms gehört?«

Tsetsebau
Käfersee
Geißel-
skorpionbau
Hornissenbau
Zikadenbau
Gottesanbeter-
innenbau

TEIL ZWEI

Ranken und Zähne

Kapitel 11

»Die was?«, schnauzte Belladonna. »Legende? Ist jetzt Märchenstunde? Ich interessiere mich einen Dreck für alte Legenden!«

»Die hier ist wichtig«, erwiderte Königin Sequoia. Sie streckte eine Klaue nach Hazel aus, die nach vorn ging, um sie zu ergreifen. »Kennt sie irgendjemand von euch?«

Sundew schaute sich um, aber alle anderen Drachen im Saal schüttelten ebenfalls ihre Köpfe.

Die Königin seufzte erneut. Sundew wollte sie am liebsten für jeden Seufzer mit ihrer schärfsten Kralle in die Schnauze piksen. Wovon konnte sie denn bloß so müde sein, nachdem sie fünfzig Jahre lang im Dschungel gehockt hatte, *ohne* gegen die Bösen zu kämpfen?

»Die Geschichte stammt aus einer Zeit lange vor Clearsight«, begann Königin Sequoia und ließ Hazel sich ihr zu Füßen setzen. Die Prinzessin sah mit großen, staunenden Augen zu ihrer Urgroßmutter auf. Sundew überlegte, ob Bumblebee wohl so aussehen würde, könnte sie irgendwann Geschichten verstehen. *Was mir völlig egal ist, denn ich werde ihr garantiert keine erzählen!*

»Die Legende beginnt in den ersten Tagen nach der Ankunft von Drachen auf diesem Kontinent«, fuhr die Königin fort. »Damals, als die Stämme der Blatt- und Käferflügler noch neu waren und an diesen Küsten ankamen, um vor den Unruhen in den Fernen Königreichen zu fliehen.«

»Die was?«, wurde sie von Swordtail unterbrochen. »Was ist ein Käferflügler?«

»Das, was die Seiden- und Schwarmflügler früher waren, bevor Clearsight hier ankam und ihre Nachfahren sich in zwei Stämme aufspalteten. Laut den Überlieferungen ähnelten die Käferflügler eher den Seidenflüglern, nur dass einige von ihnen tödliche Waffen besaßen, die man heute bei den Schwarmflüglern findet … Die alten Geschichten besagen vor allem, dass sie tödliches Gift aus ihren Fangzähnen spritzen konnten.«

Tsunami zuckte zusammen, als hätte sie irgendetwas erschreckt.

»Whoa!« Swordtail beäugte seine Klauen, in der Hoffnung, plötzlich könnten giftige Stachel aus ihnen hervorspringen.

»Was waren das für Unruhen, vor denen sie flohen?«, bohrte Cricket nach.

»Wahrscheinlich dasselbe wie immer«, bemerkte Io. »Drachen, die grausam zu anderen Drachen sind, weil sie nicht genau wie sie aussehen oder handeln.«

»Darüber sagt die Legende nichts. Was sie aber sagt«, fuhr die Königin fort, »ist, dass die ersten Drachen, die auf Pantala landeten, etwas sehr … Merkwürdiges vorfanden.« Ihre Stimme wurde plötzlich so leise, dass Sundew sie bei dem draußen prasselnden Regen kaum verstehen konnte. »In der Nacht, als sie ankamen und alle schliefen, begann die Erde unter ihnen zu wimmeln. Winzige Beine krabbelten über ihre Schuppen – immer mehr und mehr davon. Die Drachen erwachten plötzlich aus ihren Träumen und fanden sich in einem wahrhaftigen Albtraum wieder: Sie waren alle mit Feuerameisen übersät.

Ihre Schreie hallten bis zu den drei Monden hinauf. Sie hasteten zum Ozean, doch sogar während sie rannten, quollen immer mehr Ameisenkolonien aus der Erde und griffen sie an. Sie kletterten ihre Beine hinauf, gruben sich zwischen ihre Schuppen und schlugen ihre Beißwerkzeuge in ihre Haut. Die Ameisen ließen nicht einmal dann von ihnen ab, als sich die Drachen ins Meer warfen; sie versuchten gar nicht, sich selbst zu retten. Sie verbissen sich in sie, unerbittlich wie der Tod, bis auch die letzte von ihnen ertrunken war.«

»Iiiiiieeeeks«, ekelte sich Swordtail und schüttelte sich theatralisch.

»Aber die Ameisen waren erst der Anfang«, setzte Königin Sequoia die Geschichte fort. »Am nächsten Morgen, als die Drachen sich zurück zu ihrem Lager schleppten, hörten sie ein Schwirren in der Luft, das immer näher kam. Beim Blick nach oben zeigte sich der Himmel voller Bienen. So viele Bienen, dass sie die Sonne verdeckten und den Himmel verdunkelten. Die Bienen stürzten hinab und griffen wie auf Kommando gleichzeitig an, genau wie die Ameisen zuvor. Und wieder mussten die Drachen schnell zur Bucht fliehen und untertauchen.

Die Legende besagt, sie wurden von ihren Flammenseidenflüglern gerettet, die die Bienen vom Himmel aus verbrannten.«

»Also geht es in der Legende um gruselige Ameisen und Bienen?«, fragte Io.

Die Königin schüttelte den Kopf. »Es wurde noch schlimmer … und rätselhafter. Die Insektenschwärme tauchten immer wieder auf. Die nächsten Angriffe kamen von Insekten, die normalerweise keinen Schwarm bilden – Armeen von giftigen Tausendfüßlern, Scharen von Tsetsefliegen und Horden von Bombardierkäfern.

Sie töteten Drache um Drache mit blinder, unerschütterlicher Brutalität. Einige Drachen lösten sich nachts in Luft auf und wurden nie wieder gesehen. Andere kamen direkt vor ihren Freunden um und verschwanden in einem Getümmel aus Raubwanzen.

Die Drachen wehrten sich natürlich. Sie waren viel zu weit geflohen, um wieder umzukehren. Der Legende nach waren sie Vertriebene und konnten nie wieder in die Fernen Königreiche zurückkehren.

Also kämpften sie, um zu bleiben. Doch immer, wenn sie eine Gruppe von Angreifern geschlagen hatten, schien an deren Stelle plötzlich eine neue aufzutauchen. Auf die Insekten folgte ein Gewimmel aus Klapperschlangen, riesige Löwenrudel und Krähenschwärme.«

Die Stimme der Königin wurde wieder leiser, als sie in das Herz der blassen Blüte starrte und fortfuhr: »Das waren keine normalen Angriffe. Die Tiere bewegten sich wie ein einziger großer Organismus. Wenn eine Krähe am hinteren Ende eines Schwarms getötet wurde, wussten es die Krähen am Kopf des Schwarms sofort. Die Schlangen griffen alle gleichzeitig an und verfolgten ihre Opfer mit koordinierter Präzision.«

»Aber wie?«, fragte Cricket. »Das hört sich nach einem Mythos an, der im Laufe der Zeit immer weiter ausgeschmückt wurde. Meint Ihr, dass diese Pflanze bei *allem* funktioniert? Bei Reptilien, Vögeln, Insekten und Säugetieren? Wie soll das rein wissenschaftlich möglich sein?«

»Ähm, ich habe da eine wichtigere Frage«, schob Sundew ein. »Wer hat sie kontrolliert?« Sie bemerkte, dass sie irgendwann während der Geschichte ihren Schwanz um den Willows geschlungen hatte, vermutlich, als es ihr eiskalt den Rücken hinuntergelaufen war. Doch Belladonnas Augen fixierten die Königin, und Sundew konnte sich nicht dazu durchringen, sich von Willows beruhigender Wärme zu lösen.

Königin Sequoia schloss ihre Vorderklauen um die Blüte und sah Sundew direkt in die Augen. »Das weiß niemand.«

»WAS?!«, entfuhr es Swordtail.

»Heilige drei Monde. Ich glaube, mich schaudert's«, meinte Tsunami und schüttelte ihre Flügel so heftig aus, als wären sie eingeschlafen.

»Wie kann das niemand wissen?!«, hakte Cricket nach. »Wurde der Drache, der hinter all diesen Angriffen steckte, nie aufgespürt?«

»Die Stämme haben nie jemanden gefunden«, antwortete die Königin. »Sie haben jahrelang überall gesucht, aber alles, was sie herausfanden, war, es gab keine anderen Drachen auf diesem Kontinent.«

»Aber …«, setzte Hazel an und brach dann wieder ab.

»Was sie gefunden haben, war das hier.« Königin Sequoia öffnete ihre Klauen wieder und ließ die Blüte zum Vorschein kommen. Der Samen darin glitzerte wie ein böses kleines Auge, das sie beobachtete. »Wir nennen es den Atem des Bösen.«

»Klingt ein bisschen dramatisch«, murmelte Belladonna.

»Diese Pflanze bedeckte damals alles«, berichtete die Königin. »Die Legende hat sie genau beschrieben – es ist der Teil der Geschichte, der am genauesten weitergegeben wurde, als hätten die Geschichtenerzähler gewusst, wie wichtig es für uns sein würde, diese Pflanze wiederzuerkennen, sollte sie je wieder auftauchen.

Diese Ranken schlangen sich um jeden Baum und wanden sich durch jede Wiese und jeden Sumpf. Völlig unabhängig von den landschaftlichen Gegebenheiten wucherten sie überall in Pantala.

Doch die Drachen aus den Fernen Königreichen bemerkten schnell, dass die Angriffe nachließen, wenn sie diese Pflanze beseitigten. Sobald sie ein Gebiet völlig von ihr befreit hatten, konnten sie plötzlich sicher darin leben. Keine Angriffe mehr. Die Tiere begannen, sich wie normale Tiere zu verhalten – aber nur, wenn sie in dem Bereich lebten, den die Drachen gelichtet und vom Atem des Bösen befreit hatten.«

»Mir gefällt dieser Name nicht«, warf Swordtail ein. »Und die Pflanze AUCH nicht. Nur um das klarzustellen: Mir gefällt das alles kein bisschen.«

»Ich verstehe, warum Königin Wasp verhindert, dass wir diese Geschichte hören«, erklärte Io. »Da könnte es bei einigen Klick machen, sogar in einem begriffsstutzigen Schwarmflüglerschädel.«

Sundew sah, wie Cricket zusammenzuckte und die Schlinge, in der Bumblebee steckte, ein bisschen enger um sich zog.

»Aber … wie geht sie aus?«, fragte Willow. »Die Legende des Schwarms, meine ich.«

»Da gibt es nicht mehr viel«, antwortete Königin Sequoia und hob die Vorderklauen. »Durch all die Jahrtausende, die sie nun schon weitergegeben wurde, ist sie völlig verworren. Ich interpretiere sie so: Als unsere Vorfahren hier ankamen, versuchte irgendetwas, sie zu töten, indem es die hiesige Tierwelt in Waffen verwandelte. Doch die Zerstörung des Atem des Bösen nahm ihm seine Kraft. Als die Stämme dies erkannten, organisierten sie Expeditionen, um die Pflanze auf dem gesamten Kontinent auszurotten.«

»Moment, können wir kurz zu dem Ding mit dem bösen Atem zurück?«, bat Sundew. »Der Drache – oder die Drachen – der oder die alles kontrollierten. Auch wenn die Stämme ihn nie gefunden haben, müsste er doch mittlerweile längst tot sein, oder? Als die Pflanzen schließlich ausgerottet waren und ihm klar wurde, dass er verloren hatte.« Sie verstummte und schaute in die verängstigten Gesichter ringsumher. »Oder?«

»Sicher«, erwiderte die Königin. »Das ist sehr lange her. Tausende Jahre.«

»Ich schätze, diese Pflanze wurde trotzdem nicht ganz ausgerottet,« meinte Cricket und hob den Kopf, um Königin Sequoia anzusehen.

Die Königin legte Hazel sanft eine Klaue auf den Kopf und seufzte. »Nein. Sie hat überlebt, tief versteckt im Giftdschungel.«

»Wo Wasp sie gefunden hat«, fuhr Cricket langsam fort. »Sie muss diese Legende kennen. Sie muss danach gesucht und gehofft haben, sie könne sie für ihre Zwecke verwenden. Ich frage mich, wie sie es herausgefunden hat, dass sie funktioniert. Und wenn die Pflanze früher bei allen Tieren gewirkt hat, warum benutzt sie sie dann nur bei den Schwarmflüglern? Warum Baumkriege führen, wenn sie auch die Blatt- und Seidenflügler gleichschalten könnte?«

Königin Sequoia schauderte.

»Ich bin mir sicher, dass sie es versucht hat«, fauchte Belladonna. »Funktioniert wahrscheinlich nicht bei einer überlegenen Spezies wie den Blattflüglern.«

Sundew sah, wie Io die Augen verdrehte.

»Der Punkt ist, dies ist der Ort, wo sie sie her hat«, argumentierte Sundew. »Also ist dies auch der Ort, an den sie zurückkehren wird, um sich mehr davon zu beschaffen, wenn wir wirklich ihren gesamten Vorrat niedergebrannt haben.«

»Nicht, wenn wir zuerst angreifen«, knurrte Belladonna. »Wir fackeln alle ihre Bauten ab. Ich plane gerade unseren nächsten Angriff. Wir brauchen nur ein bisschen mehr Flammenseide, und der Papierwespenbau ist ein Häufchen Asche, noch bevor ihr blinzeln könnt.«

»Wasp wird nicht darauf warten, dass ihr das tut«, wandte Cricket ein. »Königin Sequoia hat recht. Sie wird hier sein, noch bevor ihr Blue davon überzeugen könnt, euch überhaupt Flammenseide zu geben … und noch bevor ihr beim Papierwespenbau ankämt, wenn ihr sie schon hättet.«

»Wir müssen schnell handeln.« Königin Sequoia erhob sich mit einem gebieterischen Schnauzenausdruck von ihrem Thron, und Sundew konnte plötzlich erkennen, warum ihr ein ganzer Stamm immer wieder in die Schlacht gefolgt war, egal, wie oft sie dabei auch verloren hatten.

»Belladonna, Wolfsbane und die Seidenflügler«, befahl die Königin und zeigte auf Io und Swordtail. Wolfsbane schien es leicht zu schockieren, dass sie seinen Namen kannte. »Ihr vier kommt mit mir. Wir werden unsere stärksten Kriegerinnen und Krieger versammeln – aus beiden Dörfern – und zum Brodelnden Fluss fliegen, um uns auf Wasps Angriff vorzubereiten. Wir müssen die Dschungelabwehr verstärken, um sie so lange wie möglich aufzuhalten.«

»Ähm«, schob Swordtail ein. »Ich meine, das hört sich super an. Aber … wie genau sollen *wir* dabei helfen?« Er deutete auf sich und Io.

»Indem ihr mit dem Flammenseidenflügler redet. Ich verstehe sein Widerstreben, wenn es um das Niederbrennen der Bauten geht. Aber ich hoffe, ihr könnt ihn davon überzeugen, wie sehr wir ihn in der Schlacht brauchen werden, wenn Wasp uns angreift.

Außerdem muss einer von euch die Chrysalis kontaktieren. Wenn sie sich wirklich erheben und Königin Wasp stürzen wollen, ist *jetzt* der richtige Zeitpunkt dafür. Sie müssen ihre Drachen dazu bringen, an unserer Seite zu kämpfen, sonst gewinnt Wasp, und dann werden sie nie wieder die Chance haben, frei zu sein.«

»Was ist mit mir?«, fragte Hazel. »Sollte ich nicht mit dir gehen?«

Der Schnauzenausdruck der Königin wurde sanfter, als sie ihre Ururenkelin ansah. »Nein«, sagte sie. »Wenn du da bist, kann ich nicht klar denken. Ich muss mir sicher sein, dass du hier in Sicherheit bist, und auch der Rest unseres Stammes, denn du wirst für ihn verantwortlich sein. Wenn Wasp uns überwältigt, musst du entscheiden, was zu tun ist – kämpfen oder fliehen.«

»Wohin fliehen?«, wollte Cricket wissen.

»Tiefer in den Dschungel hinein«, antwortete die Königin. »Oder … vielleicht noch weiter.« Sie richtete ihren Blick auf Tsunami.

»Das schlage ich doch schon die ganze Zeit vor!«, rief Cricket. »Stimmt's, Sundew? Ich habe gesagt, wir sollten in die Fernen Königreiche fliehen!«

»Hey, whoa!«, rief Tsunami und spreizte mit alarmiertem Schnauzenausdruck die Flügel. »So einfach ist das nicht. Könnt ihr schwimmen? Oder unter Wasser atmen?«

»Wir können schwimmen«, erwiderte Willow. »Im Fluss. Aber wahrscheinlich nicht so wie du. Gut, wahrscheinlich überhaupt nicht so wie du. Also kein Tagelang-durch-den-gesamten-Ozean-schwimmen, das nicht.«

Sundew bemerkte, wie ihre Mutter Willow finster anstarrte, und eine halbe Sekunde später, dass ihr Schwanz immer noch mit Willows Schwanz verschlungen war. Oh nein, vermutlich hatte das etwas mit Belladonnas komischem Blick zu tun.

Tja, Pech, dachte sie trotzig. Ich lasse jetzt nicht los. Ich lasse sie nie wieder los. Wenn wir jetzt sowieso die ganze Wahrheit auf den Tisch packen, dann kommt hier meine: Ich entscheide mich für Willow. Sogar wenn sie ein Saftflügler ist, und nicht Mandrake. MUTTER.

»Eben«, meinte Tsunami. »Also wie wollt ihr dahin kommen? Tut mir leid, aber es ist nur … ziemlich unwahrscheinlich. Ich habe schon darüber nachgedacht, wie wir andere Drachen hierher bringen könnten, um euch zu helfen – *falls* wir uns dafür entscheiden«, sprach sie schnell und warf Sundew einen Blick zu, »aber mir fällt nichts ein. Vielleicht wenn mein Freund Starflight hier wäre … oder Qibli. Hmmm.« Sie verzog die Schnauze. »Vielleicht kann ich sie trotzdem fragen.«

»Was?«, fragte Swordtail. »WIE? WIE WÜRDEST DU DAS TUN?«

»Supermagie aus den Fernen Königreichen«, flüsterte Cricket mit leuchtenden Augen.

»Ähem«, räusperte sich die Königin und übernahm wieder die Gesprächsführung. »Also. Hazel und Tsunami, ihr bleibt hier und denkt euch einen Plan aus. Eine Möglichkeit, in die Fernen Königreiche zu gelangen, falls wir das müssen, oder irgendeine andere Lösung für den Fall, das Königin Wasp das Dorf erreicht. Belladonna, du kannst ein paar deiner Drachen herschicken, um ihnen zu helfen. Byblis vielleicht; ich habe gehört, sie soll ziemlich clever sein.«

»Ja, ich sehe, wie viele Informationen deine Späher gesammelt haben. Du musst es mir nicht unter die Nase reiben«, blaffte Belladonna.

Königin Sequoia schloss die Augen, hob das Kinn, blieb so lange still, wie es dauert, um bis zehn zu zählen, und sah danach Sundew in die Augen.

»Der Rest von euch«, begann sie, »Sundew, Willow, Schwarmflügler. Ihr müsst den Wächter des Atem des Bösen finden. Hawthorn hatte fünfzig Jahre lang Zeit ... Es ist nicht sehr wahrscheinlich, aber vielleicht hat er die eine Sache gefunden, die uns wirklich retten könnte.«

»Ein Gegenmittel!«, platzte Cricket heraus.

Sequoia sah sie mit hochgezogenen Augenbrauen an. »Ja«, bestätigte sie. »Das war eigentlich *mein* dramatischer Ausruf, junge Drachendame. Ein Gegenmittel.«

»Etwas, das die Gedankenkontrolle wirkungslos macht?«, stammelte Cricket, die zu aufgeregt war, um sich maßregeln zu lassen. »Eine Möglichkeit, auch den Rest meines Stammes zu befreien?«

»Das war unsere Hoffnung, und seine Aufgabe«, bestätigte die Königin, »aber er ist nie zurückgekommen. In all den Jahren habe ich nichts von ihm gehört. Also war es vielleicht unmöglich ... oder er ist tot.«

»Oder wir finden ihn und retten alle!« Cricket sprang so enthusiastisch auf und ab, dass Bumblebee schnaubend wach wurde.

»Erhofft euch nicht zu viel«, warnte die Königin. »Nach all der Zeit, die er auf sich allein gestellt war, bin ich mir nicht sicher, ob er noch lebt.«

»Abgesehen davon«, warf Io ein, »könnten die Schwarmflügler, auch wenn sie nicht mehr ferngesteuert sind, sich mit freiem Willen dafür entscheiden, für Wasp zu kämpfen.«

Dieser Satz ließ Crickets Flügel zu Boden sinken. »Werden

sie nicht«, widersprach sie heftig. »Ich bin mir sicher, dass sie das nicht werden. Einige von ihnen jedenfalls nicht …« Sie verstummte und fummelte an ihren Krallen herum.

»Wo ist dieser Drache?«, fragte Sundew die Königin.

»Im Auge des Dschungels«, antwortete Sequoia. »Ich gebe euch eine Karte. Das wird eine gefährliche Mission, aber ich denke, ihr seid die richtigen Drachen für diese Aufgabe.«

»Aber den Drachling solltet ihr lieber hier bei uns lassen«, schlug Hazel vor.

Cricket schlang schützend ihre Flügel um Bumblebee, die die Schlinge zur Seite schob, um wieder nach draußen zu lugen. Ihre Augen waren riesengroß und sie war leiser, als Sundew sie je erlebt hatte.

»Ich würde sie lieber bei mir behalten«, erklärte Cricket.

»Ihr wird nichts passieren«, stimmte ihr Sundew zu. »Wir passen auf sie auf.«

»Einen Moment!«, zischte Belladonna. »Ich lasse meine Tochter nicht einfach zu einem Himmelfahrtskommando aufbrechen, und das nur mit diesen beiden … diesen beiden *Fremden* an ihrer Seite.« Sie warf Cricket und Willow (vor allem Willow, wie Sundew fand) einen bitterbösen Blick zu. »Ich bestehe darauf, dass auch zwei von meinen Drachen dabei sind.«

Sundew erriet sofort, worauf das Ganze hinauslief. »Argh, *neiiiiiin*, Mutter, warum?«, protestierte sie.

»Entweder bleibst du hier«, blieb Belladonna hartnäckig, »oder du nimmst Mandrake und Nettle mit.«

Kapitel 12

»Ich finde, ich sollte die Anführerin sein«, verkündete Nettle, als Sundew die Karte auf einem Baumstumpf in der Mitte des Saftflüglerdorfes ausbreitete. Der Regen hatte endlich aufgehört, doch der Baumstumpf war noch feucht. Immerhin war die Karte auf ein großes, wasserabweisendes Blatt gezeichnet worden. Sundew fand diese Karte im Vergleich zu anderen nicht gerade hilfreich, doch Königin Sequoia hatte erklärt, das sei alles an Informationen, was es gab.

»Ha!«, rief Sundew, ohne zu Nettle aufzublicken. »Nö.«

»Aber *ich* bin die Älteste«, zischte Nettle. »Also habe ich auch die meiste Dschungelerfahrung, und ich trainiere schon mein Leben lang für so eine Mission, *und* ich bin die geborene Anführerin.«

»Ha HA«, schnaubte Sundew. »Überstimmt. Vier zu eins.«

»Du hast sie nicht mal gefragt! Sie könnten für mich stimmen!«

»Nee«, meinte Willow.

»Sorry, nein«, bestätigte Cricket.

»Ischau määh!«, mischte sich Bumblebee eifrig von ihrer Schlinge aus ein.

»Oh, ups, fünf gegen eine«, ätzte Sundew. »Vielleicht ist sie ja schlauer, als sie aussieht«, grinste sie Cricket an. Dann streckte sie ihre Klauenfläche aus und der kleine Drachling schlug begeistert ein.

»MANDRAKE!«, kreischte Nettle und bäumte sich beleidigt auf. »SAG IHR, DASS ICH DIE ANFÜHRERIN SEIN SOLLTE.«

»Sundew, warum tust du mir das an?«, stöhnte Mandrake klagend.

»Weil sie, wenn sie auf dich sauer ist, vielleicht mal eine Nanosekunde damit aufhört, mich zu drangsalieren«, erklärte Sundew. »Willow, was ist der äußerste Punkt auf dieser Karte, an dem du schon einmal warst?«

Willow zeigte auf eine verschnörkelte Kritzelei nordöstlich des Dorfes. »Beim Strandapfelhain. Als ich ihm bei einer Jagd einmal zu nahe gekommen bin, hat mich mein Vater ins Dorf zurückgeschleppt und mir eine Woche lang Vorträge gehalten.«

Willows Vater war ein rastloser blassgrüner Drache mit freundlichen Augen und jeder Menge nervöser Energie. Sundew hatte ihn bisher nur einmal ganz kurz getroffen, als die Königin ihn in ihr Gefolge aufnahm und er einen Moment stehen blieb, um Willow viel Glück zu wünschen. Sundew hatte es einen kleinen Stich versetzt, dass Willow sie dabei nicht als *meine Freundin* vorgestellt hatte. Aber natürlich erforderte das wohl ein etwas längeres Gespräch, in dem es einiges zu beichten gab, wie zum Beispiel, dass sie sich mitten in der Nacht in den Dschungel davonstahl.

Sundew stand ein ähnliches, längeres Gespräch mit Mandrake bevor, aber garantiert nicht vor Nettle, und auch nicht, wenn ihnen nur ein Tag Zeit blieb, das Gegenmittel zu finden und zurückzubringen, um Königin Wasp aufzuhalten.

Prioritäten, Sundew. Konzentriere dich auf die Mission.

Damit drückst du dich überhaupt nicht vor einer furchtbar unangenehmen Sache, oh nein.

»Diese Karte ist nicht gerade detailliert«, bemerkte Sundew.

Sie wünschte, sie hätte Zeit gehabt, ihre Täschchen aufzufüllen. Für so eine gefährliche Mission fühlten sie sich unangenehm leicht an. Sie ging im Kopf ihre Liste durch und hoffte, die Dinge, die sie dabei hatte, würden sich als nützlich erweisen.

»Die meisten von uns sind noch nie weiter als bis zum Strandapfelhain gekommen«, erläuterte Willow. »Das sind gruselige, todbringende Bäume.«

»Ich habe über sie gelesen, aber noch nie einen gesehen«, meinte Cricket und schob ihre Brille nach oben, während ihr Schwanz seinen So-faszinierend-ich-halte-es-kaum-aus-Tanz veranstaltete.

»Denk nicht mal darüber nach«, fuhr Sundew sie an. »Heute ist keine Zeit für Forschungen, Fräulein Professor. Wir fliegen um sie herum.« Sie rollte das Blatt wieder zusammen und sah zu den Bäumen hinauf.

Die Saftflügler waren in fieberhafter Eile, sprangen von Baum zu Baum, riefen sich Ratschläge zu, fanden sich in kleinen Gruppen zusammen, um sich flüsternd auszutauschen, und stoben dann wieder auseinander. Aber es gab immer noch ein paar, die kurz verweilten, um neugierig Cricket und Bumblebee zu mustern – die beiden ersten Schwarmflügler, die die meisten von ihnen je gesehen hatten.

Und zwar dank uns, den echten Blattflüglern, die sämtliche Überfallkommandos von Wasp in die Flucht geschlagen oder dafür gesorgt haben, dass sie gefressen werden.

»Such dir ein paar produktivere Aufgaben, statt nur neugierig zu gaffen!«, rief sie dem glotzenden Blattflügler zu, der ihr am nächsten war. Er sprang vor Schreck auf und kletterte wie ein erschrockenes Eichhörnchen den Baum hinauf.

»Meine Güte«, stöhnte Willow. »Musst du ihnen solche Angst einjagen?«

»Darin bin ich besonders gut«, erwiderte Sundew. »Und er hat es verdient.«

»*Tatsächlich*?«, meinte Willow nachdenklich.

»Könntest du bitte weiterhin der einzige Drache sein, auf den ich gerade nicht wütend bin?«, maulte Sundew. »Los Leute, lasst uns gehen. Willow, zuerst führst du uns, weil du dich am besten mit dem Teil des Dschungels um euer Dorf herum auskennst.«

Willow zögerte einen Moment, als dächte sie darüber nach, noch einmal ihren Standpunkt zu erläutern, nickte dann aber und lief zu Sundews Erleichterung in Richtung Bäume. Sundew folgte ihr, Cricket direkt hinter sich. Das Schwarmflüglermädchen war wie ein Schatten und blieb so dicht hinter Sundew, wie sie nur konnte, verrenkte aber dennoch immer wieder den Kopf, um die seltsamen Pflanzen anzustarren, an denen sie vorbeikamen.

»*Ich* kenne mich hier auch aus«, erklang Nettles beleidigte Stimme von hinten. »Ich war schon als Späherin im Saftflüglergebiet unterwegs, als Mandrake noch nicht einmal geschlüpft war. Ich kenne *jede* einzelne Baumart in der Gegend.«

»Mieh mieh *mieh* mieh mieh«, äffte Bumblebee sie in einem unglaublich witzigen Tonfall nach.

Sundew unterdrückte ein Lachen und lugte kurz über ihre Schulter nach hinten, um sich Nettles wütendes Gesicht nicht entgehen zu lassen.

»ENTSCHULDIGT mal«, raunzte Nettle, »aber WARUM schleppen wir einen SCHLÜPFLING mit? Noch dazu einen scheußlichen SCHWARMFLÜGLER-Schlüpfling? Oh, hoffen wir vielleicht, dass irgendetwas sie fressen wird? Ein Snack für

Drachenfallen mit riesigen Schnauzen, was für eine gute Idee.«

»Vielleicht solltest du *deine* Schnauze halten«, konterte Sundew.

»BrrrMRRBRRGRR«, stimmte ihr Bumblebee zu. Sie schien jetzt, da sie sich immer weiter von dem Dorf mit all den sie anglotzenden Drachen entfernten, wieder frecher zu werden.

»Mandrake!«, schrie Nettle. »Lässt du einfach zu, dass sie so mit mir redet? Wenn du ihr jetzt nicht zeigst, wo's lang geht, stehst du voll unter ihrem Pantoffel, seid ihr erst einmal verheiratet!«

»Oh, ich kann mir überhaupt nicht vorstellen, wie sich das wohl anfühlen mag«, grummelte er.

Willow drehte sich mit hochgezogenen Augenbrauen zu Sundew um.

Keine Panik, Sundew. Spuck jetzt bloß nicht irgendwas Idiotisches aus. Das war nicht das Ende der Welt. Willow wusste von Mandrake. Sie wusste, dass Sundew ihn irgendwann in ferner Zukunft heiraten sollte. Sie wusste, dass Sundew das nicht wollte und es auch nicht tun würde, und sie wusste, dass Sundew schon seit Jahren darüber nachdachte, wie sie ihm das beibringen sollte.

Willow fand allerdings, dass »Jahre« eine etwas lange Zeit waren, um die Sache endlich klarzustellen.

Sie dachte aber auch, Sundew würde irgendwann den abgespaltenen Stamm verlassen und bei den Saftflüglern leben. Sie hatte stets gehofft, Sundew würde eines Tages auf wunderbare Weise nicht mehr ständig wütend sein und ihr von Rachegelüsten getriebenes Leben als »Giftflügler« von allein aufgeben.

Willow war davon ausgegangen, dies wäre das unausweichliche Ende jeglicher Heiratspläne mit Mandrake.

Sundew stellte sich allerdings ein etwas anderes Ende vor. Ihrem Plan zufolge würde sie ihre Bestimmung erfüllen, die

Schwarmflügler vernichten, ihrer Mutter beweisen, dass sie das allein super hinbekam, und als Heldin zurückkehren. Und danach würde sie ihre Zukunft selbst in die Hand nehmen. Hätte sie das alles erstmal erledigt, könnte sie tun, was auch immer sie wollte.

Sie hatte jedoch nicht damit gerechnet, dass ihre Bestimmung einen so *unangenehmen* Verlauf nehmen würde.

Eine lange Zeit liefen und kletterten sie und schlugen sich ihren Weg durch das Unterholz, meist stumm, abgesehen von Nettles Gemecker und Bumblebees Gezirpe. Willow bewegte sich selbstsicher durch den Dschungel und wies die anderen auf Dinge hin, denen sie ausweichen mussten, wie Schlangennester oder tief hängende Würgeranken. Die Baumwurzeln um sie herum waren mit dicken Moospolstern überwuchert, auf denen hier und da kleine Ansammlungen tödlicher Pilze wuchsen, die aussahen wie Augäpfel, die sich aus der Erde schoben. *Iss mich*, wisperten die Pilze. *Versuch's mal.* Farnwedel strichen über die Schuppen der Drachen und flüsterten auf ihre schattenhafte, samtweiche Farnart in ihre Stängel zurück *Seltsam seltsam warum warum Achtung Achtung Wesen von woanders.*

Nettle regte sich gerade darüber auf, sie hätte inzwischen eine viel bessere Route gefunden, als sie einen steil vor ihnen abfallenden Hügel voller hervorstehender Wurzeln und stacheliger Büsche erreichten. Eine glitschige Schicht verrottender Blätter machte es ihnen schwer, sich aufrecht zu halten. Sundew fand einen Ast, der nicht mit Dornen übersät oder mit giftigem Pflanzensaft überzogen war, hielt sich mit einer Klaue daran fest und streckte die andere aus, um Cricket zu helfen.

»Na komm, schieß' los und frag' mich all die nervigen Fragen, die dir durch den Kopf schwirren«, meckerte sie, als das Schwarmflüglermädchen neben ihr ausrutschte, vorbeiglitt und sich gerade noch so an ihrem Arm festklammern konnte. Bumblebee lehnte sich aus ihrer Schlinge, um mit großen Augen die wuscheligen orangefarbenen Affen im Baum über ihr zu bestaunen. Sundew war sich nicht sicher, wie Cricket überhaupt ihr Gleichgewicht mit dem herumzappelnden Drachling halten konnte. »Ich höre auf jeden Fall lieber dir als Nettle zu.«

»Ach WIRKLICH«, fauchte Nettle. »Hast den Dschungel *einmal* verlassen und bist gleich zu einer schwarmflüglerliebenden Verräterin deines eigenen Stammes mutiert. Ich hätt's kommen sehen sollen. Ich sehe immer—«

Ihr giftiges Gezeter mündete in einen abgehackten Schrei, als sie nach einem falschen Schritt das Gleichgewicht verlor und den steilen Hügel hinunterstürzte. Sundew riss Cricket schnell aus dem Weg, als Nettle an ihnen vorbeikugelte und dabei eine Furche in die nasse Blätterschicht auf dem Boden pflügte. Willow konnte gerade noch in die Luft springen und dort auf der Stelle flattern, sonst wäre sie ebenfalls mitgerissen worden. Sie versuchte, Nettle zu greifen, aber das Drachenweibchen rutschte zu schnell an ihr vorbei.

»Hey, komm zurück und erzähl' uns noch mal, warum du der schlauste Drache im ganzen Dschungel bist«, rief ihr Sundew schadenfroh hinterher.

Nettle keifte irgendetwas darüber zurück, wie sie Sundew umbringen würde, doch als sie hinter der unteren Böschung des Hügels verschwand, verstummte ihre Stimme plötzlich.

»Oh-oh«, grinste Mandrake.

Es war schwierig, zwischen den niedrig hängenden und ineinander verwachsenen Ästen, den Drachenfallen und den plötzlich auftauchenden Spinnweben voller giftiger Spinnen hindurchzufliegen, doch irgendwie schafften sie es, hüpfend, flatternd und springend den Hügel hinunterzugleiten und am Ende eines flachen Plateaus zum Stehen zu kommen. Vor ihnen erstreckte sich ein großer, brackiger See.

Cricket spähte über den Rand des Plateaus zum See hinunter. »Es geht nicht so weit runter«, stellte sie fest, »aber ich kann Nettle nirgendwo sehen.«

»Wow«, stöhnte Sundew. »Ich hatte ja gehofft, dass wir sie verlieren, aber ich dachte nicht, dies würde so schnell gehen.« Mandrake warf ihr einen entrüsteten Blick zu, woraufhin sie die Augen verdrehte. »Das war ein Scherz! Ich bin mir sicher, es geht ihr gut. Sie kommt mit allem klar, weißt du nicht mehr?«

»Was, wenn sie in den See gefallen und ertrunken ist?«, fragte Willow verängstigt.

»Holt mich hier raus!«, schrie Nettles gedämpfte Stimme von irgendeiner Stelle unter ihnen.

»Das hört sich nicht nach Ertrinken an«, blaffte Sundew. Sie fand eine Stelle, an der sie ihre Flügel ganz ausbreiten konnte, sprang vom Plateau und segelte zum schlammigen Ufer des Sees hinab.

Ihre Klauen gruben sich in den glitschigen schwarzen Morast und zerquetschten dabei fast eine dem matschigen Boden ähnelnde Kröte, die ein entsetztes *Bwarp!* von sich gab und schnell davonsprang. Hohle, scharfkantige Schilfrohre ragten aus dem Sumpf um sie herum hervor. Einige waren nahe an deren Wurzeln abgebrochen und fast ganz vom Schlick verdeckt. Sie bohrten sich in ihre Klauen, als sie sich vorsichtig dem Wasser näherte.

Hier unten war leicht zu erkennen, was mit Nettle passiert war. Ein Heer von Kannenpflanzen wuchs direkt am Fuße des Hügels. Sie hatten ihre Mäuler weit aufgesperrt, um jedes Tier zu verschlucken, das den Hügel hinunterrollte. Die Pflanzen sahen aus wie lange, grüne Säcke, deren offenes, maulartiges Ende mit dunkelpinken Streifen umrandet war.

Vor Sundews Nest wuchsen mit ihrer Erlaubnis ein paar wesentlich kleinere Kannenpflanzen. Diese sollten die nervigen Fliegen fressen, bevor sie in ihr Nest hineinflögen. Allerdings mochte sie diese große Art hier überhaupt nicht. Einfach *total unheimlich*, so eine riesige Kannenpflanze anzuschauen und sich zu fragen, ob darin vielleicht die Leiche eines Drachen verweste!

Oder wie in diesem Fall ein Drache, der noch sehr lebendig und fuchsteufelswild war.

»HOLT MICH RAUS! HOLT MICH AUS DIESEM DING RAUS!«, kreischte Nettle. Eine der Pflanzen wackelte, als sie sich gegen die Innenwand ihres Gefängnisses warf.

»Whoa«, rief Cricket, die neben Sundew landete. »Sie ist … *da drin*? Warum fliegt sie nicht einfach raus?«

»Mieeebomorp«, fügte Bumblebee mit großen Augen hinzu.

»Die Pflanze ist innen mit einer Schleimschicht ausgekleidet«, erklärte Willow, als sie sich zusammen mit Mandrake zu ihnen gesellte. »Der Schleim überzieht die Flügel ihres Opfers, wenn es hineinfällt. Das macht es so schwierig, herauszufliegen, und unmöglich, herauszuklettern. Außerdem ist ihre Innenwand mit Haarstacheln übersät, die nach unten zeigen, also wird alles, was versucht, hinauszufliegen oder hinauszuklettern, aufgespießt.«

»Und wenn wir sie nicht schnell da herausbekommen«, fuhr Mandrake fort, »ertrinkt sie entweder oder wird langsam von der

Säure am Boden der Kannenpflanze zersetzt. Was echt schlecht wäre«, fügte er hinzu, als müsste er sich selbst daran erinnern.

»Ich wünschte, Blue wäre hier«, stöhnte Cricket und presste sich die Klauen an die Stirn.

»Ich glaube nicht, dass das Anzünden der Kannenpflanze Nettles Lage verbessern würde«, bemerkte Sundew.

»Oh – ich meinte nicht wegen seiner Flammenseide«, erwiderte Cricket. »Ich würde … mich nur besser fühlen.« Sie blickte mit einem verlegenen Schnauzenausdruck nach unten.

Sundew verstand sie gut. Während ihrer Mission in den Bauten hatte sie sich eine Million Mal gewünscht, Willow wäre bei ihr. Sie warf Willow einen verstohlenen Blick zu, den diese erwiderte, und musste ein Lächeln unterdrücken.

»Wir müssen sie herausschneiden«, sagte sie entschlossen. »Willow und ich fangen mit unseren Krallen an. Mandrake und Cricket: Schaut, ob ihr hier irgendetwas findet, das noch schärfer ist.«

Sie mussten durch den Morast zwischen den Kannenpflanzen hindurchwaten, um bis zu Nettles Pflanze zu kommen.

Das war besonders gruselig, weil Sundew sie alle wie einen Chor hungriger Geister mehr oder weniger denken hörte: *Mmmm lecker kommt her mjammm köstlich will ich mmmmmm meins.* Ihre Stiele waren kalt und feucht und die riesigen Kannenblüten stießen sie in die Seite. Manche von ihnen waren auf haarsträubend unheimliche Weise schwerer als andere.

Denk nicht darüber nach, was da wohl drin sein mag. DENK NICHT daran.

Die Pflanze, in der Nettle steckte, hatte eine besonders selbstgefällige, satte Aura, als wollte sie ihren Nachbarpflanzen zeigen, dass sie die beste Beute gemacht hatte, die niemand sonst haben konnte. *Hahahaarm, schaut mein Jamms, mein Jamms allein*, feixte sie.

Tja, sie würde sich nicht mehr lange so freuen.

Willow rammte ihr die Krallen in die Seite und Sundew spürte, wie die Pflanze vor Wut kochte. Schaurige Vibrationen wanderten durch Wurzeln und Blätter überall um sie herum, und sie hatte das Gefühl, einige Pflanzen neigten sich in ihre Richtung. *Mmmm mjammm klettert hier rein kleine Mnjamms gefährlich lecker fressen bevor sie uns schlitzen jetzt fressen mjammmm.*

Sie schlug ihre Krallen ebenfalls in die Furchen, die Willow in die Pflanze gekratzt hatte, fuhr mit ihren Klauen auf und ab und schlitzte sich mit jeder Bewegung tiefer in sie hinein. Sie schnitten ein Quadrat in eine Seite der Kannenpflanze, groß genug (hoffte sie), dass Nettle hindurchkriechen konnte. Doch das Blütenblatt der Kannenpflanze erwies sich als dick und zäh und troff vor Schleim, sodass ihre Klauen brannten und zusammenklebten. Gefühlt kamen sie viel zu langsam voran; sie hatten Angst nach oben zu schauen und zu merken, dass es schon Nacht geworden war. Abgesehen davon war es ziemlich schwierig, sich zu konzentrieren, weil Nettle ununterbrochen Zeter und Mordio schrie.

Sundew trat einen Schritt zurück und schüttelte ihre schmerzenden Klauen aus. *Nicht zu fassen, dass ich das ausgerechnet für Nettle tue!*

»Hier«, keuchte Cricket hinter ihnen. Sie zwängte sich zwischen zwei Kannenpflanzen hindurch und reichte ihnen einen messerscharf Dorn, der fast so groß war wie Willow.

»Hey, pass doch auf!«, schrie Sundew. »Du hättest beinahe Willow erstochen!«

»Nicht ganz so beinahe«, beruhigte Willow sie. »Der ist perfekt, Cricket, danke.« Sie umklammerte das dickere Ende mit ihren Armen und schleuderte den Dorn wie einen Speer auf die Pflanze.

Zu Sundews Überraschung bohrte er sich direkt durch eine der Furchen, die sie in die Außenhaut geschnitten hatten.

Nettle kreischte sofort eine Oktave höher. »WAS MACHT IHR DA?«, schrie sie schrill. »VERSUCHT IHR, MICH UMZUBRINGEN?«

»Wir holen dich da raus!«, brüllte Sundew zurück. »Genau das, wonach du schon die ganze Zeit krähst! Geh einfach aus dem Weg!«

»Als ob ich irgendwohin könnte!«, grölte Nettle. »Es ist total eng und dunkel und irgendwas sticht mich und der Schleim auf meinem Schwanz BRENNT TOTAL und …«

Doch während sie noch tobte, hatte Willow den Dorn entlang des eingekerbten Quadrats entlanggezogen, und plötzlich fiel ein Stück der Blütenwand heraus und Nettle kugelte hinterher. »IEHH«, verkündete Bumblebee; vermutlich eine der treffendsten Beobachtungen, die sie bisher gemacht hatte.

Nettle troff von den Hörnern bis zum Schwanz vor pink-grünlichem Schleim. Der widerlich süßliche Aasgeruch, den sie und die Pflanze verströmten, war fast so unerträglich wie der eines nach Kadavern stinkenden Titanwurzes in voller Blüte.

»Das hat ja ewig gedauert!«, japste sie und kam mühsam wieder auf die Beine. Ihre Flügel klebten ihr an den Flanken.

»Gern geschehen!«, rief Mandrake, der vor dem Kannenpflanzenheer wartete.

»Ich FASSE das hier nicht!« Nettle stampfte, vor Schleim

schmatzend, an Sundew und Willow vorbei und boxte dabei wuterfüllt die Kannenpflanzen links und rechts von ihr.

Sie marschierte bis zum Fuße des Sees, dessen schlammiges Wasser ihren Schleimüberzug noch abstoßender aussehen ließ. Doch während sie sich damit wusch und schrubbte, kamen langsam wieder ihre grünen Schuppen zum Vorschein.

»Bist du ok?«, fragte Cricket.

»Als ob DICH das interessiert!«, fauchte Nettle. »SPRICH mich NICHT AN! Keiner von euch sollte mich jetzt ansprechen!«

Aus Sundews Sicht klang das nach einem ganz hervorragenden Vorschlag. Sie zog die Karte hervor, hielt sie nach oben und betrachtete sie mit zusammengekniffenen Augen im Halbdunkel. Sie wusste, die Sonne stand zwar hoch oben am Himmel, aber es drangen nur wenige ihrer Strahlen bis zu ihnen zum Dschungelboden.

»Sieht so aus, als müssten wir diesen See durchqueren, um den Strandapfelbäumen auszuweichen«, motzte Sundew. »Nettle, wo du schon mal dort stehst: Könntest du deine Schnauze unter Wasser tauchen und nachsehen, ob dich vielleicht eine Wasserschlauchpflanze fressen will?«

»Ich werde DICH und dein blödes kleines GESTREIFTES MONSTER an die Wasserschläuche verfüttern!«, schnaubte Nettle.

»Ta-daaaaa!«, verkündete Bumblebee, zappelte ihre Flügelchen frei und breitete sie nach beiden Seiten aus.

»Könntet ihr beide bitte aufhören, euch anzuschreien?«, unterbrach Willow sie. Sie stand am Rand des Wassers und musterte die trübe Oberfläche vor ihnen. »Das macht alles nur noch schwieriger.«

Sundew blinzelte sie erstaunt an. Für sie fühlte es sich nicht schwieriger an. Nettle anzuschreien verlieh ihr sogar mehr

Energie, und hielt sie davon ab, sich die ganze Zeit den Kopf über Dinge zu zerbrechen, die ihr wirklich Sorgen bereiteten.

Und mal abgesehen davon – konnte Willow nicht den Unterschied zwischen Nettles Gekeife (unproduktiv, fies, völlig außer Kontrolle) und Sundews lauten Kommentaren (witzig und aufbauend) erkennen?

»Schaut mal da!«, rief Willow. »Da schwimmen Pflanzen direkt unter der Seeoberfläche herum. Ich wette, da sind überall Wasserfallen.«

»Uuuuuhhh«, schauderte es Mandrake, und sogar Nettle trat einen Schritt zurück.

»Wasserfallen?«, fragte Cricket Willow.

»So etwas wie Drachenfallen, nur unter Wasser«, erklärte Willow. »Dasselbe Prinzip – berührst du eine, schließt sie sich um dich herum, zieht dich nach unten, ertränkt dich und verdaut dich dann.«

»Oooooooooh«, zwitscherte Bumblebee.

»Nein, Bumblebee«, sagte Cricket streng. »Nicht ›oooooh‹. Eher ›argh, iieeks, grauenvoll‹! Obwohl es aus rein wissenschaftlicher Sicht schon ziemlich beeindruckend ist. Pflanzen, die dich ertränken können! Pflanzen, die dich mit Schleim überziehen und dann fressen! Nicht zu fassen, dass sie uns an der Terrarium-Akademie nichts davon beigebracht haben. Das ist WESENTLICH interessanter, als Radieschen zu züchten!«

»Freut mich, dass du das so faszinierend findest«, knurrte Nettle mit eisiger Stimme. »Vielleicht sollten wir tauschen. Soll *dein* Stamm mal ausprobieren, in einer Umgebung zu leben, in der alles um einen herum versucht, dich zu töten.«

Kann ich sie nicht mal anschreien, wenn sie gemein zu Cricket ist?, überlegte Sundew und lugte wieder zu Willow hinüber, die gerade die Baumwipfel über ihnen betrachtete. Andererseits … ich schätze, ich habe Cricket auch schon genau solche Dinge an den Kopf geworfen.

Sie stupste Cricket an, die ziemlich mitgenommen aussah. »Ich wette, du kannst es dir kaum verkneifen, nach den Strandapfelbäumen zu fragen«, grinste sie.

Das Schwarmflüglermädchen kräuselte die Schnauze. »Ich versuche die ganze Zeit, mich zu beherrschen«, flüsterte sie.

»Da drüben siehst du sie«, meinte Sundew und zeigte auf einen Hain, der sich bis zum linken Seeufer zog. »Die Früchte sehen essbar aus, machen dich aber wahnsinnig und töten dich dann. Der Baumsaft ist ebenfalls giftig. Stehst du bei Regen unter einem der Bäume, tropft giftiger Saft auf dich herunter, und dann stirbst du. Noch dazu sind sie über und über mit fiesen Dornen übersät.«

»Wie ich schon gesagt habe«, klinkte sich Willow ein, »gruselige, todbringende Bäume.« Sie zeigte nach oben. »Ich glaube, der Platz reicht, um über den See zu fliegen. Wir müssen nur vorsichtig sein, immer hübsch einer nach dem anderen losfliegen und den Drachenfallen, Trompetenblumen und Wanzenpflanzen ausweichen.«

»Wanzenpflanzen?«, fragte Cricket hellhörig.

»Weißt du eigentlich *überhaupt irgendwas*?«, keifte Nettle.

»Nettle, hör auf damit«, ermahnte Willow sie in ihrer extremsten Jetzt-mal-ganz-streng-Stimme. »Wanzenpflanzen sind so etwas wie … klebrige Todesbüsche«, erklärte sie Cricket. »Wenn du eine streifst, klebst du an ihr fest, bis Raubwanzen kommen und dich fressen.«

»Erks«, murmelte Mandrake. »Wisst ihr, keine Ahnung, warum Belladonna mich auf diese Mission geschickt hat.«

»Damit du ein Auge auf Sundew hast, natürlich!«, blaffte Nettle.

Sundew war empört. »NIEMAND muss IRGENDEIN AUGE auf mich haben! Bah! Wie kannst du es wagen!«

»Sundew, *stopp*«, Willow legte Sundew sanft ihren Schwanz auf die Schulter. »Lass gut sein. Wir müssen uns über wichtigere Dinge den Kopf zerbrechen.«

Sundew warf Nettle einen bitterbösen Blick zu. Schlimm genug, wenn sie einfach nur nervte, aber sollte sie Willow weiterhin dazu bringen, so mit ihr zu reden, würde es bald einen mehr als gerechtfertigten Mord geben.

»Ich fliege zuerst rüber«, kündigte Willow an, »und schaue, ob es eine sichere Route gibt.«

»Nein, ICH fliege zuerst rüber!«, rief Nettle. »Ich habe keine Angst, falls du das denken solltest.«

Willow streckte ihre Klauen mit den Innenseiten nach oben nach vorn. »Das denke ich nicht. Du kannst es natürlich zuerst probieren, wenn du willst.«

»Mach ich auch«, brummte Nettle und schüttelte sich das letzte bisschen Schleim von den Flügeln. Zwischen ihren Schuppen klebte festgetrockneter Schlamm und auf ihrem Hals und Schwanz hafteten Reste von ausgetrockneten Schleimschlieren, aber wenigstens konnte sie wieder fliegen. Sie stampfte ein paar Mal mit den Klauen auf und flog dann los.

Sie sahen ihr alle nach und beobachteten, wie sie im Zickzackkurs um die Hindernisse herum manövrierte, die über dem See hingen.

»Es muss einen ziemlich auslaugen, immer so wütend zu sein«, bemerkte Willow.

»Ich bin das aber nicht«, flüsterte Sundew. »Das weißt du, oder? Dass ich nicht *so* bin?«

»Ich weiß«, erwiderte Willow, doch ihr Lächeln wirkte ein bisschen zaghaft.

Sundew dachte einen Moment nach und erklärte dann vorsichtig: »Aber es ist nicht *schlimm*, wütend zu sein. Manchmal gibt es Dinge, die einen Drachen wütend machen *sollten*.«

»Ich schätze schon«, meinte Willow und sah auf ihre Klauen hinab. »Aber das ist normalerweise nicht meine erste Reaktion. Also, ich meine – alles, was mit den Schwarmflüglern zu tun hat und was sie getan haben … das macht mich unglaublich traurig. Denke ich zu viel darüber nach, möchte ich mich einfach nur in einen Laubhaufen kuscheln und weinen. Was wäre besser daran, stattdessen wütend zu sein? Wenn ich *wirklich mal* wütend werde, fühle ich mich danach meist nur schuldig oder total erschöpft, oder beides.«

»Bei mir ist das nicht so«, entgegnete Sundew. »Na, das mit dem sich schuldig fühlen vielleicht schon. Aber meine Wut bringt mich dazu, mich aufzuraffen und etwas zu *tun*. Sie hilft mir, schlimme Dinge wieder *gutmachen* zu wollen. Ist das nicht besser, als sich in einen Laubhaufen zu verkriechen und zu hoffen, alles Böse verschwindet von selbst?«

Willow sah ihr einen langen Moment tief in die Augen, als würde sie intensiv über Sundews Standpunkt nachdenken. »Ja«, gab sie schließlich zu. »Das ergibt Sinn.«

»Echt?«, fragte Sundew überrascht. In ihrem Stamm wurde tagelang gestritten und niemand gab jemals zu, dass der andere Drache etwas Vernünftiges gesagt haben könnte.

Willow warf einen Seitenblick auf Cricket und Mandrake,

doch deren Augen klebten an Nettle, die gerade eine komplizierte Spirale unter einer Würgeranke drehte.

»Ich mag es, dass du die schlimmen Dinge wieder gutmachen willst«, erklärte Willow leise und berührte eine von Sundews Klauen mit ihrer. »Aber bist du nur auf die schlimmen Dinge wütend? Oder auf alles und jeden, die ganze Zeit?«

Sundew schluckte eine bissige Retourkutsche hinunter. Das war nicht fair! Sie war nicht die *ganze* Zeit wütend. Und wenn sie *tatsächlich* wütend war, hatte der andere Drache es *eindeutig* verdient.

»Sie hat es geschafft!«, rief Mandrake. Er sprang auf und ab und flatterte mit den Flügeln. »Wir kriegen das hin!«

»Willst du jetzt?«, fragte Cricket ihn.

»Ich würde lieber noch einmal zuschauen«, erwiderte er. »Wenn das ok ist.«

»Ich fliege«, verkündete Willow und streifte ganz leicht Sundews Flügel. Ihr Schnauzenausdruck schien dabei alles Mögliche zwischen *Sorry, sei bitte nicht sauer* oder *Alles wird gut* oder *Ich bin jetzt kein bisschen mehr in dich verliebt* zu sagen.

Willows Flug war viel ausbalancierter und anmutiger als der Nettles (also rein objektiv betrachtet und kein bisschen aus Sundews voreingenommener Sicht). Mandrake flog nach ihr, flatterte wild um eine Wanzenpflanze herum und sackte dabei so tief nach unten ab, dass er fast ein paar Male in den See gestürzt wäre, schaffte es letztendlich aber doch sicher ans andere Ufer.

»Ok«, Cricket atmete tief ein. »Ich schaffe das.«

»Lass mich Bumblebee nehmen«, bot Sundew ihr an. »Ich bin eher an solche Flugmanöver gewöhnt, und sie könnte dich aus der Flugbahn werfen.«

»Snuduuu!«, jubelte Bumblebee. Sie streckte ihre kleinen Klauen nach oben aus und gab sich sehr erfolgreich Mühe, niedlich auszusehen – ein bisschen wie ein Löwenäffchen und definitiv nicht wie ein Schwarmflügler.

»Bist du sicher?«, fragte Cricket. »Ich dachte, du wolltest nicht, dass sie sich zu sehr an dich gewöhnt.«

»Ich hab' ja nicht vor, sie an mir festzukleben«, brummte Sundew. »Ich dachte mir nur, damit erhöhe ich geringfügig die Überlebenschancen von uns allen.«

»Dieser Plan gefällt mir«, erwiderte Cricket lächelnd und band sich die Schlinge ab. Sie drückte Bumblebee in Sundews Arme und begann, ihr die Schlinge um die Schultern zu binden, während sie ihr gleichzeitig die Taschen zurechtzog.

Bumblebee war leichter, als Sundew erwartet hatte – ein warmer kleiner Schuppenball mit vielen kleinen spitzen Dingern. Ihre Ellbogen, Flügel und ihr Schwanz schienen Sundew gleichzeitig zu stechen, als sich der kleine Drachling vor Freude übersprudelnd in der Schlinge hin- und herwand. Doch schon einen Moment später hatte sie es sich mit angewinkelten Flügelchen bequem gemacht und ihre Nase unter Sundews Kinn gekuschelt. Eine ihrer winzigen Klauen klammerte sich um das Täschchen mit dem Jadefrosch.

Es fühlte sich seltsam angenehm und gleichzeitig leicht beunruhigend an. Das hier war definitiv ein winziges Lebewesen, dass sterben würde, sollte Sundew einen Fehler machen. Aber es war auch ein winziges Lebewesen, dass ihr offenbar komplett vertraute. Pflanzen taten das auch, manchmal jedenfalls, aber Pflanzen waren nicht gerade knuddelig.

»Ist gut, wir sind bereit«, sagte Sundew zu Cricket. »Hör mit dem Gefummel auf und flieg los.«

Sie beobachtete, wie Cricket sich in die Luft schwang und zwischen den Hindernissen hindurch manövrierte, dabei aber immer wieder Päuschen einlegte, um sich Pflanzen anzuschauen, die sie nicht kannte. Eine von diesen stellte sich als schillernder pinker Käfer statt einer Blüte heraus, und genau dieser Käfer schoss einen Säurestrahl auf sie ab, vor dem sie sich gerade noch wegducken konnte, bevor sie hinabglitt, um am anderen Seeufer zu landen.

Sundew zog die Schlinge etwas höher unter Bumblebees Kinn. »Wir sind dran, kleine Motte. Bleib ganz still und lenk mich AUF KEINEN FALL ab, kapiert?«

»Bigaguu«, antwortete Bumblebee ernst. Sie tätschelte Sundews Gesicht. »Mach NIEEE Splamflamp.«

»Ich habe nicht vor, Splamflamp zu werden«, erwiderte Sundew. »Was auch immer das sein soll.«

Sie hob ab und taumelte ein bisschen beim Versuch, Bumblebees Gewicht auszugleichen. Ihre Krallen glitten durch die Wasseroberfläche, als sie unter einem Rankenknäuel hindurchflog. Unter sich sah sie verschwommen, wie die Wasserfallen auf die kleinen, sich kräuselnden Wellen reagierten und zuschnappten. Ein knotiger Reptilienkopf stieg plötzlich aus der Tiefe des Sees empor und starrte sie mit gelben Augen an, doch sie hielt nicht an, um herauszufinden, was genau das eigentlich war.

Sie flog noch ein bisschen höher, über eine Gruppe von Drachenfallen hinweg, und legte dann die Flügel an, um zwischen herunterbaumelnden Schlangen und einem glitzernden Netz aus giftigem Baumharz hindurchzugleiten.

Jetzt hatte sie freie Sicht auf die anderen vier Drachen, die auf der anderen Seite auf sie warteten. Nettle zuckte ungeduldig mit dem Schwanz und Willow sah sehr angespannt aus.

»Nicht mehr weit«, flüsterte sie Bumblebee zu.

Sie schlug einmal mit den Flügeln und richtete sich dann nach unten aus.

Doch da kreischte Bumblebee plötzlich »BIEKÄFF!«, katapultierte sich aus der Schlinge nach oben, packte Sundew bei den Hörnern und zog sie nach unten. Dabei klatschte ihr gesamter kleiner Körper Sundew ins Gesicht.

Sundew schrie auf und stürzte, kurzzeitig blind, nach unten. Sie flatterte panisch mit den Flügeln, um einen Luftauftrieb zu erwischen.

Doch stattdessen wurde sie von etwas anderem gepackt.

Von etwas Klebrigem und Stachligem, das sie fing, ihre Flügel festhielt und damit ihren Flug jäh unterbrach. Ihr Schwung schleuderte sie in Richtung des gefangenen Flügels. Sie streckte eine Klaue aus, um sich abzufangen, und fühlte, wie diese in denselben klebrigen Schleim hineinprallte.

Sie war gefangen, und Bumblebee ebenfalls. Sie spürte, wie sich die anderen Blatttentakel über ihr schlossen.

Mmmmmmmeins, flüsterte die Pflanze. *Ssssso lecker meins …*

Kapitel 13

»Sundew!«, schrie Willow.

Durch die schwarzen und gelben Schuppen des Drachlings auf ihrer Schnauze konnte Sundew nichts erkennen. Sie wusste nicht einmal genau, welche Art von klebriger Pflanze sie erwischt hatte.

»Bumblebee«, begann sie und versuchte, nicht panisch zu klingen. »Geht's dir gut?«

»Yim«, erwiderte Bumblebee mit dünnem Stimmchen.

»Gut«, entgegnete Sundew. »Dann– WAS ZUR BAUMHÖLLE WAR DAS GERADE?«

»Iep«, antwortete Bumblebee mit noch dünnerem Stimmchen. »Biekäff?«

»Runter von meinem Gesicht«, raunzte Sundew. »VORSICHTIG. Ich bin WAHNSINNIG SAUER AUF DICH.«

»Biebiebiebiebie*bie*käff«, protestierte Bumblebee und zappelte herum, bis sie von Sundews Schnauze herunterhing und ihr Schwanz sich um Sundews Hals geschlungen hatte. Sie schaffte es, sich wieder in die Schlinge zu wuseln, lehnte sich an Sundews Brust und tätschelte ihr Herz unter dem Jadefrosch. »Miesnuguu.«

»Mies trifft es ziemlich gut«, schimpfte Sundew und musterte das, was sie da gefangen hatte. Sie klebten an einem der hoch aufragenden Blätter einer Pflanze, die auf einer kleinen Insel im See unter ihr wuchs. Aus dem lindgrünen Blatt wuchsen Hunderte dünne rote Stängel empor, die die Pflanze aus der Ferne verschwommen scharlachrot aussehen ließen. An der Spitze jedes Stängels glänzte ein Tropfen wie eine heimtückische, durchsichtige, todbringende Perle.

»Oh nein«, murmelte Sundew.

»Ist das nicht fabelhaft?«, schrie Nettle mit unverkennbarer Schadenfreude in ihrer Stimme. »Die großartige und wunderbare Sundew, gefangen von einem *echten Sonnentau*?«

»Das ist ein Sonnentau?«, wunderte sich Cricket. »Hmm. Ich dachte, sie wären hübscher. Das Ding da ähnelt einer riesigen Spinne, die in eine Pflanze verwandelt wurde, und der dann überall komische rote Haare gewachsen sind. Aber du kannst dich daraus befreien, oder, Sundew?«

»Sundew!«, rief Willow. »Beweg dich nicht!«

Ein nicht gerade hilfreicher, doch offensichtlicher Rat. Sundew wusste, mit Herumzappeln würde sie ihre Lage nur verschlimmern. Aber im Moment blieben ihr nicht gerade viele Optionen. Drei der klebrigen Tautropfen hatten sich an Sundews linke Flügelspitze gehaftet, ihre rechte Vorderklaue klebte an zwei anderen, und ihre Hinterklauen steckten weiter unten fest, während sie versuchte, den Rest ihres Körpers von der Pflanze fernzuhalten.

Bumblebee, eingerollt in ihrer Schlinge, steckte zwischen Sundew und dem Sonnentau, hatte die klebrige Substanz aber noch nicht berührt. Sie starrte die Pflanze mit riesigen, so weit aufgerissenen Augen an, wie Sundew es noch nie zuvor bei ihr gesehen hatte. Es war, als verstünde sie, welche Gefahr jede einzelne Bewegung jetzt bedeutete.

Näher und näher krochen die anderen Blatttentakel langsam auf sie zu oder lehnten sich in ihre Richtung. In wenigen Sekunden würden neue Klebetautropfen ihre Schuppen erreichen und sich mit zäher Grausamkeit an sie heften. Kurz danach würden sich die Tentakel fester um sie wickeln und sie in ihre unentrinnbare Umarmung ziehen, bis sie sich so fest an Sundew und Bumblebee geklammert hätten, wie sie nur konnten … und sie beide kläglich erstickten und schließlich von der Pflanze gefressen würden.

Sundew konzentrierte all ihre Blattgeflüsterkräfte. *STOPP!*, schrie sie die Tentakel an.

Der Sonnentau erstarrte. Jeder einzelne rote Stängel fror an Ort und Stelle ein. Es war, als würde die Pflanze sie aus hundert glänzenden, perlenartigen Augen anstieren.

Lasst uns frei, befahl sie ihr.

Darauf folgte eine lange Pause, in der zwischen den Synapsen des Sonnentaus verwirrte Botschaften hin- und herschossen.

Kann nicht, flüsterte er endlich zurück, was weniger einer Antwort als einer Feststellung glich, die wie ein Echo durch seine Blätter drang. *Hungrig.*

Will das.

Meins.

Einer der Tentakel griff nach ihrem Gesicht, und sie brüllte erneut *STOPP!*

Der Tentakel erstarrte wieder, wankte aber so dicht vor ihrem Auge herum, dass sie nichts gegen die Panik tun konnte, die ihr Herz wie ein Donnerschlag durchfuhr. Das spürte die Pflanze und sandte etwas flackernd Neugieriges und Bösartiges zu ihr zurück. Sundews Angst schien köstlich zu schmecken.

»Ich habe keine Angst«, schnaubte sie laut. »Ich werde dich mitsamt deiner Wurzel herausreißen und zu einem Häufchen Asche verbrennen.«

Wieder ein bösartiges Flackern. *Mmmehr.*

Offensichtlich schien sie auch den Geschmack ihrer Wut zu mögen. Gegen ihren Willen erschauderte Sundew und spürte, wie sich ein weiterer Tentakel um ihren Schwanz legte.

Sie musste ruhig bleiben. Vor allem wegen Bumblebee. Dieses verdammte kleine Käfergesicht hatte sie in diesen Schlamassel hineingeritten, aber deswegen sollte sie nicht sterben.

Du willst diese Beute nicht, flüsterte sie der Pflanze eindringlich mit ihren Gedanken zu. *Davon wird dir schlecht.*

Hmmmschhh, erwiderte der Sonnentau skeptisch.

»Sundew, ich komme und rette dich!«, drang Willows Stimme herüber.

»Nein!«, rief Sundew zurück. »Dann bleibst du auch stecken! Ich schaffe es hier raus! Bleib dort!«

»Maffib?«, fragte Bumblebee und streckte ihr Köpfchen näher an Sundews Kopf heran. Sie tippte mit einer ihrer Klauen auf den Jadefrosch. »Smiekäff?«

»Smiekäff?«, wiederholte Sundew. »Versuchst du, mich zu Tode zu nerven, bevor mich die Pflanze frisst, du erbärmliche kleine Eidechse?«

»Käff!«, insistierte Bumblebee ungehalten. Sie schob sich unter Sundews linkem Arm durch und griff nach einer anderen Tasche. »Käff! Käff! Käff!«

Sundew wollte sie gerade anschreien, sie sollte endlich Ruhe geben, als sie eine plötzliche Erkenntnis wie ein umstürzender Baum traf. »Warte«, ächzte sie. »Willst du vielleicht *Käfer* sagen?«

»Dassaichsaaag!«, schrie Bumblebee, als könnte sie nicht glauben, wie begriffsstutzig Sundew war. »KÄFF!«

»Ich habe mehrere Käfer dabei«, erwiderte Sundew. »Die hier

könnten vielleicht … pscht, lass mich nachdenken.«

»Pschsch mä pschsch«, grummelte Bumblebee. Sie klammerte sich an Sundews freien Arm und starrte die Tentakel an. Die meisten schwankten nur leicht hin und her, als überlegte die Pflanze noch, was sie tun wollte. Ein paar andere bewegten sich aber schon verstohlen im Schneckentempo auf sie zu, als hofften sie, Sundew würde sie erst dann bemerken, wenn es schon zu spät war.

Käfer.

Käff… Moment … Biekäff… was, wenn das wirklich etwas bedeutete?

»Willow!«, brüllte Sundew. »Hast du gesehen, warum Bumblebee ausgeflippt ist? Hat sie etwas gesehen?«

»Ja!«, rief Willow zurück. »Du etwa nicht?«

»Offensichtlich nicht! Was war es?«

»Die größte Tsetsefliege, die ich je gesehen habe!«, antwortete nun Cricket. »Sie war dreimal so groß wie Bumblebee!«

»Die Insekten hier sind alle überdimensional groß«, meinte Mandrake. »Jedenfalls behauptet das mein Vater.«

Jetzt konnte sich Sundew vage an etwas Summendes in ihrer Nähe erinnern, kurz bevor Bumblebee ihren Kopf nach unten gerissen hatte. Sie *hasste* Tsetsefliegen. Eine ihrer Lieblingslehrerinnen war nach dem Stich einer Tsetsefliege gestorben. Danach hatte sie es zu ihrer persönlichen Mission erkoren, jeder einzelnen fleischfressenden Pflanze in der Nähe ihres Dorfes zu befehlen, so viele Tsetsefliegen wie möglich zu fangen. Seitdem wurden keine dieser Biester mehr in ihrem Dschungelbereich gesehen.

Nur war das hier nicht ihr Dschungelbereich.

»Willow! Wo ist sie hin? Kannst du sie noch sehen?«

»Nein«, antwortete Willow. »Nichts …«

»Vielleicht dort?«, erklang Mandrakes nervöse Stimme.

»Oh! Ja – sieht so aus! Sundew, rechts über dir, auf der Ranke!«

Sundew drehte ganz vorsichtig ihren Kopf und blickte nach oben. Aus dem Augenwinkel sah sie das Schimmern von Insektenflügeln und einen riesigen schwarzbraunen Körper, fast ganz von Blättern verdeckt.

Sie versuchte, nachzudenken, aber es war schon ziemlich lange her, dass sie sich genauer mit Tsetsefliegen befasst hatte. »Wovon werden Tsetsefliegen angelockt?«, schrie sie zu ihren Freunden hinüber.

»Angelockt?«, brüllte Nettle zurück. »Warum würdest du das wollen?«

»Vielleicht von Blutgeruch?«, vermutete Willow.

»Von leuchtenden Farben!«, schrie Cricket. »Vor allem Blau!«

»Wirklich?«, wunderte sich Mandrake. »Woher weißt du das?«

»Ich habe eine Studie darüber gelesen«, antwortete Cricket. »Die noch vor den Baumkriegen verfasst wurde. Ich … mag es irgendwie, Studien zu lesen.«

»Einen Versuch ist's wert«, meinte Sundew und rekapitulierte schnell, was sie in ihren Täschchen hatte. Das einzige Problem war, dass sie mit ihrer freien Klaue an die meisten von ihnen nicht herankam – jedenfalls nicht, ohne sich vermutlich noch mehr festzukleben.

Sie atmete tief ein. »Bumblebee«, sagte sie. »Hörst du zu? Kannst du etwas Wichtiges für mich tun?«

»Yim«, zirpte Bumblebee in ihrer feierlichsten Stimme. Als sie zu Sundew aufblickte, ließen die schwarzen Schuppen, die ihre Augen kreisförmig umrandeten, sie ein bisschen wie einen tragischen kleinen Panda aussehen.

»Du musst auf meinen Rücken klettern«, erklärte Sundew. »*Ganz ganz vorsichtig.* Halte dich gut fest und hole die Blatttasche unter meinem linken Flügel, die dunkelgrüner ist als die anderen. Aber öffne sie *noch nicht.*«

»Hälfi«, antwortete Bumblebee würdevoll. Sie kletterte auf Sundews Schulter und begann, Zentimeter für Zentimeter ihren Rücken hinabzurutschen, während sie sich an den Umhängegurten der Taschen und der anderen Seite der Schlinge festhielt. Sundew hörte, wie sie leise vor sich hersang »Hälfi Snuduu, Bammmbl rättäta, hälfi Snuduu, Bammbl rättäta…«

Der kleine Drachling zog an den Lianengurten, die um Sundews linke Schulter geschlungen waren. Einer der Tentakel über ihnen neigte sich nach vorn und heftete sich neben die anderen auf Sundews Flügelschuppen.

Igitt Drache, ließ Sundew ihre Gedanken verzweifelt zu der Pflanze sprechen. *Drache so bääääh. Krank Pflanze wenn frisst Drache.*

Schhhhhhhhh… dachte der Sonnentau, doch dann breitete sich von seinem Herzstück ein Zittern durch seine Blätter aus: *Krank … krank?*

Giftige bääääh Drachen, versuchte Sundew es erneut. *Vielleicht töten Sonnentau.*

Meins das Fress, wisperte die Pflanze sich selbst zu. *Gefahr … aber Hunger … aber Gefahr … aber Hunger …*

»Hap!«, verkündete Bumblebee und hielt die dunkelgrüne Tasche hoch.

»In der Innentasche sind ein paar Schmetterlingsflügel«, erklärte Sundew. »Nimm dir die blauen und wirf sie den Tentakeln direkt über uns zu.«

Als der Drachling zögerte, wurde Sundew klar, das waren zu

viele Anweisungen auf einmal gewesen.

»Kennst du die Farbe Blau?«, erkundigte sich Sundew.

Bumblebee sah sich nervös um und zeigte dann mit einem verunsicherten Schnauzenausdruck nach oben. Oben war der Himmel, der tatsächlich blau war, aber auch das Blätterdach, das ihn verdeckte und es eindeutig nicht war, und außerdem befanden sich dort auch leuchtende Blüten und mehrere Affengesichter, die sie beobachteten.

»Suche einen blauen Flügel heraus und zeige ihn mir«, bat Sundew. Ihre Arme und ihr Rücken schmerzten vor Anstrengung, weil sie sich immer noch von den Sonnentautentakeln wegdrückte, und ihr Geist war erschöpft, weil sie versuchte, gleichzeitig unablässig Blattgeflüsterkommandos zu geben.

Das kleine Schwarmflüglermädchen schien eine Ewigkeit lang in der Tasche herumzukramen, holte aber endlich eine Klaue voll leuchtend blauer Morphofalterflügel hervor.

»Super!«, lobte Sundew und zuckte vor Begeisterung ein bisschen mehr als gewollt. Ein weiterer Tentakel klebte sich an ihrem Schwanz fest. »Jetzt – «

Doch Bumblebee wartete keine weiteren Anweisungen mehr ab. Sie warf die Morphofalterflügel zu dem Stängel des Sonnentaus empor, der sich langsam zu ihnen neigte. Die Flügel blieben da haften, wo sie landeten, und bedeckten das Scharlachrot und Grün des Sonnentaus mit einer dünnen Schicht leuchtender azurblauer Schönheit, die Blues Flügeln ähnelte.

Bumblebee quiekte vor Vergnügen und Stolz auf sich selbst und kramte sofort eine weitere Klaue Schmetterlingsflügel heraus. Als sie diese hochwarf, zeigte sich, es hatten sich auch ein paar andere Farben unter das Blau gemischt, doch es glich trotzdem noch einem glänzenden, hauptsächlich blauen Mosaik, das im dunkelgrünen Dschungel leuchtete. Die Pflanze zuckte um die verstreuten Falterflügel herum, ganz verwirrt von den neuen Sinneseindrücken, die so gar nicht zu den vorherigen passten.

Bssss. Bssss.

Die Tsetsefliege bewegte sich, wenn zunächst auch nur ein wenig: Sie ließ sich auf ein dem Sonnentau näheres Blatt nieder, drehte sich im Kreis, öffnete die Flügel und schloss sie wieder.

»Bumblebee«, flüsterte Sundew. »Komm zurück in die Schlinge.«

Bumblebee kletterte schnell wieder über Sundews Schulter zurück, diesmal ohne zu singen oder zu plappern. Sie schob sich in die Schlinge und zog sie mit einem leichten Schaudern über sich zu.

Bssssssss.

Die Tsetsefliege surrte so dicht an Sundew vorbei, dass sie an ihren Flügeln den Luftzug des Insekts spürte. Sundew verharrte völlig regungslos, als die Tsetsefliege einen Kreis zog und dann wieder nach unten flog. Mit ihren riesigen, entsetzlichen Augen starrte die Fliege die blauen Formen an.

Komm schon, betete Sundew. Bitte lass das funktionieren.

Mit einem endgültigen, entschiedenen Surren sauste die Tsetsefliege nach unten und landete auf den blauen Falterflügeln direkt über Sundews Kopf.

Sundew warf sich nach vorn, rammte ihr ihre freie Klaue in den Rücken und drückte sie in die klebrigen Tentakel hinein. Die Fliege bäumte sich wild zappelnd auf, doch der Sonnentau hielt sie fest umklammert. Immer mehr Tentakel schlossen sich um sie herum – je mehr sich die Fliege wehrte, desto schneller.

Jaaaaaaa, zischten die Sonnentaublätter.

Friss die Fliege, befahl Sundew und passte ihr Blattgeflüster dem verschlagenen und schmierigen Ton des Sonnentaus an. *Köstlich, ja. Drachen bääh.*

Zwei der Stängel, die an ihrem Flügel hafteten, zogen sich zurück und suchten stattdessen nach der Fliege. Dann folgten ihnen noch einer und noch einer … und schließlich ließen auch die Stängel los, die ihre Klauen umklammert hielten … und nach und nach spürte sie, wie der Sonnentau von ihr abließ und sich stattdessen auf das einfachere, nicht so widerspenstige Opfer konzentrierte.

So rasch sie konnte, schwang sie sich in die Luft, hinauf in die Freiheit. Dann flog sie schnell zum Seeufer hinunter, wo Willow sie mit offenen Armen erwartete, und legte eine Bruchlandung hin.

»Ha HA!«, triumphierte Bumblebee. Sie rollte sich aus der Schlinge und führte einen kleinen Freudenflattertanz im Morast auf. Ihre Flügel schwangen um sie herum und schillerten und funkelten dabei wie die einer Libelle. »Biekäff! Ieh rättäta! Iee bi! Yim yim yim!«

»Du hättest unseren Tag *nicht retten müssen*, hättest du uns nicht *erst in diese Lage gebracht*«, stellte Sundew klar. Sie dehnte ihre verkrampften Flügel, ihren Schwanz, ihren Hals und ihre Arme und schüttelte sich, um wieder Gefühl in die Zehenklauen zu bekommen. Ihre Muskeln waren extrem verwirrt. Sie beschloss, sich einen Moment lang in den Schlamm zu legen und ihnen eine Pause zu gönnen.

»Gute Arbeit, Bumblebee«, gurrte Cricket. »Du warst eine prima Hilfe! So ein schlauer Drachling! Und so eine gute Zuhörerin!«

»Bei allen Bäumen, Cricket«, raunzte Sundew. Belladonna hatte ihr in ihrem gesamten Leben noch nie so viele Komplimente gemacht, und vor allem nicht auf einmal. »Wenn meine Mutter so mit mir geredet hätte, wäre ich jetzt–«

»Ausgeglichen?«, unterbrach Willow sie mit Schmunzelaugen und einem Lächeln, dass es Sundew fast unmöglich machte, sie böse anzufunkeln.

»So zartbesaitet wie ein Saftflügler«, beendete Sundew ihren Satz und streckte Willow die Zunge heraus.

»Ooooch, du kannst ruhig zartbesaitet sein«, säuselte Cricket Bumblebee immer noch mit zuckersüßer Stimme zu. Der Drachling hatte sich in ihre Arme gekuschelt, schnurrte und putzte sich wie ein Jaguarjunges. »Du musst nicht gemein und furchterregend sein, nein nein. Du wirst nicht wie die anderen Schwarmflügler sein. Du bist viel zu süß und du hast dein *eigenes* Gehirn, stimmt's?«

»Snabblflamp«, stimmte Bumblebee ihr mit einem unbändigen Gähnen zu und sank dann auch schon mit zufallenden Augen an Crickets Schulter.

»Pah!«, grummelte Nettle. »Mir wird gleich schlecht!«

»Tut mir echt leid für dich, dass ich's nicht geschafft habe, zu sterben«, stichelte Sundew.

Dann merkte sie, dass Willow sich neben sie gelegt, ihren Schwanz um ihren geschlungen und ihr einen Flügel auf den Rücken gelegt hatte. »Du hast mich fast zu Tode erschreckt«, flüsterte Willow Sundew ins Ohr. »Bist du ok? Kannst du mir bitte versprechen, dass du niemals sterben wirst?«

»Ja«, gelobte Sundew und stupste sie mit ihrer Schnauze an. »Ich versprech's.« Sie war erleichtert, dass Willow ihr wegen des

Streits am anderen Seeufer nicht mehr böse war. Noch mehr Angst als eine Tsetsefliege jagte ihr der Gedanke ein, Willow könnte sie plötzlich mit anderen Augen sehen, wenn sie in Gesellschaft anderer Drachen waren … dass sie glauben könnte, Sundew wäre einfach nur noch eine weitere Nettle. Aber das war nicht das, was sie in Willows Augen sah. Sie sah sich selbst: Sie sah, wie sie geliebt wurde, und zwar genau so, wie sie war.

Nettle warf Sundew und Willow einen finsteren Blick zu, drehte sich um und trat Mandrake gegen den Knöchel.

»Au!«, beschwerte er sich. »Ich meine – äh, ich freue mich, dass du noch lebst, Sundew.«

»Danke«, murmelte Sundew. »Ich ruhe mich nur einen kurzen Moment aus.«

Sie schloss die Augen, atmete tief ein, füllte ihre Lungen mit Willows Geruch und ihren Geist mit dem Gemurmel der Pflanzen, die nicht ihren Tod wollten, jedenfalls nicht gerade in dieser Sekunde. Da wuchsen ein paar Orchideen in der Nähe, von denen jede behauptete, sie sei die Schönste.

Dicht unter der Erde stieß Sundew auf die Wurzeln von Sonnenlilien und sie sang eine von ihnen leise an die Oberfläche, sodass sie direkt zwischen Willows Vorderklauen emporwuchs. Sundew musste ihre Augen nicht öffnen, um zu wissen, dass Willow lächelte.

»*Ich* bin auch fast gefressen worden«, beschwerte sich Nettle, »und *ich* musste danach kein Nickerchen halten.«

Mit einem Seufzen drückte sich Sundew hoch. Nettle war wirklich das Allerletzte, aber sie hatte recht: Sie hatten keine Zeit, sich auszuruhen. Die Sonne hatte schon ihren Zenit überschritten, und wenn Cricket und Königin Sequoia recht hatten, befand sich die Schwarmflüglerarmee garantiert schon auf dem Weg.

Willow lehnte sich über Sundews Schulter, als diese erneut die Karte ausrollte. Nettle schubste Mandrake, sodass er an Sundews andere Seite stolperte.

»Hier bringt uns die Karte rein gar nichts«, murrte Sundew und streckte ihren Flügel aus, um Mandrake aufzufangen. »Ich meine, was sollen alle diese kleinen verschnörkelten Linien von hier bis zum Auge bedeuten?«

»Die sehen wie Schlangen aus«, bemerkte Mandrake. »Hmm. Oder liege ich da falsch?«

»Sie sehen *tatsächlich* wie Schlangen aus«, stimmte Willow ihm zu.

»Macht nichts«, brummte Nettle. »Ich habe schon *Hunderte* Schlangen getötet. Kein Problem.«

»Aber … alle auf einmal?«, schüttelte sich Mandrake. »Weil … auf diesem ganzen Kartenteil nur … Schlangen sind. Wenn das Schlangen sind. Vielleicht auch nicht. Vielleicht sind es auch nur ganz winzige Flüsschen.«

»Sieht aus, als stünden da ein paar Wörter«, knurrte Cricket und kauerte sich mit zusammengekniffenen Augen näher an das Blatt heran.

»Du hast recht.« Willow hielt das Blatt gegen das schwache Sonnenlicht, und alle versuchten, die winzigen Buchstaben zu entziffern, die zwischen den schnörkeligen Linien hineingeritzt worden waren.

»Steht da winzige Flüsschen?«, fragte Mandrake hoffnungsvoll.

»Nest?«, vermutete Cricket. »Nest … der …«

»Vipern«, stellte Sundew fest. Ein Schaudern lief ihr den Rückenkamm hinunter, das sich anfühlte wie die finstere Vorfreude einer Pflanze auf ihr bevorstehendes Festmahl. »Der letzte Dschungelteil, der zwischen uns und dem Auge liegt, heißt Nest der Vipern.«

Kapitel 14

Sundew konnte nicht feststellen, ob der Dschungel dunkler geworden war, weil sie Sonne langsam unterging, oder das Blätterdach hier noch dichter war und es noch weniger Platz zum Manövrieren gab, oder weil es sich so anfühlte, als würden starre, runde Augen sie von jedem Baum aus beobachten. Seit sie den See überquert hatten, quälten sie sich nun schon recht lange durch den Dschungel, ohne irgendwelchen Schlangen begegnet zu sein.

»Ihr seid alle so albern«, schwadronierte Nettle und schob sich an Sundew vorbei, als sie über einen umgefallenen Baum kletterten. »Schlangen sind doch nicht schlimm.«

»Nettle, du darfst sehr gern alle Vipern für uns töten«, stöhnte Mandrake genervt.

»Meinst du, das sind Drachenbissschlangen?«, fragte Cricket nervös. »Ich habe gelesen, sie können mit nur einem einzigen Biss einen Drachen töten. Habt ihr schon einmal eine gesehen? Ich noch nie. In den Bauten tauchen nicht gerade oft Schlangen auf. Nicht einmal in den Gewächshäusern. Ich habe einmal ganz kleine Schlangen bei einem Haustierladen auf dem Markt gesehen. Haben Blattflügler Haustiere?«

»Ja«, sagte Willow zur selben Zeit, als Sundew mit »Nein« antwortete.

Sie sahen sich beide an. »Saftflügler schon«, fügte Sundew mit einem Schulterzucken hinzu.

»Giftflügler nicht«, bestätigte Willow.

»Wir sind keine Giftflügler!«, widersprach Sundew zum millionsten Mal. »Das klingt so, als wären wir die Bösen!«

»Ich höre damit auf, wenn du damit aufhörst«, stichelte Willow. »Hey, Saftflügler klingt irgendwie nach einem Stamm, der überall vor sich hintropft und an allem kleben bleibt.«

Cricket kicherte und Sundew versuchte, ihr Lachen zu unterdrücken. »Na gut, Waffenstillstand«, bot sie an.

»Blattflügler«, erklärte Willow. »Wir sind beide Blattflügler.«

»Aber nur die tropfenden von uns haben Haustiere«, frotzelte Sundew. Sie wich Willow aus, die im Scherz nach ihr schlug. Dabei meinte sie, etwas unter den Blättern weghuschen zu sehen; etwas langes, Golden-Schwarz-Grünes.

Sie blieb abrupt stehen und starrte auf den Boden, während die anderen weiterliefen.

Jetzt regte sich nichts mehr unter den Blättern: Keine Spur mehr von dem, was sich da bewegt hatte. Vielleicht hatte sie es sich nur eingebildet, so nervös wie sie gerade war.

Sie lief schnell weiter, um ihre Freunde einzuholen.

»Ich habe einen Kakadu«, erzählte Willow Cricket gerade. »Sie heißt Sagmadu und ist der schlauste Vogel der Welt. SUNDEW HÖR AUF MICH AUSZULACHEN!« Sie stieß Sundew liebevoll in die Schulter. »Ich war nur ein kleines bisschen älter als Bumblebee, als ich ihr ihren Namen gegeben habe! Ich glaube kaum, *du* hättest dir in dem Alter einen besseren ausgedacht!«

»Moglvogl«, murmelte Bumblebee verschlafen in ihrer Schlinge, und Cricket musste erneut lachen.

»Könntet ihr da hinten vielleicht ein bisschen weniger Radau machen?«, schrie Nettle ihnen von weiter vorn aus zu.

Sie verstummten kurz, während sie einen mit Farnen überwucherten Hang hinaufkletterten, bedeckt mit moosbewachsenen Steinen und tödlichen Grünen Knollenblätterpilzen. Sundew starrte zu den über ihnen aufragenden Bäumen hinauf. Zuvor hatte sie noch nie das Gefühl gehabt, die Bäume würden sich *bedrohlich* über ihr auftürmen. Jetzt konnte sie nicht einmal mit ihrem Blattgeflüster eine gute Verbindung zu ihnen herstellen. Diese Bäume grummelten und murmelten; irgendetwas beunruhigte sie, das schon lange genug existierte, um sogar von ihnen registriert zu werden. Sie konnten jedoch nicht ausdrücken, was – natürlich nicht, Bäume konnten das fast nie.

Sie vermochten nur Unbehagen und eine düstere Stimmung auszustrahlen.

»Bilde ich mir das ein«, flüsterte Cricket, »oder ist es plötzlich viel stiller?«

Willow und Sundew stoppten neben ihr und lauschten.

Cricket hatte recht. Das unablässige Zirpen der Zikaden und Surren der Grashüpfer war verstummt. Es fehlten auch die Geräusche sich von Ast zu Ast schwingender oder sich durch den Dschungel zurufender Affen. Sundew konnte keine Vögel mehr hören. Nur der Wind ließ die Blätter über ihnen rascheln, aber das war auch schon alles.

Als Sundews Augen das Blätterdach nach Vögeln absuchten, erspähte sie den ersten Kopf einer Drachenbissschlange. Zweimal hatte sie sie übersehen, weil sie völlig regungslos dort lauerte. Doch beim dritten Mal hatte irgendetwas an ihrer glatten, schlangengleichen Form Sundews Aufmerksamkeit erregt.

Der Kopf ragte nur ein paar Schritte vor Willow aus einem Busch grüner Gräser hervor. Es war definitiv der Kopf einer

Giftschlange, der auf einem Giftschlangenkörper thronte, soweit Sundew dies erkennen konnte … aber er bewegte sich nicht. Die Schlange schien völlig eingefroren zu sein, als wäre sie nur eine Statue.

Sie bemerkte, Mandrake und Nettle waren ebenfalls verstummt und wie angewurzelt am oberen Ende des Hügels stehen geblieben. Beide fixierten etwas am Boden vor ihren Klauen, und Mandrake sah aus, als würde er gleich in Ohnmacht fallen.

»Das ist wirklich merkwürdig«, beantwortete Willow Crickets Frage. Sie hatte die Schlange definitiv noch nicht bemerkt. Mit einem Schulterzucken machte sie einen Schritt nach vorn. Sundew griff nach ihr, um sie von der Schlange wegzuziehen – doch diese bewegte sich immer noch nicht.

»Willow«, flüsterte sie und stupste ihren Schwanz an. »Links von dir. Seltsame gelähmte Viper oder so etwas.«

Willow sah sie und sprang erschrocken zurück. Doch die Schlange verharrte *immer noch* in ihrer Starre.

»Was stimmt nicht mit der?«, flüsterte Cricket. »Kann sie uns nicht sehen? Ist sie tot?«

»Nein«, flüsterte Sundew zurück, während die Zunge der Schlange herauszuckte, die Luft schmeckte und wieder zurückfuhr. Ihre lidlosen hellgelben Augen schienen sie direkt zu fixieren. Doch als sie vorsichtig gemeinsam weiterliefen, folgten ihre Augen ihnen nicht. Die Schlange starrte mit erhobenem Kopf völlig regungslos ins Leere, nur ihre Zunge glitt unermüdlich vor und zurück.

»Sollten wir sie vielleicht töten?«, fragte Sundew leise, als sie weiter behutsam eine Klaue vor die nächste setzten, die Schlange dabei nicht aus den Augen lassend.

»Das könnte sie aufwecken«, wisperte Willow. »Ich würde sagen, wir rühren sie nicht an, solange sie sich nicht bewegt. Lasst uns einfach ganz schnell von ihr wegkommen.«

Sie liefen leise, aber schnell den Hügel hinauf und versuchten dabei, auf den Steinen zu bleiben und das hohe Gras so gut wie möglich zu meiden.

Oben auf dem Hügel wartete eine weitere bewegungslose Schlange, die Nettle und Mandrake anstarrte. Diese hatte sich um einen Dornenbusch gewunden. Ihr grünschwarzer Kopf ragte wie ein weiterer, besonders gruseliger Zweig aus dem Busch hervor.

»Hat sie sich bewegt?«, flüsterte Sundew den beiden von einem Felsbrocken aus zu.

»Noch nicht«, zischte Mandrake leise durch die Zähne. »Aber wir auch nicht.«

»Versucht mal, euch wegzuschleichen«, schlug Sundew vor. »Wir haben weiter unten eine gesehen, die uns fixiert, aber nicht angegriffen hat. Vielleicht ist diese hier ja auch erstarrt.«

»Ich sollte sie abmurksen«, knurrte Nettle, bewegte sich aber nicht auf sie zu. Nach einem weiteren Moment wich Mandrake einen vorsichtigen Schritt vor ihr zurück, und dann noch einen.

Die Schlange züngelte weiter, blieb aber mit ihren riesigen gelben, starrenden Augen bewegungslos an ihrem Platz.

Sundew vermutete, dass sie ausgerollt wohl genauso lang wie ein Drache war.

»Lasst uns gehen«, murmelte Willow. »Passt auf, wo ihr hintretet.«

Sie ging voran und die anderen folgten ihr hintereinander mit vorsichtigen Schritten, über den Hügelrücken und die andere

Seite hinunter. Sundew hielt ihre Flügel eng an ihren Körper gepresst und ihren Schwanz möglichst hoch über dem Boden. Immer, wenn ihre Klauen auf ein matschiges Häufchen nasser Blätter traten, erwartete sie, etwas würde sich zuckend bewegen und seine Giftzähne in ihre Klauengelenke versenken.

»Dort«, hauchte Cricket und deutete mit dem Kopf nach links.

Zwei weitere Schlangen hatten sich um die Äste eines Baumes gewunden und reckten ihre Köpfe in starrender Reglosigkeit dem Weg entgegen.

»Hier auch.« Mandrake zuckte leicht mit dem Schwanz. Sie liefen gerade an einem Gestrüpp aus ineinander verschlungenem Efeu, Ranken und langem Gras vorbei, aus dessen Mitte seltsame Pflanzen herauszuwachsen schienen … nur waren es keine Pflanzen. Es waren weitere Schlangen, sechs oder mehr, mit glatten Köpfen, die sie wie Kobralilien geneigt hielten und dabei bedrohlich mit ihren löwenzahngelben Augen funkelten.

»Warum bewegen sie sich nicht?«, fragte Cricket. Sie blieb kurz vor einer großen Baumwurzel stehen, untersuchte die Schatten um sie herum und stieg dann vorsichtig darüber.

»Blöde Frage. Wir wissen es nicht«, murmelte Nettle. »Hab' noch nie Schlangen gesehen, die sich so verhalten.«

»Vielleicht warten sie auf fettere Beute als wir es sind«, hauchte Willow.

Sundew konnte es kaum mehr ertragen. Ihre schmerzenden Muskeln protestierten bei diesem langsamen Tempo und der ständigen Anspannung. Sie wollte am liebsten schreien; sie wollte sich einen Baum greifen und ihn über die Schlangen wälzen; sie wollte explodierende Samenkapseln nach ihnen werfen. Sie wollte viel lieber kämpfen, als … dieses grauenvoll kriechende, widerlich kribbelnde Gefühl des *Wartens* zu ertragen – darauf, dass etwas sie gleich angreifen würde.

Sie erreichten den Fuß des Hügels und stießen auf einen Bach, dessen schlammiges Wasser träge über ein paar Steine plätscherte. Willow begann, auf den Steinen hinüberzubalancieren, und zeigte dabei lautlos auf Äste, die eigentlich Schlangen waren, Steinbrocken, in Wirklichkeit Schlangen, und schimmernd dahinzuckende Fische, die wohl Wasserschlangen waren. In diesem Bach wimmelte es nur so von Schlangen.

»Vielleicht sollten wir fliegen«, schlug Mandrake auf halber Strecke über den Bach vor. »Wir könnten über das Nest der Vipern fliegen, oder nicht?«

Nettle schnaubte und zeigte unwirsch mit einer Kralle auf die Baumkronen über ihnen. Sundew blickte nach oben.

In den Ästen über ihnen wuselte es vor Schlangen. Schuppen blitzten zwischen den Ästen hervor; Hunderte gelbe Augen beobachteten sie, ohne auch nur einmal zu blinzeln. Es hatten sich so viele Schlangenleiber um die Äste gewunden, dass sich unmöglich erkennen ließ, wo einer aufhörte und der nächste begann.

Sundew schaute zu Bumblebee zurück, die in ihrer Schlinge schlief. *Vielleicht hätten wir sie doch nicht mitnehmen sollen.*

Das Wasser, das ihre Klauen umspülte, war sehr kalt – kälter, als sie gedacht hatte.

Ich wünschte, wir wüssten, wie weit wir noch gehen müssen.

Sie wateten aus dem Bach heraus ans andere Ufer und liefen weiter, zwischen Bäumen hindurch, die immer enger beieinander standen, unter immer mehr erstarrten, glotzenden Schlangen hinweg. Sundew spürte vorsichtig mit ihrem Blattgeflüster nach und fühlte die Gegenwart von Pflanzen. Sie waren so gefährlich, dass ihr Stamm sie aus dem gesamten Umfeld des Dorfes entfernt hatte. Bösartig wispernde Riesendolden kicherten in der Nähe und übertönten das Gemurmel der anderen Pflanzen.

Ein hungriges Gurgeln unter ihnen verriet ihr, dass diese Stelle von Kuzuranken durchsetzt war, die die leiseren Bäume umschlangen und erwürgten.

Aber da war noch etwas Schlimmeres … etwas viel Unheimlicheres. Etwas, dass seine kalten Tentakel nach ihrem Geist ausstreckte.

Sie fauchte leise. Willow stoppte, um zu ihr zurückzuschauen.

»Der Atem des Bösen«, flüsterte Sundew. »Er ist hier. Ich kann ihn fühlen.«

Jetzt konnte sie ihn auch riechen – denselben pfeffrig-fauligen Geruch, der Königin Wasps Gewächshaus erfüllt hatte. Als sie sich damals dort versteckten, hatte sie sich die Pflanze schon einmal genauer angesehen. Aber da hatte die Pflanze nicht zu ihr gesprochen. Da war nichts gewesen – und schon gar nicht etwas wie das, was gerade nach ihr griff, als versuchte es, winzige Pflanzensamen in ihr Gehirn zu schmuggeln und zwischen ihre Schuppen zu stecken.

»Seht!«, rief Mandrake und zeigte auf etwas. Über ihnen war es hell – eine Lücke zwischen den Bäumen, durch die das Sonnenlicht bis hinunter zum Dschungelboden fiel.

»Vielleicht ist das das Auge«, flüsterte Cricket. »Da, wo Hawthorn lebt?«

»Wie kann er hier leben?«, flüsterte Willow zurück. »Umzingelt von all diesen Schlangen und dem Atem des Bösen?«

»Vielleicht tut er das nicht«, maulte Nettle. »Vielleicht ist er tot.«

»Super Einstellung, Nettle«, rügte Sundew sie. »Los, lasst es uns herausfinden.«

Sie liefen bis zu dem Licht vor. Jetzt konnten sie den Dschungel um sich herum leichter erkennen und Sundew bemerkte die rotgrünen Ranken, die über ihnen hingen. Sie wuchsen hier völlig frei, kaum einen Tagesmarsch von Königin Sequoias Dorf entfernt. Sie schauderte. Warum hatten die Späher sie nicht entdeckt? Warum wussten nicht alle darüber Bescheid? War der Atem des Bösen so gut hinter den Schlangen und Strandapfelbäumen versteckt, dass nie jemand hier entlangkam?

Als sie fast den Rand der Lichtung erreicht hatten, erwachten die Schlangen plötzlich aus ihrer Starre.

Eine riesige fiel direkt aus einem Baum vor ihnen und versperrte ihnen den Weg. Fünf weitere glitten aus den Büschen hinter ihnen hervor; andere krochen die Äste hinunter. Sie waren umzingelt von zischenden Schlangen.

»Sundew?«, fragte Willow und trat näher an die anderen heran. »Irgendeine Idee?«

»Warum fragst du sie überhaupt?«, raunzte Nettle. »*Ich* habe eine super Idee. Alle töten!« Sie attackierte direkt eine Schlange vor ihnen. Diese entblößte ihre Giftzähne und schoss blitzschnell auf Nettle zu. Mandrake schrie und Sundew spürte, wie Willow eine ihrer Vorderklauen ergriff, als sie beide ihre Flügel ausbreiteten, um sich wie ein schützendes Schild vor Cricket und Bumblebee zu stellen.

Ein Windstoß ließ die Lichtung erzittern, als etwas Gigantisches aus dem Himmel herabstürzte, breite Schwingen die Sonne verdunkelten und sich die Krallen riesiger Klauen in die Schlange bohrten, die nur einen Herzschlag davon entfernt war, ihre Giftzähne in Nettles Hals zu schlagen.

Als sich die Schlange im Todeskampf wand, erhoben sich

gleichzeitig alle Schlangen um sie herum, wie Kobras kurz vor dem Angriff, und starrten sie böse aus ihren gelben Augen an.

»Weg!«, brüllte der gigantische Drache. »Lasst diese Reisenden in Frieden!«

Das Zischen wurde lauter und bohrte sich tief in Sundews Nerven und Knochen. Nach einem grauenvollen, adrenalingeballten Moment der Reglosigkeit fielen alle Schlangen plötzlich zu Boden und glitten ins Unterholz davon.

»Na, gerade wärt ihr beinahe gestorben!«, entfuhr es dem riesigen Blattflügler, der nun von oben auf sie herablächelte. Er schüttelte den Schlangenkadaver, um sicherzustellen, dass die Schlange wirklich tot war, und warf sie weg, als wäre sie irgendein Unkraut, dass er gerade aus dem Boden gerissen hatte. »Welche Verrückten kommen zu einem Ort wie dem Nest der Vipern?«

»Verzweifelte«, gab Sundew zu. »Wir suchen nach einem Drachen namens Hawthorn.«

»Danke, dass du meine Schwester gerettet hast«, unterbrach Mandrake sie.

»Ich musste nicht gerettet werden!«, schnauzte Nettle. »Ich war kurz davor, sie selbst zu töten!«

»Dann hätten die anderen sofort euch alle getötet«, erwiderte der Fremde. »Gerechtfertigterweise, oder? Ihr seid in unser Territorium eingefallen. Das tut sonst niemand! Also reagieren sie ein bisschen über.«

»Sie … Pardon, wer? Die Schlangen? Sie *beschützen* dich?«, stotterte Cricket. »Sie beschützen *dich*? Was?«

»Oh, ja«, antwortete er. »Ich bin Hawthorn, und das sind meine Schlangen. Will jemand Tee?«

Kapitel 15

Hawthorn drehte sich um und spazierte vergnügt auf das Sonnenlicht zu. Mandrake blinzelte verwirrt und folgte ihm. Willow hielt Sundew mit einem ihrer Flügel zurück, als diese gerade loslaufen wollte.

»Ich finde, wir sollten wirklich vorsichtig sein«, mahnte sie leise.

»Ich auch«, stimmte Sundew ihr zu.

»Dito«, meinte Nettle unerwarteterweise.

»Aber das ist doch genau der Drache, nach dem wir suchen, oder?«, wollte Cricket wissen. Sie schob ihre Brille nach oben. »Der, der alle Antworten hat? Der alles über diese Pflanze und die Gedankenkontrolle weiß?« Ihr Schwanz zuckte vor nervöser Aufregung hin und her.

»Ja«, erwiderte Willow. »Und er scheint nett zu sein. Es ist nur wegen … allem anderen hier.«

»Wir gehen mit ihm mit«, erklärte Sundew Cricket. »Aber vorsichtig.«

Cricket nickte, dann liefen sie zusammen auf die Lichtung zu. Sie blinzelten wegen des viel helleren Lichts, das sie beinahe blendete.

Die niedriger hängenden Ranken waren zusammen mit einigen Teilen des Blätterdachs weggehackt worden. Dadurch waren ein paar freie Flecken entstanden, auf denen nun im Sonnenlicht Gras wachsen konnte. Ein kleiner Gemüsegarten nahm ungefähr ein Viertel der Lichtung ein. Um ihn herum war sämtliches Dickicht und Gestrüpp entfernt worden. In der Mitte der Lichtung stand ein Haus, das eher einer Zelle in einem der Bauten ähnelte als einem Nest, einer Hängematte oder einem Baumhaus. Irgendjemand, wahrscheinlich Hawthorn, hatte sich die Mühe gemacht, Baumstämme in flache, glatte Bretter zu hauen; jemand hatte sie zusammengefügt und Vorhänge aus Leinen gewebt, sie blassrot gefärbt und vor die Tür und die Fenster gehängt.

Sundew drehte sich einmal im Kreis, um sich den gesamten Bereich genau anzusehen. An dieser Stelle der Lichtung ließ sich keine Spur vom Atem des Bösen entdecken. Sie konnte die Pflanze aber hören und spürte sie in den hintersten Winkeln ihrer Gedanken herumkriechen.

»Kommt rein!«, rief Hawthorn ihnen von der Tür aus zu.

Sie traten auf eine überdachte Veranda vor dem Haus. Eine Seite davon schien eine kleine Holzwerkstatt zu sein, in der ein kleiner, halbfertig geschnitzter Drache auf einem Baumstumpf saß. Ein Geißblattbusch zierte das Dach der Veranda, verströmte mit seinen Blüten einen süßen Duft und beruhigte mit seinem Murmeln das Stimmengewirr der Pflanzen in Sundews Kopf.

Innen war Hawthorns Haus luftig, warm und dank der Gardinen, die das Sonnenlicht filterten, von einem rosenfarbenen Licht durchflutet. Es gab nur einen Raum, der aber sehr groß war und eine hohe Decke hatte. Geschnitzte hölzerne Drachen, Schlangen, Bäume und Orang-Utans drängten sich auf den vielen Regalen, die an sämtlichen Wänden angebracht waren. Sundew schaute sich einen der Drachenköpfe genauer an und fand, er sah Königin Sequoia sehr ähnlich.

»Hast du die alle geschnitzt?«, erkundigte sich Cricket und blickte sich in dem Raum um.

»Ah, ja«, antwortete Hawthorn. »Ich habe ziemlich viel Zeit, wisst ihr. Niemanden sonst zum Reden, also dachte ich mir, ich schnitze mir einfach ein paar Freunde. Das hier ist mein Liebling.« Er tätschelte ein glatt geschliffenes Ei aus honigfarbenem Holz, um dessen oberen Teil sich filigran gearbeitete Blätter rankten. Es stand allein auf einem Stativ auf einem kleinen Tisch neben dem Fenster. »Sie alle sind bessere Gesellschaft, als ihr glaubt. Bloß gut, dass ich euch habe, stimmt's?«, sagte er zu dem Ei.

Armer einsamer Drache, dachte Sundew. Obwohl – kleine Figürchen zu schnitzen, die seine einzigen Freunde sind, ist eine Sache – eine Schlangenbrut zu seinen Bodyguards zu machen eine ganz andere.

»Du bist ein Schwarmflügler, das ist nicht zu verkennen«, stellte Hawthorn fest und wackelte mit einer Kralle vor Cricket herum. »Ich hoffe, deine Anwesenheit bedeutet, es herrscht endlich Frieden zwischen den Stämmen? Und … ich kann vielleicht zurück nach Hause?«, fügte er voller Hoffnung hinzu.

Nettle schnaubte. »Frieden! Nicht mal annähernd«, keifte sie. »Die hier ist so eine Art Ex-Schwarmflügler, jedenfalls laut der Deppen, die ihr glauben.«

»Ah, hmm«, murmelte Hawthorn und bückte sich, um in einem Schränkchen herumzuwühlen. »Eine Stammesverräterin, hä?«

»Nein!«, entrüstete sich Cricket. »Das genaue Gegenteil! Ich will sie *retten*!«

»Ah, ja«, erwiderte seine gedämpfte Stimme. »Ich kenne dieses Gefühl.« Er tauchte lächelnd wieder auf. »Ich muss gestehen, hätte ich gewusst, dass ich so viel Besuch bekomme, hätte ich mehr Tassen geschnitzt! Aber die hier sind alle, die ich habe.« Er kramte drei Tassen aus Ebenholz und ein steinernes Gefäß voller Teeblätter hervor. Sundew konnte die Kamille durch den ganzen Raum riechen. »Wir teilen einfach, ja? Das kriegen wir hin.«

»Oh, nein danke«, lehnte Willow höflich ab. »Ich fürchte, wir haben keine Zeit für Tee.«

»Haben wir nicht?«, fragte Mandrake mit wehmütigem Blick. Nettle trat ihm auf die Klaue, was ihn kurz aufjaulen ließ.

»Es dauert gar nicht lange«, meinte Hawthorn. »Da draußen gibt es eine heiße Quelle, wo ich Wasser holen kann. Ich habe sogar Honig!« Er lief bereits zur Tür.

»Wirklich, nein danke«, lehnte Sundew ab und legte ihre Klaue auf das Teegefäß. »Der Stamm ist in Gefahr. Wir müssen zurück, bevor Königin Wasp angreift und das könnte schon heute Nacht passieren.«

»*Oh*«, erschrak Hawthorn und sah bestürzt aus. »Das hört sich ernst an! Also nach etwas Schlimmem, das unbedingt erwähnt werden sollte, würde ich sagen. Ja. Das nenne ich relevante Neuigkeiten. Woher *wisst* ihr das? Ich sehe schon, da ist jemand ziemlich clever.« Er legte eine seiner Vorderklauen auf sein hölzernes Ei, runzelte die Stirn und betrachtete es nachdenklich. »Ah«, begann er nach einem Moment. Er sah wieder zu ihnen hoch und sein Gesicht hellte sich auf. »Ihr wisst von dem Atem des Bösen.«

»Wir wissen, es hat irgendetwas mit Wasps Gedankenkontrolle zu tun«, erklärte Sundew. »Wir hatten gehofft –«

»Hat Königin Sequoia euch geschickt?«, unterbrach er sie aufgeregt. »Will sie mich endlich zurück?« Er zögerte. »Also wenn … Sequoia noch Königin ist?«

»Das ist sie«, antwortete Willow.

»Das *ist* sie!«, rief er und verschränkte seine Vorderklauen. »Das sind … *wunderbare* Nachrichten. Nach all der Zeit. Immer noch am Leben! Ich kann es kaum glauben. Und hat sie euch geschickt? Was hat sie euch über mich erzählt?«

»Dass du an einem Gegenmittel gegen Wasps Gedankenkontrolle arbeitest«, erwiderte Sundew. »Sie sagte, du wüsstest mehr darüber als jeder andere Drache, der noch lebt.«

»Ha!«, rief er. Seine langen grünen Flügel sanken kurz nach unten und falteten sich dann wieder zusammen. »Das ist sicherlich der Fall, nicht wahr? Nun, das war ja ihre Absicht, als sie mich hierher geschickt hat. Ich bin nun schon sehr, sehr lange hier und studiere diese Pflanze ganz allein. Mittlerweile sollte ich also wirklich ein Experte sein.« Er lachte.

»Wendest du sie bei den Schlangen an?«, platzte Cricket heraus. »Hören sie deshalb auf dich?«

»Ja natürlich«, gab er zu. »Ziemlich schwierig, etwas zu untersuchen, ohne dafür ein paar Experimente durchzuführen.«

»Also gehorchen sie dir?«, forschte Nettle neugierig nach. »Du kannst sie kommandieren?«

»Bist du in ihren Köpfen, so wie Wasp, wenn sie ihre Untertanen kontrolliert?«, interessierte sich Cricket.

»So viele Fragen! Ich weiß wirklich nicht, ob ich die ohne Tee beantworten kann!«, schnaubte Hawthorn, schnappte sich den Teekessel und wuselte zur Hintertür hinaus. Willow und Sundew wechselten ein paar Blicke, als Hawthorn draußen war, doch diesmal wusste Sundew nicht, was Willow dachte.

Sundew wusste nicht einmal, was sie selbst von diesem exzentrischen alten Drachen halten sollte.

Hawthorn eilte wieder zur Tür herein. Aus seinem Teekessel

stieg Dampf auf. Er warf ein paar Teeblätter in jede Tasse und übergoss sie mit dem heißen Wasser.

»Seht ihr? Schon fertig«, freute er sich. »Bitte, nehmt euch; ich bin ziemlich stolz auf diesen Tee.« Mit einem beglückten Schnauzenausdruck stellte er auch noch ein Gläschen Honig auf den Tisch. »Seit Jahrzehnten keine Besucher. Das ist so wunderbar.«

»Hawthorn«, erinnerte ihn Willow sanft. »Wir haben wirklich keine Zeit.«

»Natürlich«, erwiderte er und sein Gesicht trübte sich. »Ich bin überrascht, dass es so lange gedauert hat, bis Sequoia euch geschickt hat. Ich dachte langsam, meine Botschaften würden nicht ankommen.«

»Botschaften?«, fragte Mandrake.

»Nun«, meinte Hawthorn und trank einen Schluck Tee. »Ich selbst durfte ja nicht mehr ins Dorf zurück, nicht wahr?«

Sundew sah Willow verwirrt an. »Du durftest nicht?«

»Also habe ich Botschaften geschickt, wie auch immer es gerade möglich war«, fügte er hinzu. »In Kokosnüssen den Fluss hinab. An die Beine von Affen und Vögeln gebunden. Ich habe sogar ein paar meiner Schlangen geschickt, aber die wurden getötet, bevor sie das Dorf erreicht hatten. Sehr schade; das waren schlaue kleine Schlangen, die nur ausführten, was ich ihnen aufgetragen hatte.«

»Ich … ich glaube nicht, dass sie auch nur eine dieser Botschaften bekommen hat«, stotterte Willow. »Was stand darin?«, fragte Sundew und lehnte sich nach vorn. »Hast du ein Gegenmittel gefunden?«

»Das habe ich«, erwiderte er. Seine Augen glänzten plötzlich, weil ihm Tränen in die Augen gestiegen waren. »Jedenfalls glaube ich das.«

»Aber das ist doch großartig!«, rief Cricket. »Warum bist du dann traurig?«

Hawthorn rieb sich mit den Knöcheln die Augen. »Ach, es ist nur … wisst ihr, die ganze Zeit, die ich verloren habe … all die Jahre, die ich mit Sequoia hätte verbringen können.«

Cricket setzte sich neben ihn und legte eine ihrer Klauen auf seine, die auf dem Tisch ruhte. Er zuckte leicht zusammen, als ob sein Instinkt ihm befahl, vor einem Schwarmflügler zurückzuweichen, ließ seine Klaue aber unter ihrer liegen.

»Es tut mir leid, dass du das alles durchmachen musstest«, murmelte sie. »Ich kann mir kaum vorstellen, wie du es ertragen hast, so lange allein zu sein. Aber was du getan hast, war so *wichtig*. Du wirst so viele Drachen retten, Hawthorn! Wenn alle Schwarmflügler von der Gedankenkontrolle befreit sind, wirst du ein Held sein. Der Blattflügler, der sein Leben ihrer Befreiung gewidmet hat! Dein Gegenmittel wird meine Schwes – meine Mutter retten. Das bedeutet mir alles. Ganz zu schweigen davon, dass es einen neuen Krieg verhindern wird.«

Er schniefte und zog seine Klaue weg, um sich erneut die Augen zu wischen. »Das wäre schon was«, flüsterte er. »Wenn es funktioniert … Gut zu wissen, dass das hier nicht alles umsonst war. Und versteht mich nicht falsch: Ich weiß, ich habe es verdient. Ich sagte der Königin damals, dass ich es verstand, und so meinte ich es auch. Es war die richtige Strafe für mich; die einzig mögliche Strafe.«

»Was?«, stammelte Cricket und sah die anderen Blattflügler an, als wüssten sie die Antwort auf diese Frage.

Willow spreizte genauso verwundert die Flügel. »Was meinst du?«, fragte sie Hawthorn. »Ich dachte, du hättest dich freiwillig gemeldet – wie kannst du das hier verdient haben?«

Er blinzelte sie verdutzt an. Die Überraschung stand ihm in jede einzelne Falte seiner Schnauze geschrieben. »Hat sie euch nicht erzählt, warum ich hier bin?«, fragte er.

Sundew schüttelte den Kopf. Sie wusste nicht, warum sie plötzlich von einem so tiefen Grauen erfüllt war, als würde jeden Moment die Erde unter ihr einstürzen.

»Weil ich derjenige bin, der den Atem des Bösen gefunden hat – nachdem alle bereits glaubten, die Pflanze wäre schon vor Jahrhunderten ausgerottet worden«, gestand er. »Und ich der bin, der sie Königin Wasp gegeben hat.«

Kapitel 16

»*Was?*«, schrie Willow und taumelte einen Schritt zurück. Sundew streckte die Arme aus, um sie aufzufangen, wobei ihre Flügel ineinanderglitten wie herabtanzende Blütenblätter.

Hawthorns Worte schienen nicht in Sundews Gehirn anzukommen. Irgendwie konnte sie sie nicht mit der Realität verbinden. Sie ergaben einfach *keinen Sinn*.

»*Du* hast sie ihr gegeben?«, stammelte Cricket. »Den Atem des Bösen? Was meinst du? Wann? Du hast nicht wirklich … Warum hättest du das tun sollen? Warum würdest du sie noch mächtiger machen wollen? Warum würdest du auch nur *irgendjemandem* die Macht geben wollen, andere Drachen so kontrollieren zu können?«

»Ich verstehe das nicht«, japste Willow.

»Ich auch nicht«, erklang Mandrakes Echo.

»Was ich verstehe, ist, jemand hat uns angelogen! Und Sachen vor uns verheimlicht!«, schnaubte Nettle. »Ich verstehe vielleicht nicht, was genau da vor sich geht, aber ich weiß, es macht mich unheimlich sauer!«

Hawthorn streckte besänftigend die Vorderklauen aus. »Es tut mir leid! Ich dachte, ihr wüsstet das! Ich glaubte, Königin Sequoia hätte euch aufgeklärt. Würde man nicht davon ausgehen, dass sie die ganze Geschichte preisgibt, bevor sie jemanden auf eine so gefährliche Mission schickt?«

»Also ICH würde das!«, keifte Nettle. »Das HÄTTE sie TUN SOLLEN!«

»Vielleicht dachte sie, Hawthorn wäre tot. In so einem Fall müsste niemand die volle Wahrheit erfahren«, vermutete Mandrake.

»Das ist kein Stück besser!«, schrie Nettle. »Das ist sogar noch schlimmer! Total feige!«

Sundew war ebenfalls wütend, aber vor allem fühlte sie sich, als wäre sie eben noch einen starken Ast entlanggelaufen, der plötzlich abbrach und sie zu Boden stürzen ließ; auf einen Boden, der unglaublich weit unter ihr lag, während ihr beim Sturz die Flügel den Dienst versagten … Es war schwer, sich darauf zu konzentrieren, gleichzeitig wütend zu sein und nicht in diesen Abgrund zu stürzen.

»Ich denke, du musst uns jetzt die ganze Geschichte erzählen«, forderte Sundew von Hawthorn. Ich muss etwas missverstanden haben. Er hat nicht wirklich gemeint, dass er nach dem Atem des Bösen gesucht hat. Er kann nicht wirklich meinen, wir hätten das den Schwarmflüglern angetan.

Hawthorn blickte auf seinen Tee hinunter und fummelte an der Tasse in seiner Klaue herum. »Gut«, begann er. »Aber ich warne euch vor: Ich weiß, danach werdet ihr mich hassen. Und das ist in Ordnung. Aber wenn ihr euch damit ein bisschen zurücknehmen könntet, fände ich das sehr nett. Fünfzig Jahre mit dieser Schuld zu leben, war wirklich hart. Falls ihr euch das vorstellen könnt.«

»Mehr Erklärungen, weniger Selbstmitleid«, zischte Nettle.

Er nickte wieder. »Ja. Also. Schauen wir mal. Schon ab dem Moment, in dem sie ihre Krone erbte, war Königin Wasp gefährlich. Auch ihre Mutter, Königin Cochineal, war hinterlistig und machthungrig, aber wenigstens respektierte sie die verschiedenen Stammesmonarchien. Wasp hingegen … sie schaute auf die Seiden- und Blattflügler herab und sah in ihnen nur weitere Drachen, die sie unterdrücken konnte. Sie wollte, dass sich ihr alle unterwerfen. Das kristallisierte sich recht schnell heraus.

Doch das war nicht das Schlimmste. Sie dachte, unsere Kraft stammte von den Bäumen, und wir würden schwach werden, wenn sie sie alle fällte. Zuerst tat sie es heimlich. Erste Schlägerungen in ein paar Waldgebieten in entlegeneren Ecken, wo wir es nicht bemerken würden. »Zufällige« Waldbrände, die Hunderte Bäume vernichteten. Noch ein paar weitere Hundert, um ihren ersten Bau zu errichten, und eine theaterreife Vorstellung, als wir versuchten, einzuschreiten: ›Oh, sind Blattflügler jetzt die einzigen, die pantalanische Ressourcen verwenden dürfen? Warum sollte ich *meinem* Stamm keine Stadt bauen, in der er leben kann?‹ Und so weiter und so fort.«

Er machte eine kurze Pause, um wieder an seinem Tee zu nippen, und schob dann Nettle und Mandrake mit einem hoffnungsvollen Schnauzenausdruck die anderen beiden Tassen zu.

Als Nettle ihm nur einen finsteren Blick zuwarf, seufzte er und fuhr mit seiner Geschichte fort.

»Als wir schließlich herausfanden, was sie da tat, war es für unzählige Bäume schon zu spät. Wir versuchten, sie auf jede mögliche diplomatische Art aufzuhalten. Doch sie log uns eiskalt ins Gesicht und versprach, aufzuhören, nur um dann ungerührt so weiterzumachen. Oder sie ließ uns von ihren Wachen hinauswerfen – die Königin der Blattflügler, aus dem Wespenbau geworfen wie eine Spinne, die im falschen Fenster herumklettert! Könnt ihr euch das vorstellen?!«

»Ich kann mir vorstellen, *dich* aus dem Fenster zu schmeißen«, knurrte Nettle.

»Und dann wurde sie noch schlimmer«, erzählte er schnell weiter. »Sie verkündete, laut dem Buch von Clearsight wäre die Zeit gekommen, in der sich alle Stämme unter einer Königin vereinigen sollten: nämlich ihr. Sie schickte Königin Monarch und Königin Sequoia Anweisungen, wie sie offiziell zurückzutreten und ihre Untertanen ihrer Kontrolle zu unterstellen hätten.«

»Diesen Teil kennen wir«, unterbrach ihn Sundew. »Königin Monarch sagte Ja, Königin Sequoia Nein, und die Baumkriege gingen los.«

»Nicht sofort«, murmelte Hawthorn. »Zuerst versuchten wir, sie umzustimmen. Und dann … probierten wir etwas anderes.« Er umklammerte seine Teetasse mit den Klauen und schloss die Augen. »Ich dachte wirklich, wir könnten sie aufhalten. Ich glaubte, wir könnten alle retten.«

»Indem du Wasp die mächtigste Waffe der Welt gibst?«, fragte Cricket.

»Genau, erklär uns da mal die Logik«, stimmte ihr Sundew zu.

»Sie sollte sie nicht mächtig machen.« Hawthorn sah auf seine Klauen hinab. »Ich dachte, wenn ich die Pflanze fände und wir sie bei ihr benutzten … wären *wir* in der Lage, *sie* zu kontrollieren.«

Willow drehte ihr Gesicht weg und versteckte es einen Moment lang hinter Sundews Schulter, während sie kleine, schluckaufähnliche Atemzüge machte. Sundew schlang ihren Schwanz um den Willows und gab sich Mühe, klar zu denken.

Wir haben versucht, die Schwarmflüglerkönigin in unseren ferngesteuerten Zombie zu verwandeln.

Wir hätten ihr das angetan – dieselbe grauenhafte Sache, die sie ihren Untertanen antut.

Stattdessen haben wir sie noch stärker als jeden anderen Drachen gemacht. Wir haben ihr die Macht gegeben, ihren eigenen Stamm zu unterdrücken und gegen uns einzusetzen.

Sie sah zu Cricket hinüber, die Hawthorn entsetzt anstarrte.

Ich dachte, wir wären der gute Stamm. Wie konnten wir nur so etwas tun?

»Wann genau war das?«, ächzte Cricket, aus der plötzlich Fragen hervorschossen wie Flammenseide aus Blues Gelenken. »Und wann hast du sie ihr gegeben? Wie ist sie an noch mehr dieser Pflanzen herangekommen? Woher wusste sie, was sie damit anfangen muss?« Sie verstummte kurz und presste sich die Klauen an die Schläfen. »Warum hast du das bloß *getan*?«

»Sie hat unsere Bäume bedroht, Schwarmflügler«, antwortete Hawthorn in einem unerbittlichen Unterton, der Sundew zeigte, dass er noch immer glaubte, sein Handeln sei gerechtfertigt gewesen. »Die Bäume, die wir liebten, unser Zuhause, unsere Seelen. Wir haben den Krieg kommen sehen. Wir wussten, wie gefährlich sie war, und wir wussten, wir konnten ihr die Blattflügler nicht einfach überlassen.

Also hielten wir einen Friedensgipfel ab und ich … ich mischte es ihr in jener Nacht ins Essen.«

Willow nahm eine von Sundews zusammengeballten Fäusten, streichelte sie glatt und sah wieder zu Hawthorn auf. »Wusste Sequoia, was du da tatst?«

Er setzte ein unergründliches Gesicht auf. »Ich sagte ihr, was ich vorhatte. Sie hat mich nicht *aufgehalten*. Aber ich kann nicht behaupten, sie hätte es mir befohlen. Sie hätte mich aber aufhalten *können.* Ich war immer so loyal. Ich habe ihr immer gehorcht. Hätte sie mir gesagt, dass ich es nicht tun soll, dann hätte ich es nicht getan. Sie hat aber nie Nein gesagt! Das ist wirklich –«

Hawthorn unterbrach sich selbst und schlug kurz mit dem Schwanz hin und her. »Ich meine«, fuhr er mit ruhigerer Stimme fort, »natürlich war es meine Schuld. Ich habe die Pflanze gefunden; ich habe sie unter Wasps Essen gemischt. Ich ganz allein. Auch wenn ich es mit den edelsten Absichten tat.«

Er glaubt tatsächlich noch, dass er damals das Richtige getan hat, dachte Sundew. Und dass es nur … schiefgegangen ist.

»Erst sah es so aus, als würde gar nichts passieren. Es funktionierte nicht«, fuhr Hawthorn fort. Er legte wieder eine Klaue auf das hölzerne Ei und fuhr dann die geschnitzten Blätter mit einer Kralle nach. »Wasp verhielt sich genau wie immer, sowohl abends beim Abendessen wie auch morgens während der Verhandlungen. Wir versuchten, sie auf einen friedlichen Weg zu bringen. Wir probierten es mit subtilen Vorschlägen, und als diese nicht verfingen, versuchten wir, ihr den Rückzug zu befehlen. Sie fauchte uns an und drohte uns mit Krieg, wie immer. Also glaubten wir, wir hätten versagt. Es war weiter nichts passiert … ein Rettungsversuch, der erfolglos blieb.

Erst später, als ich drauf kam, wie sie die Gedankenkontrolle einsetzte, wurde mir klar, wir mussten ihr dies wohl ermöglicht haben. Keine Ahnung wie sie herausgefunden hat, was genau sie tun musste oder wo sie die Pflanzen herbekam.« Er tippte mit einer Kralle auf das Ei.

»Das hast du von deiner Heimlichtuerei und deinen halbherzigen Aktionen!«, schnaubte Nettle. »In ihrem Essen hätte richtiges Gift sein sollen. Das hätte Hunderten Drachen das Leben gerettet.«

Niemand widersprach ihr, doch Sundew sah die tiefe Bestürzung auf Willows und Crickets Gesichtern. *Sie hat recht, aber gleichzeitig unrecht*, kam es Sundew in den Sinn. *Nicht einmal ich finde, jemand sollte einen anderen Drachen auf einem Friedensgipfel vergiften.*

»Die gute Nachricht ist«, unterbrach Hawthorn das angespannte Schweigen, »jetzt weiß ich, was wir falsch gemacht haben. Wir hätten die Pflanze selbst essen sollen. Nur so hätte es eine Verbindung zwischen unserem Geist und ihrem gegeben.«

»Aber wenn ihr beide davon gegessen hättet«, interessierte sich Cricket in skeptischem Ton, »wer hätte dann wen kontrolliert? Warum wäre dann nicht Wasp diejenige, die dich kontrolliert?«

»Ah!«, rief Hawthorn und sein Gesicht erhellte sich. »Das sind alles Rätsel, die ich mit Hilfe der Wissenschaft gelöst habe! Mit Experimenten! Forschungen! Untersuchungen! All den gründlichen Verfahren, für die ich am liebsten schon damals Zeit gehabt hätte. Es ist unglaublich, was sich entdecken lässt, wenn man fünfzig Jahre lang allein ist und nichts anderes zu tun hat. Ja, ich weiß, nicht völlig allein.«

Sundew neigte ihren Kopf in seine Richtung. »Nicht völlig allein?«, wiederholte sie. »Meinst du die Schlangen?«

»Die Schlangen, die Blätter, meine hölzernen Freunde«, antwortete er und deutete mit seinen Klauen in dem kleinen Häuschen herum. »Meine Blattgeflüsterkräfte sind sehr stark, also kann ich mich immer mit dem Dschungel unterhalten, wenn ich mich einsam fühle.«

»Also hast du mit den Schlangen herumexperimentiert«, fasste Cricket zusammen, »und herausgefunden, wie du sie kontrollieren kannst? Hast du so auch das Gegenmittel gefunden?«

»Ja, genau!«, erwiderte Hawthorn. »Ich habe alles probiert und am Ende das hier entdeckt.« Er sauste durch den Raum zu einer hölzernen Truhe, verziert mit Hunderten winziger geschnitzter Blätter. Sundew konnte sich nicht einmal vorstellen, wie lange er dafür gebraucht haben mochte. Er hob den Deckel ab, ächzte leise wegen seines Gewichts und legte ihn neben sich auf den Boden. Dann gab er Cricket ein Zeichen, in die Truhe zu schauen.

Sundew rückte ebenfalls näher heran, um hineinsehen zu können. Die Truhe war randvoll mit winzigen, knorrigen Wurzelstücken, die kleinen Ingwerknollen glichen, aber einen Geruch nach alten Orangen ausströmten. Doch Cricket machte ein Gesicht, als wären sie aus purem Gold.

»Ist das das Gegenmittel?«, fragte sie Hawthorn flüsternd. Sie griff hinein, nahm eine der Wurzeln heraus und drehte sie in ihren Klauen. »Was ist das?«

»Eine andere Pflanze, die ich im Dschungel gefunden habe«, erklärte er. »Ich nenne sie ›Herz der Erlösung‹«. Nettle schnaubte. Hawthorn sah sie mit einem schiefen Lächeln an und meinte:

»Ich dachte mir, Blattflügler geben ihren Pflanzen doch immer pathetische Namen, also warum sollte ich da nicht mitmachen?«

»Wow«, hauchte Cricket ehrfürchtig. »Und die wirkt wirklich? Sie stoppt die Gedankenkontrolle?«

»Soweit ich das beurteilen kann, ja«, erwiderte er. »Sie wirkt bei den Schlangen … aber wer weiß, ob auch bei Drachen? Ich hatte bisher nicht wirklich Versuchsdrachen hier, oder? Oh! Vielleicht könntest du eine essen, und dann schauen wir, ob es bei dir klappt!«

Sie schüttelte zerknirscht den Kopf. »Die Gedankenkontrolle funktioniert bei mir nicht«, erklärte sie. »Königin Wasp hat mein

Ei nicht injiziert, also bringt es nichts. Das heißt, wir würden nichts Neues erfahren, wenn ich sie äße.« Seufzend legte sie die Wurzel zurück in die Truhe. Hawthorn verfolgte mit seinem Blick aufmerksam die Bewegung ihrer Klaue, als überlegte er noch, auf welche Art sie für das Experiment doch noch nützlich sein könnte.

»Um es zu testen«, schaltete sich Sundew ein, »müssten wir also einen Schwarmflügler finden, der wirklich zum Zombiehirn wird, ihn oder sie zwingen, es zu essen, und dann abwarten, was passiert.«

»Ich fürchte, ja«, gab er ihr recht und verschränkte die Klauen.

»Tja, was für ein Glück, dass gerade so circa um die Tausend von ihnen auf dem Weg hierher sind«, knurrte Sundew sarkastisch. »Pack alle Knubbelwurzeln ein, die du hast, und dann los.«

Kapitel 17

Es dauerte eine Weile, bis sie Hawthorn überzeugen konnten: Ja, sie meinten es wirklich ernst, er könne mit ihnen zum Dorf zurück. Ja, Königin Sequoia würde sich freuen, ihn zu sehen, jetzt, da er ein Gegenmittel gefunden hatte. Nein, niemand würde ihn anbrüllen – wahrscheinlich; eigentlich wusste ja niemand außer der Königin, was er getan hatte, jedenfalls soweit sie vermuteten.

Dann mussten sie sich anhören, wie er sich über alle aufregte, die ihn komplett aus ihrem Gedächtnis gestrichen hatten, und *dann* mussten sie ihm auch noch ausreden, jede einzelne seiner Schnitzereien einzupacken.

»Dafür ist keine Zeit!«, schrie Sundew, als Hawthorn sich einen Armvoll kleiner hölzerner Sequoias nahm und fieberhaft nach einer Kiste suchte. »Hawthorn, du kannst später zurückkommen und sie holen. Das Einzige, was wir jetzt mitnehmen können, ist das Gegenmittel. Wir müssen so schnell wie möglich zurück! Wir können jetzt keine Wagenladung Gerümpel durch den Dschungel karren!«

»Das sind wunderschöne Schnitzereien«, schaltete sich Willow beruhigend ein. »Vielleicht nimmst du fürs Erste nur eine mit?«

Hawthorns verbissener Schnauzenausdruck entspannte sich. Er ließ die kleinen Statuen fallen und griff stattdessen nach seinem eiähnlichen Lieblingswerk. »Ja, so können wir es machen«, stimmte er ihr zu. »Solange ich diesen Freund dabei habe, geht es mir gut.«

»Wie wunderbar«, ätzte Nettle und verdrehte die Augen. »Du kannst dein Ei tragen; Mandrake und ich nehmen das da.« Sie winkte mit ihrem Flügel in Richtung der Wurzeltruhe.

Sundew bereitete dieser Plan ziemliche Bauchschmerzen. Das Gegenmittel den Klauen dieser beiden zu überlassen … Doch Cricket trug schon Bumblebee, und Sundew wollte die Gelegenheit nutzen, außer Hörweite der anderen mit Willow zu reden.

Wird schon gutgehen. Sie werden vorsichtig sein, ganz bestimmt.

»Was ist mit meinen Schlangen?«, fragte Hawthorn, als sie zur Tür hinaustraten. Sundew sah kurz zum Himmel hinauf. Sie schätzte, dass es nun später Nachmittag war.

»Ähm … was *ist* mit deinen Schlangen?«, wiederholte Mandrake. Sie liefen über die Lichtung, zurück in den vor Schlangen wimmelnden Dschungel.

»Soll ich sie mitnehmen?«, fragte Hawthorn aufgeräumt. »Ich sollte sie mitnehmen, oder?«

»Deine Armee giftiger Schlangen? In ein Dorf voller Drachlinge?«, entsetzte sich Willow. »Ich stimme … definitiv dagegen?«

»Aber sie könnten nützlich sein«, entgegnete Hawthorn, dem die Gesichtszüge entgleisten. »Stehen wir nicht direkt vor einem Krieg? Soweit ich das verstanden habe, schon. Also hätte Königin Sequoia dieses Mal vielleicht gern ein paar Zombieschlangen auf ihrer Seite!«

»Bitte nicht!«, wehrte Cricket ab. »Es soll nicht noch einfacher werden, Drachen zu töten. Wir wollen eigentlich *niemanden* töten – wir werden sie alle mit dem Gegenmittel befreien, und dann gibt es gar keinen Krieg.«

Nettle schnaubte demonstrativ.

»Falls es funktioniert«, wandte Hawthorn betrübt ein. »Erst sollten wir herausfinden, wie wir es ihnen allen verabreichen können. Ooh, die Schlangen könnten uns dabei behilflich sein!«

»Klingt für mich nach einem guten Reserveplan«, mischte sich Nettle ein. Sie hatte mehrere Lianen um die Truhe geschlungen und sich ein Ende davon über die Schulter gehängt. Das andere trug Mandrake auf seiner Schulter, sodass die Truhe zwischen ihnen baumelte. Ihr Gewicht ließ die beiden schon keuchen. »Schadet doch nix, eine zusätzliche Geheimwaffe auf Lager zu haben, oder?«

»Genau!«, rief Hawthorn strahlend. Er flatterte kurz mit den Flügeln und spähte zwischen den Bäumen hindurch, wobei seine Augen merkwürdig starr wurden. »Ich befehle nur ein paar von ihnen, uns zu folgen.«

»Willow«, flüsterte Sundew. »Sollten wir ihn nicht davon abhalten?«

»Ich weiß nicht«, flüsterte Willow zurück. Sie runzelte die Stirn, als sie Blätter rascheln hörte. »Es fühlt sich falsch an, aber andererseits weiß ich selbst schon gar nicht mehr, was richtig und was falsch ist. Königin Sequoia war bisher mein moralischer Kompass. Ich dachte, sie würde immer das Richtige tun, und ich wollte so sein wie sie. Aber was sie mit Wasp anstellen wollte … und dass sie uns in dieser Sache angelogen hat … Ich weiß gerade nicht mehr, wie ich mich fühlen soll.«

»Wütend!«, schlug Sundew vor. »Total wütend! Du hast das Recht, deswegen sauer zu sein, Willow.« Sie streifte sanft Willows Flügel.

»Ich will aber nicht sauer sein«, widersprach Willow. »Was würde das nützen? Wenn ich meine Wut zulasse, mache ich vielleicht etwas Furchtbares, wie Königin Sequoia anschreien, zum Beispiel.«

»Vielleicht *sollte* sie angeschrien werden«, bemerkte Sundew.

»Aber was bringt das? Sie würde sich schlecht fühlen, ich mich schuldig, und wir wären von den wirklich wichtigen Dingen abgelenkt.«

»Es geht darum, ihr klarzumachen, dass sie etwas falsch gemacht hat! Damit sich das nicht wiederholt … und sie sich vielleicht mehr Mühe gibt, es wieder gutzumachen.«

»Ich bin mir ziemlich sicher, sie weiß bereits, dass das falsch war«, grübelte Willow.

»Ich bin mir aber nicht sicher, ob *er* es weiß«, meinte Sundew und nickte zu Hawthorn hinüber. Er führte die Gruppe an und unterhielt sich mit Cricket. Ein paar Schlangen glitten neben seinen Klauen, doch er beachtete sie kaum.

»Wenn ich wütend werde, fühle ich mich noch schlechter«, sagte Willow bestimmt. »Aber ich bin tatsächlich sauer. Und einfach … nur richtig, richtig traurig.« Sie schüttelte sich von Kopf bis Schwanz. »Das ist es. Ich bin traurig.«

»Na, da freue ich mich, dass du so gut im Such-dir-dein-Gefühl-aus-Spiel bist«, erwiderte Sundew. »Ich bin definitiv wütend, und ich kann das nicht einfach in ein trauriges oder sonstwas für ein Gefühl ummodeln. Also du kannst ja gern Schokolade essen oder was man halt macht, wenn man traurig ist – aber ich werde die Königin anbrüllen.«

Willow warf ihr einen besorgten Blick zu. »Ich hoffe, du wirst nicht allzu gemein sein. Wir brauchen sie auf unserer Seite – für den Krieg, der uns bevorsteht. Ich meine … Ich will nur, dass sie uns weiter zuhört. *Dir* zuhört. Also hoffe ich, du verärgerst sie nicht.«

»Naja sie redet immer noch mit Belladonna, nach all der Zeit«, meinte Sundew. »Und sie ist eine Königin. Sie sollte zäh genug sein, um damit klarzukommen.«

Den Rückweg zum Dorf legten sie schneller zurück als den Hinweg – einerseits, weil sie das Nest der Vipern nun viel schneller durchqueren konnten, andererseits, weil sie diesmal um die andere Seite des Sees herumliefen. Diese war zwar von spitzem Schilf und Kobralilien gesäumt, doch schaffte es keine der Pflanzen, sie zu fangen.

Sie erreichten Königin Sequoias Baumpalast kurz nach Einbruch der Nacht. Sundews Blattgeflüster schnappte ein seltsames Gemurmel aus dem Dschungel rund um Willows Dorf herum auf. *Gefahr …* wisperte es in einem Moment, im nächsten aber schon wieder *Alles ist gut*. Sie ließ ihre Gedanken durch die Wurzeln und das Gemurmel wandern, konnte aber nicht ergründen, was genau die Pflanzen fühlten oder wodurch sie so in Unruhe versetzt waren.

Alles ist gut, alles ist gut.

Gefahr kommt.

Alles ist gut.

Sie schauderte und ließ ihre Gedanken schnell wieder zurückkehren. Das Ganze ergab keinen Sinn, also musste sie es eine Weile ignorieren, bis es irgendwann welchen ergäbe. Bäume konnten einen wirklich in den Wahnsinn treiben.

Als sie das nähere Umfeld des Dorfes erreichten, hatte Hawthorn seine Flügel eng angelegt und war ganz still geworden.

Er spähte immer wieder zu den Bäumen hinauf – vielleicht,

weil er die Gegenwart der Blattflügler spürte, die gekommen waren, um sie bei ihrer Rückkehr zu beobachten. Sundew hatte keine Anzeichen für weitere Schlangen außer den beiden zu seinen Klauen bemerkt, fragte sich aber, ob sie irgendwo da draußen lauerten – ein kleine, tödliche Armee, die leise hinter ihrem Anführer herglitt.

Sie flogen zum Thronsaal hinauf und trafen dort auf Hazel, die unablässig Tsunami umrundete. Diese schien mit geschlossenen Augen und verschränkten Klauen einfach nur dazuliegen. Falls das Meeresflüglerweibchen schlief, durchlebte sie keine friedlichen Träume: Ihre Stirn lag in Falten und ihr Schwanz zuckte wütend, als würde er im Traum hin- und herpeitschen.

Sie landeten möglichst leise, und Willow machte Hazel ein *Was-ist-denn-hier-los?!*-Zeichen.

»Sie meinte, sie könne irgendwie mit den Fernen Königreichen kommunizieren«, flüsterte Hazel und huschte zu ihnen hinüber. »Ich habe keine Ahnung, was sie da macht! Vielleicht sind ja alle Drachen da drüben durchgeknallt.«

»Oder *magisch*«, hauchte Cricket.

»Wo ist deine Urgroßmutter?«, wollte Sundew wissen.

»Sie ist mit Belladonna und dem halben Dorf aufgebrochen«, antwortete Hazel. »Sie müssten jetzt schon beim Brodelnden Fluss sein.« Sie nahm sich ein Buch, das auf dem Thron lag, drehte es in ihren Klauen hin und her und legte es wieder zurück. »Ich habe noch nichts gehört. Ich hoffe, dass bald ein Bote eintrifft. Was habt ihr gefunden?«

»Hawthorn«, sagte Willow und zeigte auf den alten Drachen. »Er *hat* ein Gegenmittel, aber wir müssen es noch testen, um herauszufinden, ob es wirklich wirkt.«

»So schnell wie möglich«, fügte Sundew hinzu.

»Also brauchen wir einen Schwarmflügler?«, fragte Hazel mit schneidender Stimme. Sie kletterte auf den Thron und schlug den kleinen Gong an, der darüber hing. »Dann besorgen wir uns mal einen.« Drei Wachen kamen von der Ebene über ihnen in den Saal hereingesegelt. »Fliegt zum Brodelnden Fluss«, befahl Hazel ihnen. »Sucht die Königin und findet heraus, ob Wasps Armee schon da ist. Falls ja, fangt einen Schwarmflügler und bringt ihn oder sie …« Sie zögerte einen Moment und überflog mit den Augen das Dorf draußen vor dem Fenster. »Bringt ihn oder sie zum Schierlingstannenhain am Ufer des Schlundflusses. So schnell ihr könnt.«

»Ich will auch mit!«, rief Nettle. Sie ließ die Truhe fallen und schüttelte die Tragelianen ab. »Ich will einen Schwarmflügler entführen! Ich will dort sein, wo gekämpft wird!«

»Du kannst mit ihnen mitfliegen«, gestattete ihr Hazel, »und der Königin alles erklären.«

Die Wachen verbeugten sich und flogen mit Nettle davon. Ihre aufblitzenden Schuppen wurden schnell von der Dunkelheit verschluckt.

Hazel sprang vom Thron und löste die Lianen von der Truhe, um sie zu inspizieren. »Das ist es?«, wunderte sie sich und schaute zu Hawthorn auf. »Wird das reichen?«

»Das hängt davon ab, wie wir es ihnen verabreichen«, antwortete er. »Idealerweise müssten sie alle ein Stück essen, das etwa so groß ist.« Er deutete mit seinen Krallen die Größe eines kleinen Würfels an. »Aber es könnte auch funktionieren, wenn wir es ihnen irgendwie in ihr Trinkwasser mischen.«

Sundew schüttelte den Kopf. »Wir müssen eine Möglichkeit

finden, das Gegenmittel der ganzen Armee auf einmal zu verabreichen, bevor Wasp überhaupt merkt, was passiert. Sonst wird sie, sobald sie davon Wind bekommt, alle von der Einnahme abhalten.« Sie sah stirnrunzelnd auf die Wurzeln hinunter. Sie wusste, dass der Dschungel riesig war und es dort vermutlich noch Hunderte Pflanzen gab, die sie noch nie gesehen hatte. Dennoch war sie überrascht, dass ihr das Herz der Erlösung nicht bekannter vorkam.

»Oh!«, rief Cricket plötzlich. »Was, wenn … Würde es funktionieren, wenn wir es verbrennen und sie den Rauch einatmen?«

Hawthorn legte nachdenklich seine Schnauze in Falten. »Vielleicht.«

»So könnten wir die ganze Armee auf einmal befreien, oder?« Cricket rückte ihre Brille zurecht und tätschelte Bumblebee geistesabwesend. Das kleine Drachlingmädchen war gerade aufgewacht und versuchte, leise vor sich hin brabbelnd, aus der Schlinge zu klettern.

»Ich glaube, dafür bräuchten wir mehr als das hier«, überlegte Hazel. »Könnten wir ein paar davon einpflanzen und unsere mächtigsten Blattflüsterer beauftragen, sie so schnell wie möglich zum Wachsen zu bringen, damit wir genug davon haben?«

Hawthorn griff neben ihr vorbei und schloss sanft die Truhe. »Ich würde erst den Versuch an einem Drachen abwarten. Das Herz der Erlösung lässt sich nicht leicht ausjäten, hat es sich erst einmal verwurzelt … ihr wollt doch nicht, dass euer Dorf völlig grundlos überwuchert wird. Legt ein paar fürs Anpflanzen zur Seite; der Rest sollte für die Armee reichen. Für die anderen Bauten können wir später mehr züchten.«

Hazel warf einen skeptischen Blick auf das hölzerne Ei, dass er sich, vorsichtig in eine Schlinge gewickelt, um die Brust gebunden hatte. Sie öffnete gerade ihr Maul, um ihm zu widersprechen, als just in diesem Moment ein plötzliches Schnauben Tsunamis alle hochfahren ließ.

Das blaue Drachenweibchen fauchte und grummelte dann: »Arrrrgh, SCHÖN, aber ich bin immer noch die Direktorin der Schule. Ja, sag ihm Umarmungen zurück, und nein, die Kühe hier sind nicht größer oder leckerer. TSCHÜSS.« Sie schnaubte erneut, rollte sich auf die andere Seite, setzte sich auf und rieb sich die Augen.

»Puh«, knurrte sie. »Daran gewöhne ich mich wohl nie.«

»Was hast du gerade gemacht?«, fragte Cricket aufgeregt.

»Das ist … ich …« Sundew sah, wie Tsunami etwas in ein Täschchen hinter ihrem linken Vorderbein gleiten ließ. Etwas, über das sie augenscheinlich nicht gern mit ihnen reden wollte. »Ich habe … irgendwie … mit ein paar meiner Freunde auf dem anderen Kontinent gesprochen.«

»Echt, wie denn? Mit Ferne-Königreiche-Magie?«

»Yep«, meinte Tsunami und schlug die Flügel zurück. Sie sah besorgt aus. »Schwer zu erklären. Wie auch immer. Sie hatten keine wirklich hilfreichen Ideen, aber Moon scheint sich ziemlich sicher zu sein, dass es eine Möglichkeit gibt, wie ihr dahin kommt.« Sie rieb sich die Stirn. »Irgendetwas über eine Prophezeiung. Habe ich das schon erwähnt, aber ich hasse Prophezeiungen!«

»Sie hat eine Prophezeiung über uns?«, japste Cricket. »Worum geht's da? Was wird passieren?«

»Nein«, murrte Tsunami streng und zeigte bestimmt mit einer Kralle auf sie. »Flipp nicht gleich vor Freude aus. Prophezeiungen sind grauenhaft und nervig. Und diese klingt für mich nach einem

Haufen nasser Algen, weil ihr alle es niemals da rüber schafft!«

»Clearsight hat es geschafft!«, wandte Willow ein. »Sie war kein Meeresflügler, aber sie hat den Ozean trotzdem irgendwie heil überquert.«

Nun schauten alle wieder zu Tsunami. »Das stimmt wohl«, gab sie zweifelnd zu. »Ich habe aber keine Ahnung, wie.«

»Vielleicht gibt es ja einen Anhaltspunkt in dem Buch«, schlug Willow vor und wirbelte zu Sundew herum. »Können wir hineinschauen? Möglicherweise steht darin ja irgendetwas, das uns verrät, wie sie hergekommen ist.«

»Ich habe das ganze Ding gelesen und nichts dergleichen gefunden«, blaffte Sundew, holte es aber trotzdem aus ihrer Tasche und wickelte es aus. Im Schein der Glühwürmchenlampen wirkten der verblichene Einband und die dünnen Seiten noch älter. »Schaut ruhig selbst nach. Es macht nichts, wenn ihr nichts findet. Die Blattflügler gehen nirgendwohin. Ich bleibe hier und kämpfe für unseren Platz auf *diesem* Kontinent, egal, was Wasp auch tut!«

»Und das Gegenmittel wird wirken«, fügte Cricket hinzu. »Also müssen wir nicht weglaufen. Auch wenn ich die Fernen Königreiche eines Tages natürlich liebend gern kennenlernen würde, sollte es eine Möglichkeit geben, den Ozean zu überqueren.«

Hazel spähte aus dem Fenster. Der Himmel war inzwischen völlig dunkel und der Dschungel von den Geräuschen emsiger Insekten, quakender Frösche und nachtaktiver Raubtiere erfüllt.

»Lasst uns zum Schlundfluss fliegen und hoffen, dass die Wachen schnell zurück sind«, befahl sie. »Tsunami, du liest dir inzwischen das Buch durch. Sundew, Cricket, Hawthorn und Willow, ihr kommt mit mir.« Sie öffnete die Truhe und nahm zwei Herz-der-Erlösung-Wurzeln heraus.

»Ich nicht?«, fragte Mandrake. »Dann … warte ich einfach hier.«

»Wir sind bald zurück«, erklärte Sundew.

Als sie beim Schierlingstannenhain ankamen, lag er noch verlassen da. Hawthorn legte sich ins Gras und wiegte sein hölzernes Ei in den Klauen. Eine seiner Schlangen glitt an ihm hinauf und ringelte sich um seinen Hals.

Cricket beobachtete Hazel einen Moment lang dabei, wie diese ungeduldig zwischen den Bäumen auf- und ablief. Dann drehte sie sich zu Hawthorn um. »Hey, ich habe mich da etwas gefragt«, begann sie.

»Du?«, zog Sundew sie auf. »Echt?«

Cricket ignorierte sie. »Laut der Legende des Baus«, fuhr sie fort, »wirkte die Pflanze doch bei allen, richtig? Bei Bienen, Ameisen, Vögeln, Schlangen, allem Möglichen. Aber es scheint, als könne Königin Wasp sie nur bei Schwarmflüglern einsetzen. Ich meine, sie *muss* doch auch versucht haben, sie den Seidenflüglern zu injizieren, glaubst du nicht? Vielleicht irgendwann auch einmal einem Blattflügler? Warum funktioniert die Gedankenkontrolle nicht bei den anderen Stämmen?«

»Das ist eine ausgezeichnete Frage«, lobte Hawthorn sie anerkennend.

»Danke«, freute sich Cricket und flatterte kurz mit ihren Flügeln.

»Als ich die Pflanze fand, war sie fast abgestorben«, erzählte er. »Es war nur mehr ein Rest davon übrig. Ohne Sonnenlicht kümmerte sie elendig vor sich hin. Also brachte ich sie in die Sonne und päppelte sie wieder auf. Dabei benutzte ich meine Blattgeflüsterkräfte. Ich habe sie also praktisch trainiert und so verändert, dass sie nur bei Schwarmflüglern funktioniert … das waren die Köpfe, zu denen sie sich hingezogen fühlte. Ich war mir nie sicher, wie erfolgreich ich damit war, aber es scheint ja ganz gut funktioniert zu haben!«

Er sah entsetzlich stolz auf sich aus. Sundew wollte ihm am liebsten das Gesicht vom Schädel kratzen. Wie konnte er immer noch *selbstzufrieden* damit sein – nach all der Zeit und allem, was er damit angerichtet hatte?

»Oh«, meinte Cricket und ließ ihre Flügel zu Boden sinken. »Das … ist wohl ziemlich beeindruckend.«

»Ist es wirklich!«, versicherte er ihr. »Das können nicht viele Drachen.«

Sundew kam der Gedanke, sie sollten Hazel die ganze Geschichte erzählen. Die zukünftige Königin war ahnungslos, was ihre Urgroßmutter und Hawthorn ausgeheckt hatten. Aber jetzt war nicht der richtige Zeitpunkt dafür. Sie hörte gedämpfte, immer näher kommende Schreie.

Die Blattflüglerwachen tauchten über den Baumwipfeln auf. Sie schleppten einen gefangenen Schwarmflügler herbei, dem sie die Augen verbunden und den sie mit Würgeranken gefesselt hatten, dass er einem Insekt in einem Kokon glich. Sie brachten ihn nach unten auf die feuchte Erde am Flussufer, wo Nettle ihn grinsend Hazel zu Füßen warf.

»Das war TOLL!«, schrie sie. Sundew konnte sich nicht erinnern, Nettle jemals so glücklich erlebt zu haben. Ehrlich gesagt war es richtig unheimlich. »Ich will noch mehr Missionen wie diese!«

Aber Hazel lächelte nicht. Sie trat einen Schritt zurück und blickte erst auf den Schwarmflügler herab und dann zu Nettle. »Ich schätze, das heißt, Wasp und die Schwarmflügler sind schon beim Fluss.«

»Oh ja, das sind wir«, fauchte der Schwarmflügler plötzlich. Seine Fangzähne blitzten im Mondlicht auf. Auch ohne seine weißen Augen zu sehen, erkannte Sundew diese gruselige Stimmlage wieder: Wasp war in seinem Kopf und benutzte sein Maul, um zu ihnen zu sprechen.

»Wir sind hier, Blattflügler, und diesmal beenden wir, was wir angefangen haben. Ihr werdet alle sterben!« Der Schwarmflügler wand und krümmte sich und versuchte, sich die Augenbinde abzureißen.

Nettle stellte sich mit ihren Vorderklauen auf seine Ohren und fixierte ihn am Boden, ohne sich von seinem wilden Zappeln beeindrucken zu lassen. »Da waren Tausende Schwarmflügler auf der anderen Seite des Flusses«, erklärte sie leise. »Und wir haben noch mehr herbeifliegen sehen. Sie … standen einfach nur da, eine Reihe hinter der anderen, und starrten mit gruseligen weißen Augen auf den Dschungel. Es sah so aus, als würden sie auf etwas warten.«

»Auf den Rest des Stammes vielleicht?«, vermutete Cricket. »Die Drachen vom Gottesanbeterinnen- und Zikadenbau brauchen länger, um herzukommen. Vielleicht will sie sie alle sammeln, bevor sie geschlossen angreifen.«

»Hast du Königin Sequoia gesehen?«, flüsterte Hazel.

»Ist Blue bei ihr?«, fügte Cricket schnell hinzu.

»Ja«, antwortete Nettle. »Sie hat den Flammen- und den anderen extrem nervigen Seidenflügler bei sich. Sie sind dabei –«

Hazel unterbrach Nettle, indem sie ihr die Vorderklaue auf die Schnauze legte. Sie zeigte auf den Schwarmflügler. Sie konnten nicht riskieren, dass Wasp durch ihn Königin Sequoias Pläne mitbekam. Nettle warf ihm einen finsteren Blick zu und nickte.

»Lasst uns das schnell hinter uns bringen«, trieb Sundew sie zur Eile. Sie streckte eine Klaue aus und wartete auf das Herz der Erlösung. Hazel schnitt mit ihren Krallen ein augapfelgroßes Stück von einer Wurzel ab (ein Vergleich, den Sundew schnell bereute) und gab es ihr.

Nettle wuchtete die Schnauze des Schwarmflüglers hoch und drückte ihm den Kiefer auf. Er versuchte, sie zu beißen, aber ihr Griff war eisern. Sundew stopfte ihm die Wurzel ins Maul und Nettle presste seinen Kiefer zusammen und hielt ihn so lange fest, bis er die Wurzel hinunterschluckte. Schließlich ließ sie los und trat einen Schritt zurück.

»Dieser kleine Wurm Cricket ist auch hier, nicht wahr?«, fauchte der Drache sofort. **»Die, die sich für ach so clever hält, mit ihren Flugblättern, Graffitis und Gerüchten. Weißt du was, Cricket? Ich habe es herausgekriegt. Ich weiß, wer dein Vater ist. Und er gehört mir, mir allein, und ich könnte ihn im Handumdrehen töten, wenn ich wollte. Oder dir ein Treffen mit ihm ermöglichen. Würde dir das gefallen? Würdest du nicht gern in den Wespenbau zurückkommen, damit … ich …«**

Der Schwarmflügler verstummte. Sein ganzer Körper erschlaffte und sein Kopf sank nach hinten aufs Gras.

Sundew griff nach einer von Willows Vorderklauen und nahm sie zwischen ihre. Sie konnte Willows Herzschlag in ihrer Klauenfläche spüren. Dieses eine Mal war er genau so schnell wie ihrer.

Hazel drehte sich zu Hawthorn um. »Heißt das, es hat funktioniert?«, fragte sie.

»Ich denke … vielleicht?«, erwiderte er.

Der Schwarmflügler zuckte heftig, dann gleich noch einmal,

wie ein an Land gezogener Fisch. Er rollte sich auf die Seite und keuchte mehrmals so stark, als gäbe es auf der ganzen Welt nicht genug Luft zum Atmen.

»Was passiert hier gerade?«, krächzte er irgendwann. »Wo bin ich? Warum riecht alles nass?«

Cricket scheuchte die anderen zurück, hockte sich neben ihn und nahm ihm die Augenbinde ab. Wegen der Schatten hinter ihm konnte Sundew sein Gesicht nicht erkennen, hörte aber, wie ihm die Stimme versagte.

»Wie heißt du?«, fragte Cricket.

»Inchworm«, antwortete er. »Vom Geißelskorpionbau. Wer bist du?«

»Cricket«, stellte sie sich vor. »Zikadenbau. Wie fühlst du dich?«

Er zögerte einen Moment. »Komisch? Leer? Und ich scheine wie ein Paket zusammengeschnürt zu sein.«

»Weißt du, warum du hier bist?«

»Nein!«, stieß er hervor. »Ich weiß nicht einmal, wo ›hier‹ ist!«

»Versuche, dich zu erinnern«, bat Cricket. »Es war ein ganz normaler Tag im Geißelskorpionbau, und dann war plötzlich die Königin in deinem Kopf. Was war ihr Auftrag?«

»Ohhh«, meinte er. »Stimmt. Der Versammlungsbefehl! Ich war gerade dabei, Glowworm für die Schule fertig zu machen – Glowworm!« Er versuchte ruckartig, sich aufzusetzen, fiel aber sofort wieder zurück und wand sich in seinen Fesseln.

»Ist das dein Drachling?«, forschte Cricket nach, seine Schulter mit einem ihrer Flügel berührend. »Wir kümmern uns darum, sie in Sicherheit zu bringen, keine Sorge.«

»Sie hat auch den Versammlungsbefehl bekommen«, klagte er mit schmerzerfüllter Stimme. »Alle haben das. Ich glaube, Wasp hat den gesamten Stamm zusammengerufen. Ziehen wir in den Krieg? Mein Drachling ist da draußen … sie weiß nicht einmal, wie man kämpft! Ich muss sie finden.« Er fing erneut an, sich hin- und herzuwinden.

»Wir ziehen nicht in den Krieg«, beruhigte Cricket ihn. »Wir werden ihn beenden. Wenn ich dich losbinde, hilfst du uns dann dabei?«

»Uns?«, fragte er misstrauisch.

»Mir und den Blattflüglern«, erwiderte sie. »Du müsstest versprechen, dass du keinem Blattflügler etwas zuleide tust.«

»Ich verspreche es«, rief er schnell. »Ich verspreche es! Ich will nicht mehr kämpfen! Ich will nur Glowworm finden und wieder zurück nach Hause!«

»Das wollen wir auch«, meinte Cricket.

Sundew spürte, wie ihre vertraute Wut sie durchzuckte. Wollen wir das? Dass alle Schwarmflügler nach Hause zurückkehren und dort ihr glückliches altes Leben weiterführen, als hätten sie uns nicht beinahe ausgerottet? Wo bleibt die Strafe? Die Gerechtigkeit?

Sie wusste, was Blue sagen würde: Diese Schwarmflügler sind nicht unsere Feinde. Königin Wasp ist unsere Feindin. Konzentriere dich auf sie.

Aber die Schwarmflügler hatten von allen Verbrechen Wasps profitiert, und nie auch nur eine Kralle gerührt, um sie aufzuhalten. Sie waren ein Teil des Problems. Sie mussten ihre Lektion lernen und Reue zeigen, und nicht einfach nur so weitermachen wie bisher.

Doch sie hatte gar keine Chance, irgendetwas zu sagen – nicht, dass ihr spontan etwas eingefallen wäre –, denn schon hatte sich Cricket mit gespreizten Flügeln vor Hazel aufgestellt.

»Ich glaube, es hat funktioniert«, flüsterte sie und schob ihre Brille nach oben. »Wasp ist weg! Hawthorn, du hast es geschafft! Er ist frei!«

»Es sei denn, er tut nur so«, knurrte Nettle.

»Ich glaube nicht, dass er das könnte«, meinte Willow.

»Wasp würde nie freiwillig darauf verzichten, mich von Angesicht zu Angesicht einzuschüchtern«, pflichtete ihr Cricket bei. »Wenn sie da drin wäre, würde sie uns das wissen lassen. Können wir ihn losbinden?«

»Lasst uns erst das Gegenmittel ausliefern«, befahl Hazel mit ihrer königlichen Stimme. »Nettle, ich nehme an, du willst zurück an die Front?«

»Jaaaaa!«, zischte Nettle begeistert.

»Ich fliege auch mit«, verkündete Sundew. Sie wollte sich selbst ein Bild davon machen, womit sie es zu tun hatten. Und wenn sie das Gegenmittel tatsächlich einsetzen konnten, wollte sie sicherstellen, dass es wirkte. Außerdem wollte sie Königin Wasps Reaktion sehen, wenn all ihre Macht plötzlich verpuffte.

»Kann ich mitkommen?«, fragte Cricket. »Um nach Blue zu sehen?«

»Schön«, erwiderte Hazel. »Willow und Hawthorn, ihr helft mir dabei, herauszufinden, wie wir diesen Schwarmflügler wieder mit seinem Drachling vereinen können.

Ihr drei holt das Gegenmittel und bringt es der Königin. So schnell ihr könnt – wir wissen nicht, wann Wasp entscheidet, dass der Moment zum Angriff gekommen ist.«

Sundew spürte, wie sie sich automatisch fast verbeugt hätte, und kam sich lächerlich vor. Sie kannte Sequoia und Hazel kaum einen Tag und schien sie schon instinktiv wie echte Königinnen behandeln zu wollen. Doch dann sah sie aus dem Augenwinkel, wie Nettle dasselbe zu tun schien. Ausgerechnet Nettle! Also war ihr Verhalten vielleicht doch nicht ganz so lächerlich.

Willow ergriff eine von Sundews Vorderklauen, als diese einen Schritt zurück trat. »Sei bitte vorsichtig«, flüsterte sie ihr zu. »Vergiss nicht: Du hast mir versprochen, dass du niemals stirbst.« Sie würgte einen Laut hervor, halb Schluchzen und halb Lachen.

»Sei du auch vorsichtig«, bat Sundew, schlang ihre Flügel um Willow und zog sie an sich heran. »Ich sehe dich ganz bald wieder. Also gleich, nachdem wir die Welt gerettet haben.«

Willow lachte wieder. Dann ließen sie einander los und Sundew schwang sich in die Luft, um Nettle und Cricket zu folgen.

Der Krieg erwartete sie, und eine kleine Pflanze schien die einzige Sache zu sein, die ihn noch verhindern konnte.

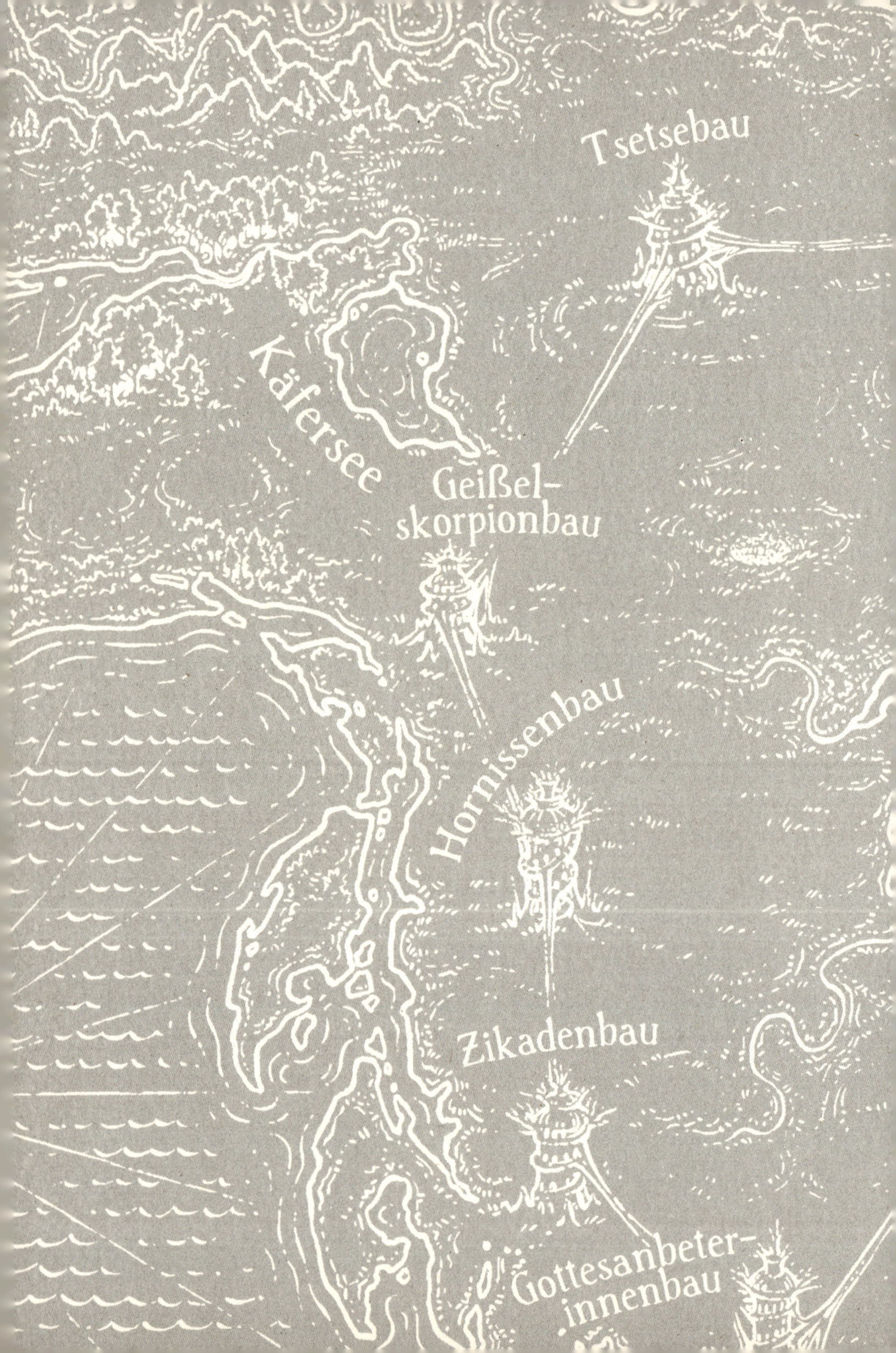
Tsetsebau
Käfersee
Geißel-
skorpionbau
Hornissenbau
Zikadenbau
Gottesanbeter-
innenbau

TEIL DREI

Blätter im Sturm

Kapitel 18

»Ich weiß etwas«, trällerte Cricket und stupste Sundews Flügel an, als sie durchs Dorf flogen.

»Du weißt viel zu viele Sachen«, konterte Sundew. »Und du darfst sie gern alle für dich behalten.«

»*Ich* weiß, wer deine wahre Liebe ist«, flüsterte Cricket. »Es ist nicht Mandrake. Ich wusste, dass er es nicht sein konnte!«

»Ja, weil ich dir das gesagt habe«, zischte Sundew. »Du bist wirklich oberclever.«

»Naja, ich wollte nur sagen, ich mag sie, und auch deinen Schnauzenausdruck, wenn sie mit dir redet.«

»MICH INTERESSIERT ES NICHT IM ENTFERNTESTEN, WAS DU MAGST!«, blaffte Sundew und landete auf einem Ast hinter Nettle. Cricket setzte hinter ihnen auf, und einen Moment lang eilten sie alle stumm weiter. »Aber danke«, grummelte Sundew schließlich.

»Ich habe es auch mitgekriegt«, kläffte Nettle urplötzlich von vorne. Sie riss ihren Kopf herum, um Sundew und Cricket böse anzustarren, bevor sie weiterlief. »Mir ist es ein *völliges* Rätsel, wie man sich in einen Saftflügler verlieben kann, oder *wann* das überhaupt passiert ist, aber das ist mir auch egal. Dich nicht zur Schwägerin zu bekommen, wäre schon phänomenal genug«.

»Ha, nicht mir dir verwandt sein zu müssen ist eines der Dinge, die ich am meisten an ihr mag!«, ätzte Sundew zurück.

Nettle schnaubte und sprang zum nächsten Baum. Als sich ein fleischfressendes Taublatt hoffnungsvoll in ihre Richtung lehnte, fauchte sie es aggressiv an.

»Sorry«, flüsterte Cricket Sundew zu. »Ich dachte nicht, dass sie mich hören kann!«

»Ich habe sehr gute Ohren«, verkündete Nettle.

»Dieses Gespräch kann jetzt gern ein Ende haben«, raunzte Sundew. Den Baumhauspalast vor Augen, eilte sie an den anderen vorbei nach vorne, schwang sich dann vom Baum in die Luft und flog in den Palast hinein. Dort hatte Tsunami mittlerweile Gesellschaft von Turtle bekommen, dem anderen Meeresflügler, der nun wesentlich besser aussah. Die phosphoreszierenden Schuppen der beiden blinkten, während sie sich über das Buch von Clearsight beugten und jede Seite aufmerksam lasen.

Als Sundew landete, kam auch Mandrake herbeigeeilt. »Hat es funktioniert?«

»Soweit wir das beurteilen können, ja«, antwortete sie. Sie stieg in die schlaufenförmig zurückgelassenen Lianengurte, die Nettle neben der Truhe hatte liegen lassen, und begann, sie sich umzubinden. »Wir bringen das jetzt zu Königin Sequoia.«

»Wir sollten ein paar hier lassen«, schlug Cricket vor, öffnete die Truhe und nahm eine Klaue voll Wurzeln heraus. Sie schaute sich kurz um und legte sie dann auf den Thron.

»Was ist mit euch?«, fragte Sundew Tsunami, während Nettle sich die anderen Enden der Lianengurte um die Schulten schlang. »Irgendwas gefunden?«

Der blaue Drache schüttelte den Kopf. »Bisher nicht viel über Pyrrhia. Aber Moon sagte *ein Geheimnis ruht in ihrem Buch …*«

»Hat sie?«, erkundigte sich Cricket. »Gehörte das zur Prophezeiung?«

»Zu dem Kauderwelsch«, murmelte Tsunami.

»Das große Geheimnis daran ist, dass die Schwarmflügler seit Jahrhunderten Lügen darüber verbreiten«, meinte Sundew. »Das muss es bedeuten: All die ›Prophezeiungen‹, die Stämme würden sich unter Wasp vereinen, waren erstunken und erlogen.«

»Ja, vermutlich«, seufzte Tsunami.

»Lasst uns gehen«, drängte Nettle und sprang ungeduldig von einer Klaue auf die andere. »Mandrake, du auch. Du bist zwar nicht gerade zu viel nütze, aber du könntest zumindest so tun, als wärst du's.«

»Tsunami«, begann Cricket zögerlich. »Das ist sehr viel verlangt, aber … könnte ich Bumblebee hier bei dir lassen?«

»ISCHNÄÄ!«, protestierte Bumblebee und klammerte sich mit ihren Ärmchen an Crickets Hals fest. »NÄNÄNÄNÄNÄÄÄÄÄ!«

»Na das wird spaßig«, kommentierte Tsunami diesen Anblick trocken.

»Bumblebee, sei vernünftig!«, schrie Cricket über ihr Gekreisch hinweg. »Da, wo ich hingehe, tobt vielleicht ein Krieg! Drachen, die sich gegenseitig abstechen! Ganz schlimme Dinge! Ich will dich dort nicht in der Nähe haben. Ich will, dass du hier in Sicherheit bist!«

»STECHSCHLIMM«, rief Bumblebee. »DUUUUSICH!«

»Ich bin ganz vorsichtig und komme bald zurück. Versprochen!« Sie löste Bumblebee von ihrem Hals, band sich die Schlinge ab und reichte sie einer extrem skeptisch dreinschauenden Tsunami.

»KNURRGESICHT!«, schrie das kleine Drachlingmädchen. »ARGHGROARGRUMPF!«

»Ich bin eigentlich ziemlich cool«, erwiderte Tsunami. »Ich leite auf meinem Kontinent eine Schule für Drachlinge. Allerdings für größere, weniger laute.«

Bumblebee schien diese Information in keiner Weise einnehmend zu finden und starrte sie böse an.

»Tschüss, kleiner Käfer!«, verabschiedete sich Sundew, als sie abhoben. »Sei lieb!«

»HAAAAA!«, brüllte ihr Bumblebee hinterher – kein gutes Vorzeichen für den Rest von Tsunamis Nacht.

Es erwies sich als extrem lästig, anstrengend und nervenaufreibend, die Truhe mit dem Gegenmittel zusammen mit Nettle zu tragen. Immer wenn Sundew versuchte, nach unten zu fliegen, flog Nettle hoch; immer wenn Sundew über einen Bach springen wollte, sprang Nettle in die genau entgegengesetzte Richtung, sodass sie beide im Wasser landeten. Glücklicherweise war die Truhe sehr robust und massiv, sonst wäre sie in kürzester Zeit zerkratzt und eingekerbt gewesen oder vielleicht sogar entzweigebrochen. Gleichzeitig war dies aber auch ein großer Nachteil, denn dadurch war sie WIRKLICH IRRSINNIG SCHWER.

Doch irgendwann – Sundew schätzte, es war fast Mitternacht – erreichten sie die Dschungelgrenze und Königin Sequoias provisorisches Lager. Dennoch hatten sie erst eine Weile danach suchen müssen. Sundew musste mit ihrem Blattgeflüster nachspüren, um herauszufinden, wo genau sich die Pflanzen am meisten über Unruhe und irgendwelche Störungen beklagten.

Hoch in den Baumkronen, zwischen ein paar Bäumen, war eilig eine riesige Plattform aufgehängt worden. Sie befand sich nahe genug an den dünneren oberen Ästen der Baumkronen, so dass das Licht der drei Monde hindurchscheinen konnte und den Großteil des Lagers beleuchtete. Sequoia und Belladonna standen in der Mitte der Plattform, erteilten Befehle und berieten sich mit einem nie abreißenden Strom herbei- und davonfliegender Drachen. Als Sundew und Nettle sich mühsam ihren Weg zu ihnen bahnten, sah Sundew, wie Sequoia ein paar Soldaten einen Befehl erteilte. Sie schauten sich an, als würden sie ihn verweigern wollen, doch dann schrie Belladonna ihnen irgendetwas Wütendes zu und sie machten sich nickend auf den Weg.

Sundew spürte auch ein reges Treiben in den Bäumen um sie herum und auf dem Dschungelboden. Ihr Blattgeflüster verriet ihr, mehrere Drachen sammelten Pflanzen, die als Waffen für einen Angriff eingesetzt werden konnten – vor allem Blasenbuschsamen und Sandbüchsenbaumfrüchte. Sie hörte, wie Drachen flüsternd Botschaften durch die Bäume schickten.

Sie seilten die Truhe auf die Plattform ab und landeten daneben. Nun bemerkte Sundew, auch Blue und Swordtail waren da – sie hatten sich in eine Ecke der Plattform gekauert, die fast gänzlich von Blättern verdeckt war, und stritten sich leise.

Ich glaube nicht, dass ich irgendwann gesehen habe, wie Blue sich streitet, dachte Sundew. Fühlte er sich von ihr verraten? Würde er ihnen immer noch dabei helfen, gegen die Schwarmflügler zu kämpfen? Sie brauchten seine Hilfe, um das Gegenmittel anzuzünden … Sundew wurde klar, bisher hatte sie seine Flammenseide als etwas Selbstverständliches angesehen – als etwas, das sie jederzeit als ihre Waffe einsetzen konnten. *Aber es ist nicht unsere Flammenseide. Es ist seine.*

Während sie ihn beobachtete, landete Cricket und rannte zu ihm. Bei ihrem Anblick strahlte sein Gesicht vor Freude.

»Was ist das?«, blaffte Belladonna und stampfte zur Truhe.

Sundew wartete, bis Königin Sequoia den Drachen entließ, mit dem sie gerade geredet hatte. Die Königin drehte sich ihr mit einem etwas angespannten und leicht ungläubigen Schnauzenausdruck zu.

»Das«, begann Sundew, »ist das Gegenmittel gegen den Atem des Bösen.« Sie legte eine ihrer Vorderklauen auf den Truhendeckel. »Hawthorn war noch am Leben. Er hat uns eine sehr interessante Version der Geschehnisse erzählt, die letztendlich zu den Baumkriegen führten, Eure Majestät.«

Mit dem Schwanz hin und her schlagend, musterte Königin Sequoia Sundews Gesicht. »Er hat wirklich ein Gegenmittel gefunden?«, wunderte sie sich.

»Das glauben wir zumindest«, antwortete Sundew zur selben Zeit, als Cricket ein »Ja!« entfuhr.

»Es heißt ›Herz der Erlösung‹«, fügte Mandrake hinzu.

Die Königin atmete langsam aus. »Dann können wir endlich für das Buße tun, was wir getan haben«, sagte sie.

Das Echo ihrer eigenen Gedanken traf Sundew wie ein Stich ins Herz. Sie hatte immer gewollt, dass die Schwarmflügler büßten … sie wollte es *immer noch*. Sie waren *so viel schlimmer* als die Blattflügler.

Aber Hawthorn und Sequoia hatten ebenfalls entsetzliche Dinge verbrochen. Die Schwarmflügler hätten recht, wenn sie wollten, dass sie bestraft würden … aber gleichzeitig unrecht, müsste der ganze Stamm der Blattflügler dafür büßen.

Also vielleicht …

Vielleicht muss ich darüber noch einmal nachdenken.

Hawthorn, Sequoia und Wasp. Ich sollte wütend auf diese drei sein – ich kann wütend auf sie sein. Ich kann gegen Wasp kämpfen, ohne den gesamten Schwarmflüglerstamm zu hassen.

Ich kann die Schwarmflügler befreien und ihr Leben verschonen, ohne meine Lebensaufgabe zu verraten. Weil Wasp unsere wahre Feindin ist: Wasp und ihre Gedankenkontrolle.

Sie zerrte sich die Lianengurte von den Flügeln und löste sie von der Truhe, um den Deckel zu öffnen. »Wir machen Folgendes«, erklärte sie. »Wir bringen diese Wurzeln zum Brodelnden Fluss und schichten sie so nahe wie möglich bei der Schwarmflüglerarmee auf – so nahe wie es uns möglich ist, an sie heranzukommen – und zünden sie dann an. Sobald sie den Rauch einatmen, drücken wir die Daumenkrallen, dass dieser Plan funktioniert.« Zögerlich wandte sie sich dann Blue zu, der nach vorn getreten war, um ihr zuzuhören.

»Das heißt, wir brauchen Flammenseide«, fügte sie hinzu. »*Wenn* Blue bereit ist, uns welche zu geben«

»Wenn er dazu bereit ist!«, fauchte Belladonna. »Wer behauptet, er hätte eine Wahl?!«

»Ich«, erwiderte Sundew und starrte Belladonna stirnrunzelnd an. »Die hat er, er ganz allein. Er gehört uns nicht, genau wie die anderen Flammenseidenflügler nicht Königin Wasp gehören. Sollten wir ihn zwingen, das zu tun, was wir wollen, sind wir genau wie sie.« Sie drehte sich wieder zu Blue um. »Aber ich hoffe, du entscheidest dich dafür, uns zu helfen«, bat sie. »Das hier ist nicht dasselbe wie das Niederbrennen eines Baus. Es soll die Schwarmflügler befreien – so, wie wir das gehofft haben.«

Cricket lehnte sich an seine Schulter und schlang ihren Schwanz um seinen. »Bitte?«, flüsterte sie.

»Natürlich werde ich das«, stimmte Blue zu. »Ich fliege sofort hin und zünde es selbst an.« Er sah Königin Sequoia an. »Aber ich will euer Versprechen, nichts von meinem Feuer zu verwenden, um damit andere Drachen zu verletzen. Ich möchte nicht in drei Tagen herausfinden müssen, dass ein Stück meiner Flammenseide abgezweigt wurde, um damit einen weiteren Bau niederzubrennen.«

Belladonna zischte und peitschte wild mit dem Schwanz, was Sundew zu dem Schluss kommen ließ, dass sie genau das vorgehabt hatte.

»Ich verspreche es«, schwor Königin Sequoia. »Belladonna?« Die Art, wie sie Belladonna anblickte, zeigte mehr als deutlich, dies war keine Frage.

»Ich verspreche es auch«, knurrte Belladonna mürrisch.

»Dann an die Arbeit«, befahl die Königin. »Heute Nacht lasse ich meine Soldaten im Schutz der Dunkelheit einen Scheiterhaufen aufschichten, während die Schwarmflügler noch stocksteif da draußen stehen. Bei Sonnenaufgang, Blue, möchte ich, dass du hinfliegst und ihn anzündest.«

»Warum nicht sofort?«, wetterte Nettle. »Warum bis Sonnenaufgang warten?«

»Weil ich ihre Augen sehen will«, erwiderte Sequoia. »Ich will sichergehen, dass es funktioniert. Mit etwas Glück wartet Wasp mit ihrem nächsten Schachzug ebenfalls bis zum Morgen, auch wenn wir bereit sein sollten, ihn jederzeit anzufachen, falls sie doch noch heute Nacht zuschlägt.«

Blue nickte mit angsterfülltem Gesicht.

»Ich helfe beim Aufschichten des Scheiterhaufens«, bot Sundew an.

»Nein.« Die Königin legte einen Flügel auf Sundews Schulter. »Ich will, dass du dich ausruhst.«

»Ausruhst!«, protestierte Sundew. »In der Nacht vor einem Krieg?! Oder Nicht-Krieg, was auch immer passieren wird«, berichtigte sie sich und warf einen kurzen Blick auf Cricket.

»Ja, ganz genau«, insistierte die Königin. »Du warst den ganzen Tag unterwegs, und davor mehrere Tage hintereinander. Du musst jetzt schlafen, denn gleich morgen früh möchte ich, dass du dir ein paar dieser Wurzeln nimmst und noch mehr vom Herz der Erlösung wachsen lässt. Wir brauchen alles, was wir bekommen können. Da draußen warten Tausende Schwarmflügler.«

Sundew zögerte, versuchte, zu widersprechen … Doch da legte sich die Erschöpfung bleischwer über sie und ihre Augenlider fühlten sich an, als wären sie mit Sonnentausekret zusammengeklebt. Es war ein sehr langer Tag gewesen; mehrere sehr lange Tage.

Und irgendwie war es auch ein seltsam angenehmes Gefühl, dass sich jemand um sie sorgte und sich um sie zu kümmern schien. Sie konnte sich nicht daran erinnern, je von Belladonna gehört zu haben, dass sie Schlaf brauchte.

»Gut, aber nur kurz«, willigte sie ein.

Sie nahm ein paar Wurzeln aus der Truhe und steckte sie in eines ihrer Täschchen. Den Rest trugen Sequoias Soldaten weg, durchs Blätterdach hinaus und weiter hinunter zum Schlachtfeld. Sundew fühlte eine merkwürdige Unruhe, als sie sie davonfliegen sah. Die Bäume waren besorgt, konnten ihr aber nicht sagen, warum. Das brachte ihr Blattgeflüster völlig durcheinander und umwand jeden ihrer Gedanken mit einer Ranke der Besorgnis.

Wird das wirklich funktionieren?

Was, wenn etwas mit dem Gegenmittel passiert?

Was, wenn Wasp herausfindet, was wir vorhaben, und es schafft, vorher alles zu zerstören?

Und was, wenn wir es schaffen, die Schwarmflügler von der Gedankenkontrolle zu befreien, sie sich aber trotzdem dafür entscheiden, für sie zu kämpfen? Dann würde es morgen wirklich Krieg geben. Einen Krieg, bei dem die Drachen, mit denen Sundew aufgewachsen war, an vorderster Front stünden; dort, wo ihnen die Waffen einer ganzen Armee von Schwarmflüglern entgegenstarrten.

Ihr ganzes Leben hatte Sundew damit verbracht, wütend auf die Schwarmflügler zu sein, weil diese versucht hatten, ihren Stamm auszurotten … Doch noch nie hatte sie so eine Bedrohung gespürt oder darüber nachgedacht, was passieren könnte, wenn sie dies noch einmal versuchten. Sie war wegen Drachen wütend gewesen, die vor einem halben Jahrhundert ihr Leben verloren hatten. Jetzt aber stellte sie sich ihre Freunde, ihre Stammesbrüder und -schwestern und ihre Eltern als Angriffsziele vor, und plötzlich ahnte sie schmerzhaft und intensiv, was Sequoia und Willow gefühlt hatten, und warum sie einen neuen Krieg so scheuten.

Aber wir können ihn immer noch verhindern, hoffte sie, betete sie, als sie in ein geschütztes Eckchen im Geäst kletterte und sich neben Cricket und Blue legte. *Wenn das Gegenmittel wirkt.*

Bitte lass es wirken.

Sie schloss die Augen und fiel in einen unruhigen Schlaf.

Kapitel 19

Sundew erwachte noch vor der Dämmerung mit Herzrasen. Sie konnte sich nicht mehr richtig an ihre Träume erinnern, nur an so ein Gefühl, als krabbelten überall auf ihr Insekten herum. Wespen vielleicht – Abertausende Wespen mit unendlich leeren Augen.

Sie rutschte von Cricket und Blue weg, die immer noch schliefen, ineinander verflochten wie verschlungene Ranken. Swordtail lag ausgestreckt und schnarchend an Blues anderer Seite.

Die Äste wackelten beim Hinaufklettern zur Baumkrone, die im Wind hin- und herschwankte. Dort oben konnte sie den Ozean riechen und die Schreie der Möwen und Raubvögel hören, die hoch über ihr kreisten. Weg vom einstürmenden Lärm der Dschungelpflanzen nahm sie über ihr Blattgeflüster nun das entfernte Murmeln des Savannengrases wahr.

Doch an diesem Morgen gab es da noch andere Geräusche und Gerüche. An diesem Morgen roch sie Drachen, hörte das Scharren Hunderter Klauen, spürte, wie die Pflanzen unter ihnen zerquetscht wurden und um ihr Leben kämpften.

Und von dort aus, ganz weit oben in der Baumkrone, konnte sie sie sehen – endlose Reihen von Schwarmflüglern, die sich in der Ebene am anderen Ufer des Brodelnden Flusses bis zum Horizont erstreckten: Schuppen in Orange, Gold und Schwarz, flatternde, durchscheinende Flügel, jeder Drache auf Position und in exakt gleichem Abstand zum nächsten. Sie erschienen fast zu gleichförmig und wie dahingestellt, um echt zu sein – doch sie waren echt. Der Schwarmflüglergefangene hatte recht gehabt: Es schien, als hätte Wasp jeden einzelnen Schwarmflügler des gesamten Stammes herbeordert.

Sie hofft, uns mit einem einzigen Schlag auslöschen zu können, wurde es Sundew schlagartig bewusst. Sie wird alles auf uns hetzen, was sie hat. Sie will das noch heute erledigen.

Uns erledigen.

»Grauenerregend, oder?«

Sundew drehte sich abrupt um und erblickte Mandrake, der auf einem anderen Ast ganz in der Nähe hockte. Seine Augen sahen müde aus und sie fragte sich, ob er wohl auch so schlecht geschlafen hatte wie sie, oder vielleicht gar nicht.

»Wir halten sie auf«, knurrte sie. »Das müssen wir.«

Der Himmel tönte sich langsam in ein blasses Grau, durchzogen von rosafarbenen Streifen. Bald würde die Sonne über dem Horizont hinter Sundew hervorblitzen.

Falls wir heute doch alle sterben sollten …

»Mandrake«, begann sie. »Ich werde dich nicht heiraten.«

»Ich weiß«, erwiderte er und schenkte ihr ausnahmsweise ein echtes Lächeln. »Das habe ich schon immer gewusst.«

»Wirklich?«, wunderte sie sich. »Es hat nichts mit dir zu tun. Du bist einer der wenigen Drachen, die ich tatsächlich mag. Aber du bist nicht Willow. Und sie ist der einzige Drache, den ich heiraten will.«

»Ich hoffe, das wirst du auch«, meinte er. »Ich hoffe, das Gegenmittel wirkt. Ich hoffe, diese entsetzliche Sache endet hier und jetzt, und wir können danach bis zum Ende unserer Tage glücklich und zufrieden leben.«

Sein Lächeln verschwand, als er seinen Blick wieder auf die riesige Armee unter ihnen richtete.

Sundew spähte zum Fluss hinunter und hielt Ausschau nach dem Scheiterhaufen. Von hier oben sah er erbärmlich klein aus, vor allem im Vergleich zu den Tausenden Schwarmflüglern.

»Sieht das für dich nach genug Gegenmittel aus?«, fragte sie ihn.

Er schüttelte den Kopf und schaute düster. »Nein. Nicht mal ansatzweise.«

Es wird nicht reichen. Der Rauch erreicht vielleicht die ersten paar Soldatenreihen … aber dahinter stehen immer noch Tausende mehr, die Wasp weiterhin voll unter ihrer Kontrolle hat.

Tausende mehr, die sich auf uns stürzen werden.

Panik durchströmte sie wie eine Dosis plötzlich injiziertes Gift.

»Ich werde mehr wachsen lassen«, flüsterte sie. »Komm mit und hilf mir!«

Nickend folgte er ihr. Sie kletterte den Baum hinunter, bis sie eine größere Lücke zwischen den Ästen fand, wo sie ihre Flügel spreizen und zum Dschungelboden hinabsegeln konnte.

Hier unten herrschte tiefe Dunkelheit. Sundew ließ ihr Blattgeflüster tief in die Erde hinab- und die Wurzelsysteme entlangwandern, bis sie Wasser fand – einen kleinen Strom, einen Nebenarm des Brodelnden Flusses. Hier wäre der beste Ort, um mehr vom Herz der Erlösung wachsen zu lassen, hier im Schlamm neben dem Flussufer, wo die feuchte Erde das Wachstum fördern würde.

Über sich hörte sie knackende Äste. Sie blickte auf und sah Cricket, die sich ihren Weg nach unten bahnte und sich dabei an jeder Liane und jedem Spinnennetz festhielt. Mandrake sprang aus dem Weg, als das Schwarmflüglermädchen unbeholfen auf den Boden plumpste. Sie sprang zurück auf die Beine und schüttelte sich.

»Du musst nicht mitkommen«, meinte Sundew.

»Doch«, erwiderte Cricket. »Ich kann beim Tragen der Wurzeln helfen! Ich kann sie ernten, während du mehr davon wachsen lässt! Außerdem möchte ich wirklich gern dabei zusehen. Als du den Traubenkirschbaum wachsen ließest, habe ich davon fast nichts mitgekriegt. Das ist bestimmt total faszinierend! Also aus wissenschaftlicher Sicht. Ich wünschte, ich könnte Pflanzen zum Wachsen bringen, nur indem ich an sie denke!«

»Na, das Ganze ist schon ein bisschen komplizierter«, erklärte Sundew. »Aber gut, dann komm eben mit.«

Sie eilten durch den Dschungel, bis sie den Strom erreichten, der sich, über glattgespülte Steine plätschernd, zwischen kleineren Kannenpflanzen dahinwand. Lange, fedrige Farne beugten sich über das Wasser, als wollten sie es stehlen und ganz für sich allein haben.

Sundew fand eine Stelle mit schlammiger Erde, grub ein Loch und pflanzte ein Wurzelstück ein. In der dunklen, feuchten Erde wirkte es blass und gespenstisch, wie eine Larve, aus der Tiefe der Erde nach oben gespült, oder der spukende Geist einer echten Pflanze. Beim Eingraben konnte sie noch lange einige Stellen ihrer weißen Schale erkennen, die durch die Erde hindurchblitzten, bis sie schließlich komplett mit Erde bedeckt war.

Mandrake nahm sich ein anderes Stück und lief damit etwas weiter stromaufwärts, um dasselbe zu tun, während Cricket bei Sundew blieb. Sie hatte sich hingesetzt, ihren Schwanz um ihre

Hinterläufe geschlungen und beobachtete Sundew neugierig. Überraschenderweise verhielt sie sich klug und blieb still, als Sundew ihre Krallen in der Erde vergrub, ihre Augen schloss und sich voll und ganz auf ihr Blattgeflüster konzentrierte.

Hallo, kleine Pflanze. Wir brauchen deine Hilfe.

Hmmm, murmelte die Wurzel leise zurück.

Du willst wachsen, beschwor Sundew sie. *Lass mich dir dabei helfen. Du wirst groß und wild und bildest viel mehr Wurzeln, als du überhaupt brauchst …*

Wachsen wild wuchern weit … antwortete die Pflanze und streckte ihre Triebe aus wie ein zusammengekrümmter Tausendfüßler, der sich langsam aufrollte. *Weit wachsen wild wuchern …*

Da gab es irgendeine Art von Blockade zwischen Sundew und dieser Pflanze: Sie konnte sie zwar erreichen, aber nicht ganz mit ihren Gedanken umfangen. Sie fühlte, wie sie wuchs, doch sie konnte keine direkte Verbindung zu ihrer innersten Stimme aufbauen. Es war, als hörte sie nur eine Art Resonanz, von irgendeiner anderen Fläche zu ihr zurückgeworfen. Es ließ sich schwer beschreiben … ähnlich einem Geräusch knapp außer Reichweite, bestimmt erkennbar, wenn sie ihm nur ein bisschen näher käme.

Komm heraus, dachte Sundew sie herbei. *Komm her. Lass mich dich sehen.*

Die Antwort der Pflanze fühlte sich wie ein Blätterrascheln in den hintersten Ecken ihres Gehirns an. *Jaaaaaa*, flüsterte sie, *jaaaa, komme, wachse, treibe, wuchere …* und dann wurde sie plötzlich laut wie ein Wasserfall.

JAAAAA HIER JETZT, dröhnte sie, während ihre Triebe aus der Erde schossen und sich überall um sie herum ausbreiteten.

Urplötzlich wich Sundew zurück. Noch vor ihren Augen hatte ihr Blattgeflüster sie erkannt. Sundew starrte entsetzt auf die Ranken, die immer weiter wuchsen, sich ausbreiteten, in ihrem Kopf *lachten* – rotgrüne Blätter, die sich auffalteten, mit weißen Blüten und bösartig funkelnden Augensamen.

Das Gegenmittel war keine neue Pflanze. Es gab kein »Herz der Erlösung«.

Sie starrte auf den Atem des Bösen.

Kapitel 20

»Mandrake, stopp!«, schrie sie.

Zu spät, zu spät, summte die Pflanze. *Wuchere wachse weit wild erobere verschlinge alles meins* … Die Ranken hatten aufgehört, weiter aus dem Boden zu sprießen, als Sundew ihre Verbindung kappte, waren aber bereits riesig und bedeckten das Ufer des Stroms. Cricket wäre beinahe von ihnen umschlungen worden, hatte aber gerade noch in die Luft springen können. Jetzt flatterte sie mit vor Entsetzen weit aufgerissenen Augen über ihnen auf der Stelle und presste sich die Klauen vors Maul.

Mandrake taumelte zu Sundew zurück. Sie sah, auch sein Wurzelstück hatte ausgetrieben; zwar nicht so stark wie ihres, aber dennoch genug, um eindeutig zu erkennen, was da gerade wuchs.

»Was ist das?«, fragte Mandrake mit klagender Stimme. »Das sieht genauso aus wie der Atem des Bösen! Sundew, was ist hier los?«

»Wir wurden hereingelegt«, zischte sie. »Glaube ich. Ich weiß es nicht! Warum würde irgendjemand – ? Aber sieh es dir doch an. Das Gegenmittel ist eine *Lüge*.«

»Vi-Vielleicht nicht?«, stammelte Cricket über ihnen. »Vielleicht könnte ein anderer Teil der Pflanze ein Gegenmittel für den Rest … nein, das ergibt keinen Sinn. Vielleicht ist Hawthorn durcheinander gekommen und hat uns das Falsche gegeben?«

»Nein«, schnaubte Sundew. Sie hatte das Gefühl, festgewachsen zu sein – als hätte die Pflanze sie hypnotisiert. »Er wusste, was er tat. Ich verstehe nur nicht, warum.« Noch einmal versuchte sie zaghaft, die Pflanze über ihr Blattgeflüster zu erreichen. Wenn sie verstünde … wenn sie mit ihr redete, könnte sie sie vielleicht in ein Gegenmittel *verwandeln*? Vielleicht war es ja genau das, was Hawthorn getan hatte.

Aber sie konnte nichts Heilendes an ihr finden. Sie fühlte sich genauso bedrohlich wie der Atem des Bösen im Nest der Vipern an – sogar noch viel schlimmer als der in Königin Wasps Gewächshaus. Beim Versuch, die Pflanze mit ihrem Geist zu durchdringen, griff stattdessen diese nach ihr und schien ihr ihre eiskalten Triebe ins Gehirn zu bohren, sodass sie diesen Versuch schnell abbrach.

»Wir müssen Königin Sequoia warnen«, rief Sundew. »Sie muss erfahren, dass es nichts bringt, die Wurzeln zu verbrennen.«

»Aber Inchworm – «, stammelte Cricket. »Er war geheilt! Bei ihm hat es doch gewirkt!«

»Vielleicht war er das nicht«, entgegnete Sundew. Plötzlich spürte sie eine neue, kalte Angst in ihr aufsteigen. Sie fühlte sich an, als würde sich ihre Haut von innen nach außen stülpen. Sie hatten Inchworm bei Hazel und Willow gelassen. Wenn Wasp immer noch in seinem Kopf war …

»Wenn das Gegenmittel nicht wirkt, ist Blue der erste Drache, auf den sie sich stürzen werden«, schrie Cricket mit panischer Stimme. »Er ist da draußen; dort, wo ihn alle sehen können!«

»Wir werden sie aufhalten«, versprach Sundew und schwang sich in die Luft. »Mandrake, du bleibst hier und vernichtest all diese Ranken. Und damit meine ich *wirklich* vernichten.«

»Das kann er gern versuchen«, ertönte plötzlich eine Stimme vom anderen Ufer des Stroms. »Aber es wird nicht viel ändern. Während wir hier reden, breiten wir uns gerade im ganzen Dschungel aus.«

Hawthorn stand da drüben und schlug mit seinem Schwanz die Kannenpflanzen von sich weg. Neben ihm befand sich Willow, mit einer Drachenbissschlange um ihren Hals gewunden, ihre Giftzähne bleckend. Willows rehbraune, gleichzeitig erschrocken und trotzig blickenden Augen waren auf Sundew gerichtet.

Sundew fauchte und vollführte eine ruckartige Vorwärtsbewegung, doch Hawthorn hob nur eine Klaue und ließ ein herablassendes »Ah-Ah-Ah!« ertönen. Allein für dieses Geräusch hätte sie ihn töten können, doch dafür, dass er Willow bedrohte, würde sie ihn *definitiv* töten.

»Wenn du sie verletzt«, knurrte Sundew. »Wenn du es *wagst* –«

»Ja ja, ich weiß«, ätzte er. »Dann wirst du mir etwas ganz Furchtbares und Brutales antun. Aber dann wird es schon zu spät sein, weil sie schon längst tot ist. Also warum bleibst du nicht einfach auf deiner Seite des Flusses. Wir unterhalten uns ein bisschen, dann überlebt sie das hier vielleicht, mehr oder weniger. Du da auch, kleine Mücke. Und du, du Blattflüglerpfeife, ich kann dich immer noch sehen; denk nicht mal dran, dich wegzuschleichen.«

Sundew sank zurück auf den Boden; Cricket und Mandrake ließen sich neben ihr nieder. Sowie die drei auf dem Dschungelboden aufsetzten, glitten die Ranken des Atem des Bösen immer wieder um sie herum, schlangen sich um ihre Klauen und fesselten sie an Ort und Stelle, sodass sie sich nicht mehr rühren konnten.

»So«, seufzte Hawthorn. »Es würde ja alles verderben, solltet ihr losfliegen, um Königin Sequoia zu warnen. Mein ganzer genialer Plan, ruiniert von einem idiotischen Trio? Wohl kaum.«

»Was für ein genialer Plan?«, blaffte Sundew. »Du hast uns also dazu gebracht, einen Haufen Wurzeln verbrennen zu wollen – ganz toll! Wenn du glaubst, das heißt, Königin Sequoia wäre deshalb nicht auf Wasps Angriff vorbereitet, bist *du* der Idiot. Sie wird vorbereitet sein; auch, wenn das Feuer nichts bringt. Wir sind stärker als du glaubst, und dieser Dschungel auch!«

Hawthorn kicherte böse. »Oh, ich weiß genau, wie stark dieser Dschungel ist. Schließlich ist er schon seit Tausenden von Jahren mein Zuhause. Ich stand so kurz davor, endgültig ausgerottet zu werden, nach so vielen vergeblichen Versuchen … doch dann kam Hawthorn des Weges und rettete mich. Dämliche allerliebste Drachenhülle. Er war so hilfreich. Ich denke, ich behalte ihn für immer, oder wenigstens so lange, bis seine Knochen verrotten und ich ihn nicht mehr bewegen kann.«

Es wurde totenstill. Es war eine entsetzliche, grauenhafte Stille, als wären sie in eine Drachenfalle gestürzt, die gerade ihren Kiefer zuschnappen ließ. Sundew konnte nicht mehr atmen. Sie konnte nicht mehr denken. Sie konnte nur in Willows grauenerfüllte Augen sehen, während ihr Puls hämmerte *wie rette ich dich, wie rette ich dich, wie rette ich dich* davor?

»… Was?«, stieß Mandrake schließlich hervor.

»Ist Hawthorn – bist *du* nicht Hawthorn?«, wollte Cricket wissen.

»He he«, stieß der Drache vor ihnen mit einem höhnischen Keuchen aus. »Die äußere Hülle ist Hawthorn, ja. All die Jahre glaubte er, er hätte die Kontrolle. Er dachte, ich wäre nur eine der Stimmen in seinem Kopf, sein wunderbar geschnitzter Samen, der einfach nur zurückflüsterte.« Er zog die Schnitzerei hervor, die Sundew für ein Ei gehalten hatte. *Aber natürlich sollte das ein Samen sein. Der Samen des Atem des Bösen.*

Hawthorn umschloss den Samen mit seinen Klauen. »So ein schlauer Wissenschaftler. Musste seine Experimente leider an sich selbst durchführen, armer Kerl. Nicht auszudenken, was er herausgefunden hätte, hätte er es an anderen Testobjekten ausprobieren können. Welch Glück für mich, dass er das nicht vermochte.«

Die Ranken um Sundews Klauen zogen sich zusammen.

»Wasp«, knurrte sie. »Also warst du hier, in unserem Dschungel, die ganze Zeit. Du wusstest, dass es uns noch gab.«

Hawthorn warf seinen Kopf zurück und lachte – ein grauenerregendes, glitschiges Lachen, das kalte Vibrationen durch Sundews Geist und Körper jagte.

»Wasp, *ernsthaft?!*«, keuchte er schließlich, als er wieder Luft bekam. »Nein, nein, nein. Sie ist eine gute Verbündete, durch und durch pures Gift, aber letztendlich ist auch sie nur meine Marionette. Ich habe sie all ihre grausamen Dinge tun lassen, weil es mich amüsiert hat. Aber eines Tages wird sie mitbekommen, dass ich ihr Hirn ausgehöhlt habe und sie nicht mehr Macht besitzt als der niedrigste Wurm unter ihren Untertanen.«

»Wer bist du dann?«, platzte es aus Cricket heraus.

Hawthorns Gesicht wurde völlig regungslos, aber seine Augen begannen, weiß-grün-weiß-grün zu flackern.

»Ich bin die rechtmäßige Besitzerin dieses Kontinents!«, knurrte er mit tiefer Stimme. »Er gehörte mir, alles davon, jedes Insekt, jedes Blättchen und jedes Sandkorn. Ich herrschte über alles. Und dann kamt *ihr* mit euren überdimensionalen Gehirnen und euren schwerfälligen, zerstörerischen Klauen und eurem Feuer. Und habt ihn *mir gestohlen.*

All diese Jahrtausende habe ich ausgeharrt, um mein Zuhause wieder in Besitz zu nehmen und euch vernichten zu können. Ich habe auf meinen Moment gewartet und meine Rache geplant. Auch wenn ich eingekesselt und tief im Dschungel gefangen war, wusste ich, eines Tages würde ich die Möglichkeit dazu haben. Ich hatte keine Ahnung, wie einfach es schlussendlich sein würde. Ihr dummen, stumpfsinnigen Drachen! Ihr habt nach mir gesucht! Habt mich an eure Feinde verfüttert! Habt mich wuchern und euch in Besitz nehmen lassen! Bald wird jeder einzelne von euch mir genauso wenig Probleme bereiten wie meine gehorsamen kleinen Schlangen hier.«

»Ich werde immer Probleme machen«, zischte Sundew. »Du kannst die Blattflügler nicht kontrollieren, und auch bei mir wird dir das niemals gelingen!« *Oder dir*, versuchte sie Willow mit ihren Augen zu sagen.

»He he he«, krächzte Hawthorn erneut und grinste dabei so breit, als würde sein Maul gleich in zwei Teile gerissen. »Du bist so lustig dumm. Bist tatsächlich noch nicht auf den nächsten Teil meines Plans gekommen, hä? Mal sehen, wie erklär ich's am besten … ›Wenn das Feuer nichts bringt.‹ Aber *natürlich* bringt das Feuer was, du morscher Zweig.«

Cricket japste. Sie hatte es offenbar schneller erraten als Sundew.

»Was? Was bringt es denn?«, fragte Mandrake.

»Nun, Hawthorn hatte wirklich sehr mächtige Blattgeflüsterkräfte«, gab das Ding in dem Drachen zu, der sie anstarrte. »Er hätte es fast geschafft, mich in einen Käfig zu sperren. Er nutzte die Schwäche eines meiner kleineren Triebe aus, der alles dafür getan hätte, zu überleben. Er hat mich über ihn tatsächlich so umprogrammiert, dass ich nur bei Schwarmflüglern wirke. Penetrantes Monster.« Er stach sich plötzlich selbst in den Hals und gluckste, als Blut aus seiner Wunde sickerte. »Aber besser als nichts, ich konnte damit arbeiten. Für den Anfang war es nicht schlecht, aber nicht das, was ich brauchte. Nicht das, was ich *wollte*. Ich wollte *alle*.

Als ich also endlich Besitz von ihm genommen hatte, sorgte ich dafür, dass er mich wieder umprogrammierte. All seine kleinen, mich einschränkenden Fesseln sind nun weg. Und jetzt … hole ich mir, was ich will.«

Er spreizte die Flügel, schloss die Augen und atmete tief ein.

»Das Feuer ist angezündet worden«, murmelte er. »Der Rauch steigt auf. Sie atmen ihn ein und mich mit ihm. All diese braven Blattflügler, die zum Kämpfen bereit sind. Oh, da ist deine Mutter, Sundew. Die Königin gehört mir auch bald. Nur schade, dass die Chrysalis es nicht rechtzeitig hergeschafft haben … aber die schnappe ich mir auch noch. Jetzt gehören mir erst einmal diese beiden süßen Seidenflügler, die ich infizieren kann.«

»Blue«, flüsterte Cricket, und Tränen rannen ihr über die Schnauze.

Und Swordtail.

Und Königin Sequoia. Nettle. Belladonna. Wolfsbane.

Diese armen Drachen.

Eine dornenscharfe Wut stieg in Sundew auf. Sie war in ihrem gesamten Leben noch nie so wütend gewesen. So sehr, dass die Ranken um sie herum eigentlich in Flammen aufgehen müssten; so, als wäre sie eine weißglühende Sonne, bereit, gleich den ganzen Dschungel in Brand zu stecken. In Gedanken versenkte sie ihre Krallen in ihrer Wut, hielt sie fest und ließ sie wachsen. Ihre Wut würde sie hier herausholen. Ihre Wut war ihre Waffe, und jetzt wusste sie endlich, worauf sie sie richten musste.

»Nächste wichtige Frage«, raunzte das Ding in Hawthorn. »Wen von euch soll ich zuerst infizieren?«

Kapitel 21

»Na kommt schon«, schnurrte Hawthorn, als ihm niemand antwortete. »Macht es euch ein bisschen leichter. Esst ein kleines Stück Wurzel oder einen Samen, und all eure Sorgen sind verschwunden! Würde euch das nicht gefallen? Wer will zuerst?«

Sundew und Willow hielten sich mit den Augen aneinander fest. Die Giftzähne der Schlange befanden sich so nah an Willows Hals. Was Sundew auch probieren würde – bei der kleinsten Bewegung würde die Schlange zubeißen, und Willow wäre verloren. Auch wenn es ihr gelänge, Hawthorn in nur einer Sekunde zu töten – was unwahrscheinlich war – war sie sich nicht sicher, ob sie die Schlange aufhalten könnte. Nach ihrer Einschätzung kontrollierte das Ding, das über alle Drachen herrschte, auch die Schlangen.

Auch wenn ich Hawthorn tötete … oder sogar Wasp … würde das wohl nicht ausreichen, um es aufzuhalten.

Willow blinzelte einmal, dann zwei-, dann dreimal. Sie rollte ihre Augen langsam nach oben und dann nach links, zu dem Schlamm zwischen ihr und Hawthorn. Dann warf sie Sundew einen bedeutsamen Blick zu.

»Warte, vorher habe ich noch ein paar Fragen«, plapperte Cricket plötzlich los. »Warum sind deine Augen nicht weiß, wie die der von Wasp kontrollierten Drachen? Oder deine Stimme; warum ist sie nicht extra-merkwürdig, wie die von Wasp, wenn sie durch einen anderen Drachen spricht?«

Sundew ließ ihren Blick zu Cricket wandern und tat so, als hörte sie ihr zu. In Wirklichkeit konzentrierte sie sich aber voll auf ihr Blattgeflüster. Sie musste es an dem gruseligen Gewirr des Atem des Bösen vorbeilenken, durch die Erde um es herum und darunter hindurch. Ihr Bewusstsein glitt aus dem Nest der Vipern hinaus, über den Strom und vorsichtig zwischen den Wasserfällen hindurch.

Der Schlamm zwischen Willow und Hawthorn … Was hatte Willow da gesehen? Was konnte Sundew ihrer Meinung nach helfen? Die Kannenpflanzen hier waren zu klein, um einen Drachen zu verschlucken; sie mussten sich mit Insekten, Fröschen und gelegentlich hineinstürzenden kleinen Äffchen zufrieden geben, worauf sie sich auch viel einbildeten. Weißt du, was *ich* heute gefressen habe? Ha, weißt du, was *ich* gefressen habe? Sie waren selbstgefällig und aufgeblasen, wie alle Kannenpflanzen überall im Dschungel. Könnte Sundew sie riesengroß machen, würden sie Hawthorn oder die Schlange dennoch nicht für sie angreifen können. Sie fingen ihre Beute, indem sie einfach nur mit aufgesperrten Mäulern dasaßen und warteten.

Sundew suchte weiter und fand Pilze, Seerosen und Pfeilwurz – nichts, was ihr irgendwie nützen würde.

Moment …

Zwischen den Kannenpflanzen steckte ein winziger Trieb in der Erde. Normalerweise würde er keinen weiteren Mondzyklus überleben; die selbstgefälligen Pflanzen um ihn herum würden ihn verdrängen und all seine Beute stehlen, bis er einginge.

Doch Sundew könnte das Pflänzchen retten, und es würde im Gegenzug vielleicht sie retten. Allerdings musste sie genau treffen … und schnell sein.

Hawthorn erklärte Cricket gerade etwas über Zellen und Pilze. Etwas über die Wirte (oder Spielzeuge) von Wirten, die weiße Augen hatten, aber nicht die Wirte selbst waren. Cricket stellte eine weitere, noch wissenschaftlichere Frage. Ob sie nun ahnte, was Sundew vorhatte, oder nicht – sie versuchte, Zeit zu schinden.

Hallo, wunderschönes Pflänzchen, flüsterte Sundew mit nur einem Hauch ihres Blattgeflüsters. Sie wollte nicht, dass das *Ding* mitbekam, was sie tat. Sie wäre wahrlich nicht überrascht gewesen, könnte es andere Blattgeflüstergespräche mithören.

Oh, begriff sie plötzlich. Das war es, was ich von den Bäumen gehört habe. Sie haben den Atem des Bösen gespürt und sich gegenseitig vor der Gefahr gewarnt, aber Hawthorn hat sie mit seinem eigenen Blattgeflüster übertönt und ihnen vorgemacht, alles sei gut. Er hat sie und mich verwirrt.

Frllp, zwitscherte die kleine Pflanze mit mickrigem Stimmchen.

Wärst du gerne größer?, fragte Sundew sie in ihrer Sprache zurück. Sie schickte ihr Visionen, wie der Sonnenschein durch ihre Blätter drang, alle Kannenpflanzen sich vor ihr verneigten und sie die erste Wahl unter den Beutetieren hatte, die vorbeiliefen. Alle Tiere, die sie nur fressen konnte.

Ooooooooh, murmelte die Pflanze.

Ich kann dich stark machen, flüsterte Sundew, *und groß und mächtig – du müsstest nur etwas fressen.*

Sie zeigte ihr die Schlange. Wie glatt sie sich anfühlte, welche zuckende Gefahr von ihr ausging! Sie sah vom Trieb aus betrachtet sehr verlockend aus!

Oooh gern fressen das ja bitte gib, antwortete die Pflanze ungefähr.

Sie gehört dir. Nimm sie dir. Schnell … JETZT! Sundew ließ all ihre Kraft durch die Wurzelsysteme, die mit der Schlange verbunden waren, fließen, und erfüllte die kleine Pflanze mit Energie.

Ein Bataillon Sonnentautentakel entsprang dem Boden neben Hawthorns Klauen und leuchtete genauso rot und grün wie der Atem des Bösen im Sonnenlicht. Der Sonnentau schoss nach oben und seine Tentakel wurden blitzartig so dick wie Anakondas. Einer davon raste direkt auf die Schlange um Willows Hals zu.

Die klebrigen Tropfen hafteten sich gleichzeitig an Schwanz, Körper, Kopf und Maul der Schlange, die ruckartig in die Luft gerissen wurde. Sie zappelte wütend und schnappte nach den klebrigen Tentakeln, doch der Sonnentau zog sie noch fester an sich und rollte sich so schnell ein wie die Zunge eines Frosches, der gerade eine Fliege gefangen hatte.

Oder einen Grashüpfer.

»Wie kannst du es wagen!«, donnerte Hawthorn.

Mehrere Sonnentautentakel hatten sich, als sie aus dem Boden schossen, auch um ihn gerankt, doch Sundew erkannte, wie er sie mit seinem eigenen Blattgeflüster abwehrte. Ein paar von ihnen ließen von ihm ab und griffen stattdessen nach Willow, die zurückwich.

Nein!, befahl Sundew. *Esst den großen. Den infizierten. Lasst die andere. Ich habe euch geholfen; hört auf mich.*

Laut stark laut, wimmerte der Sonnentau. *So laut Schmerz.*

Sogar mit Sundews Unterstützung würde der Sonnentau bald aufgeben; er war einfach kein aggressiver Beutegreifer. Sie musste Hawthorn mit etwas anderem bekämpfen. Außerdem schnürten sich ihre Rankenfesseln nun immer fester um sie.

Sich hektisch umblickend, sah Sundew mit Entsetzen, dass eine der Ranken schon Crickets Bein hinaufgeklettert war, sich um ihren Hals schlang und festzurrte. Cricket versuchte, sie mit ihren Flügeln wegzuschlagen, atmete aber schon in abgewürgten Japsern.

»Vielleicht brauche ich keinen weiteren Schwarmflügler«, knurrte Hawthorn. »Vor allem keinen *heimtückischen und neugierigen*, der *einfach nicht die Schnauze hält.*«

»Lass sie gehen!«, schrie Sundew. »Ich bin die, die dir Probleme bereitet! Kämpf gegen mich, nicht gegen sie!«

»Das weiß ich«, knurrte das Ding. »Aber du bist nützlich für mich. Ich werde dein Blattgeflüster benutzen, um mir meinen Kontinent zurückzuholen. Mit dir und Hawthorn – und ich schätze diesem mickrigen Wurm da«, fügte er hinzu und deutete auf Mandrake, »können wir uns in nur ein paar Tagen in ganz Pantala verbreiten.«

»Das glaube ich nicht«, erklang Willows Stimme von oben.

Hawthorn wollte nach oben schauen, war aber etwas zu langsam, um den riesigen, drachenschwanzlangen Dorn in ihren Klauen zu sehen.

Zu langsam und immer noch zu sehr in Sonnentautentakeln verheddert, um sich zu bewegen, zu kämpfen oder zu fliehen.

Willow rammte das spitze Ende des Dorns in seinen Halsansatz.

Hawthorn fiel zu Boden und war auf der Stelle tot, während die Ranken des Atem des Bösen vor Wut aufschrien.

Kapitel 22

Willow ließ den Dorn fallen und richtete sich auf. Ihre Flügel schlugen heftig und sie presste sich die Klauen vor die Schnauze.

»Willow!«, schrie Sundew. »Hilf Cricket!«

Die Ranken kochten vor Wut und zuckten in zorniger Verwirrung. Sundews Blattgeflüster verriet ihr ihre Fassungslosigkeit über den plötzlichen Verlust von Hawthorn. Sie verhielten sich wie Arme, die, von einem Oktopus abgeschnitten, immer noch nach Beute griffen. Sie hatten ihr Gehirn verloren, aber sie waren immer noch mörderisch. Sundew war sich sicher, dieses »Gehirn« hielt sich trotz des toten Hawthorn noch irgendwo da draußen auf.

Willow schnappte sich einen Ast vom Boden und flog zu Cricket, die aussah, als würde sie gleich das Bewusstsein verlieren.

»Nicht landen!«, rief Sundew. »Sonst erwischen sie dich vielleicht auch!«

Willow nickte und blieb flügelschlagend über dem Rankengewirr in der Luft stehen. Sie zerbrach den Ast in zwei Teile und rammte das spitze zersplitterte Ende in die Ranke an Crickets Hals. Sundew hörte sie zischen und den anderen zufauchen, sie sei verwundet worden.

Doch die anderen Ranken vermochten ihr nicht zu helfen. Die Stimme der getroffenen Pflanze war zwar immer noch laut, doch ihre Kräfte schwanden und sie konnte die Drachen nicht länger festhalten. Sundew spürte, wie die Fesseln an ihren Klauen erschlafften und von ihr abfielen.

Cricket japste nach Luft, als die Ranke um ihren Hals nachgab. In dem Moment, als sich die anderen Ranken lockerten, schwangen sich alle drei Drachen vom Boden in die Luft, außerhalb der Reichweite der Pflanze, sollte sie sich erneut bewegen. Mandrake flog schnell über den Strom auf die Bäume zu. Die anderen drei folgten ihm und ließen sich in den obersten Ästen eines riesigen Affenbrotbaums nieder.

Gleich nach der Landung schlang Sundew ihre Flügel um Willow. Sie blieben einen langen Moment in dieser Umarmung, wortlos – mit ineinander geschlungenen Hälsen und Herzen, die so schnell trommelten wie der Regen in einem Sturm.

»Warum haben die Ranken uns losgelassen?«, erkundigte sich Cricket mit zittriger Stimme. »Ich dachte, da draußen wäre etwas, das Hawthorn kontrolliert, und auch die Schlangen und diese Pflanze.«

»Vielleicht ist sie tot?«, meinte Mandrake hoffnungsvoll.

Sundew löste sich widerstrebend aus der Umarmung mit Willow und schüttelte den Kopf. »Nein. Willow hat einen ihrer Köpfe getötet, aber sie hat mehr als nur diesen einen.«

»Sie hat immer noch Wasp«, pflichtete Willow ihr bei.

Sie verstummten und dachten an all die Drachen, die sie mittlerweile wohl schon kontrollierte … die Drachen in der Nähe des Rauchs.

Sundew drückte eine von Willows Vorderklauen. »Das war allerdings ein sehr wichtiger Kopf. Ich glaube, das Ding hat Hawthorns Blattgeflüster gesteuert, damit uns die Ranken angreifen. Ohne sein Blattgeflüster können sie sich nicht besser bewegen als ganz gewöhnliche Pflanzen.«

»Was machen wir jetzt?«, wollte Cricket wissen.

»Wir fliegen zur Grenze und versuchen, unseren Stamm zu retten«, erwiderte Sundew. »Und unsere Freunde.« Sie schlug mit dem Schwanz. »Wir bekämpfen dieses Ding und töten es so, wie Willow es getan hat. Ich weiß nicht, wie's euch geht, aber ich will es RICHTIG ÜBEL TÖTEN.«

»Warte«, bat Willow und zog Sundews Vorderklauen näher an sich heran. »Nein. Genau das sollten wir nicht tun.«

»Was?!« Sundew bauschte ihre Flügel auf. »Das müssen wir! Wir müssen jetzt los! ICH WILL JETZT WIRKLICH EIN PAAR DINGE VERNICHTEN.«

»Wir vier gegen den *gesamten* Schwarmflüglerstamm, Königin Wasp, die besten Blattflüglerkrieger und unsere Freunde?«, entgegnete Willow. »Wir wissen ja nicht einmal, was wir vernichten müssen!«

»Sie hat recht«, nickte Cricket. »Ich bin auch dafür, Königin Wasp zu töten, aber wenn das Ding in jedem Drachen sein kann, was sollen wir dann tun – *alle* töten? Das machen wir nicht, und das weißt du auch, Sundew.«

Sie wusste es. Auch wenn es eine Möglichkeit gäbe, alle Schwarmflügler zu vernichten, würde sie es letztendlich wohl nicht fertigbringen. Jetzt nicht mehr, denn es gab Schwarmflügler, die ihr am Herzen lagen. Außerdem kannte sie nun die Wahrheit über all das, was die Blattflügler ihnen angetan hatten. Und sie hatte die Stimme ihrer wirklichen Feindin gehört.

Und natürlich könnte sie niemals Blue, Königin Sequoia oder Swordtail etwas antun; ja nicht einmal Belladonna, die sie mehr zur Weißglut brachte als irgendjemand sonst. Falls sie alle diesem Ding zum Opfer gefallen waren – und sie hatte das düstere Gefühl, dies war der Fall –, musste es einfach einen anderen Weg geben, sie zu retten.

»Schön, ja, aber wir müssen uns immer noch erkundigen, was da los ist. Wir müssen *kämpfen*!«, beschwor sie die anderen.

»Wir werden kämpfen«, bekräftigte Willow. »Wir werden diese Wut nutzen, ich verspreche es. Wir müssen sie dafür einsetzen, alle anderen zu retten.«

»Eigentlich will ich jetzt nur zu Blue«, meinte Cricket. »Aber ich trage auch dafür Verantwortung, dass Bumblebee nicht dasselbe passiert.«

»Oder Hazel«, fügte Willow hinzu. »Wir müssen die noch nicht infizierten Drachen retten, damit wir beim Kämpfen jemanden an unserer Seite haben.«

Sundew bohrte ihre Krallen in den Ast und spürte, wie der Baum zusammenzuckte. *Sorry*, ließ sie ihm über ihr Blattgeflüster ausrichten und schickte ihm tröstenden Balsam, der sich über die zerkratzte Rinde legte.

»Ok. OK!«, brummte sie. »Auf geht's.«

Sie rasten so schnell zwischen den Bäumen hindurch, wie es eben möglich war, und hielten sich auf der Höhe der obersten Äste, wo es mehr Platz zum Fliegen gab – meistens jedenfalls.

Sundews Dorf war ihr erstes Ziel. Es lag näher am Brodelnden Fluss. Bei ihrem Anflug ließ Sundew mit ihrem Blattgeflüster ein Loch an der oberen Blätterkuppel entstehen. Sie zwängten sich dort hindurch und schreckten dabei alle Drachen unter sich auf. Nach ein paar Sekunden der Verwirrung, des Fauchens, Schreiens und Drohens begriffen die Dorfeinwohner, bei diesen »angreifenden« Drachen handelte es sich um ihre Retterin Sundew und ihre frühere Schwarmflügler-Gefangene Cricket, und dass ihre Gruppe keine Vorhut von Königin Wasps Invasion war.

»Aber sie sind auf dem Weg hierher«, warnte Sundew. »Wir müssen uns alle ins andere … ins Saftflüglerdorf zurückziehen und uns mit den Drachen dort zusammentun.«

»*Zurück*ziehen?«, unterbrach sie Cobra Lily. »Meinst du damit … wir haben *verloren*? Jetzt schon?«

»Ist Belladonna tot?«, fragten nun gleich mehrere angsterfüllte Stimmen.

»Nicht wirklich, aber für uns ist sie verloren«, erwiderte Sundew. »Ich kann euch alles erklären, aber das würde ich am liebsten nur einmal tun, und zwar allen auf einmal, aber erst nachdem wir unsere Drachlinge hier rausgebracht haben.«

»Blattflügler rennen nicht weg!«, schrie da jemand. »Wir stellen uns der Gefahr und kämpfen! Wir blecken unsere Zähne, erheben unsere Klauen und –«

»Und enden als ferngesteuerte Zombies, genau wie die Schwarmflügler«, zischte Sundew. »Seid keine Idioten! Das ist keine normale Bedrohung! Also müssen wir einen nicht-normalen Weg finden, um dagegen anzukämpfen, und dafür brauchen wir alle Drachen, die wir zusammentrommeln können! Also erst in Sicherheit bringen, dann einen Plan schmieden!«

»Ich trommle die Drachen zusammen«, bot Cobra Lily unerwartet an. Anmutig sprang sie mit ein paar anderen Drachen im Schlepptau zum Aufzuchtbereich davon. Einige Drachen blieben stehen, um sich mit Sundew zu streiten, doch sie ignorierte sie einfach und flog zur äußeren Begrenzung des Schutzwalls – zu derselben Stelle, durch die sie sich immer davongestohlen hatte, um Willow zu treffen. Sie legte eine Klaue auf die ineinander verwobenen Zweige, schob sie auseinander und hoffte, die Pflanzen würden die Liebe, die sie für sie empfand, ebenfalls spüren. Sie liebte alle Pflanzen, die diese Kuppel bildeten. Sie hatte sie selbst wachsen lassen, um ihren Stamm zu schützen. Sie hasste es, sie zurückzulassen; sie hasste die Vorstellung, wie der Atem des Bösen über sie hinwegwuchern, ihnen das Licht stehlen und sie erdrücken könnte.

Immer mehr Drachen flogen durch das Loch nach draußen. Sie versuchte, sie alle zu zählen, verlor aber bei ungefähr fünfzig die Übersicht. Sie schätzte, dass noch ungefähr ein Drittel der Dorfbewohner hier war. Die meisten von ihnen hatten sich vermutlich darauf vorbereitet, bald als Verstärkung für den Krieg eingezogen zu werden. Viele von ihnen hatten irgendwelche Waffen bei sich; meistens Taschen wie die, die sich Sundew umgeschlungen hatte, hoffentlich gefüllt mit nützlichen tödlichen Dingen.

Sie wünschte, sie hätte genug Zeit, um ihre eigenen Vorräte aufzufüllen, doch das würde sie später nachholen, sobald sich alle anderen Drachen an einem sichereren Ort befanden.

Allein durch ihre große Zahl bewegten sich die Drachen langsamer. Außerdem waren jetzt auch die am meisten zu schützenden dabei, wie zwei Drachlinge, die noch nicht fliegen konnten, eine ältere Drachendame, die das Dorf seit Jahren nicht verlassen hatte, und drei hinkende Drachen, verletzt von verschiedenen gefährlichen Dingen im Dschungel.

»Meinst du, Wasp und ihre Armee sind schon direkt hinter uns?«, fragte Mandrake besorgt, während er neben Sundew hereilte. »Wie schnell könnten sie hier sein?«

»Ich bin überrascht, dass wir bisher noch niemanden gesehen haben«, gab Willow leise zu. »Ich hätte gedacht, dieses … dieses Fremdhirn würde gleich nach Hawthorns Tod etwas anderes auf uns hetzen.«

»Vielleicht hat der Rauch nicht alle Blattflügler erreicht und sie haben dagegen angekämpft«, vermutete Sundew – ein Gedanke, der sie gleichzeitig stolz machte, aber auch unglaublich sorgte.

»Dieses Ding weiß auch nicht, wo es hin soll«, meinte Cricket.

»Was?« Willow drehte ihr den Kopf zu.

»Wenn Wasp die Kontrolle über einen Drachen übernimmt, kann sie trotzdem nicht auf seine Erinnerungen, seine Gedanken und sein Wissen zugreifen«, erklärte Cricket. »Das Fremdhirn hat vielleicht unsere Freunde gestohlen, aber es weiß nicht alles, was sie wissen. Es wüsste zum Beispiel nicht, wie es zu Sundews Dorf gelangt.«

»Aber es kennt den Weg zu meinem Dorf«, wandte Willow ein, »weil es schon da war, in Hawthorn.«

»Das stimmt«, gab Cricket zu. »Möglicherweise kann es sich aber nicht so gut an den Weg erinnern, weil es bisher noch nie von der anderen Seite aus dorthin gelangt ist. Und ohne Hawthorns Blattgeflüster kann es weder die Sonnentaupflanzen noch die Drachenfallen aus dem Weg räumen, so wie Sundew das gerade für uns macht.«

Sundew war überrascht, dass Cricket dies aufgefallen war. Sie tat es fast automatisch: Sie sandte ihr Blattgeflüster voraus, um Gefahren aufzuspüren.

»Als wir Hawthorn im Nest der Vipern getroffen haben«, sagte Mandrake langsam, »haben wir da mit dem echten Hawthorn gesprochen? Oder dem Ding in ihm drin? Es schien so, als hätte es alle Erinnerungen von ihm.«

»Ich glaube, das war der echte Hawthorn«, meinte Cricket, »nur wurde er schon fünfzig Jahre lang von der Stimme in seinem Kopf manipuliert. Er hat vielleicht nicht geahnt, was das Ding vorhatte – vielleicht wusste er nicht einmal, dass das Gegenmittel nicht echt war.

Aber er hat getan, was es wollte, auch dann, wenn es ihn nicht kontrollierte.«

Sundew erschauderte. Stell dir vor, fünfzig Jahre allein zu verbringen und nur mit einer abgrundtief bösen Stimme reden zu können. Letztendlich war Hawthorn weitaus mehr als angemessen bestraft worden.

»Sollten wir nicht darüber reden, was … *es* ist?«, fragte Mandrake. »Was oder wer benutzt diese Pflanze, um alle zu kontrollieren?«

»Und ist es derselbe Drache, der sie seit all diesen Tausenden Jahren zuvor benutzt hat, wie es in der Legende des Baus erzählt wird?«, fügte Cricket hinzu. »Falls ja, wo ist er, und warum hat er sich in all diesen Jahren nicht gezeigt? Oder ist es eine Drachengruppe, die sich irgendwo versteckt?«

Sundew sah zu Willow hinüber und las an ihrem Schnauzenausdruck ab, dass sie beide zu demselben Schluss gekommen waren.

»Ich glaube nicht, dass es ein Drache ist«, sagte Sundew langsam. »Ich glaube … es ist die Pflanze selbst.« Willow nickte.

Cricket blinzelte sie erstaunt an. »Die *Pflanze*? Aber wie? Das ist … Pflanzen haben kein Bewusstsein und auch keine Stimme, und sie schmieden keine finsteren Pläne!«

»Einige von ihnen schon«, widersprach ihr Sundew. »Das kann

ich euch versichern. Sie haben normalerweise keine Stimmen wie wir, und ich schätze, diese hatte sie auch nicht, bis wir Drachen hier ankamen. Sie hat sich uns angepasst, um uns zu benutzen.«

»Iiiiieeeeeks«, grummelte Mandrake, während er vorsichtig über einen herabgefallenen Ast stieg und ihn dabei ansah, als könnte er plötzlich hochspringen und ihn angreifen.

»Das ist nur eine Vermutung«, fügte Willow hinzu. »Wir müssen mehr darüber herausfinden, um sie aufhalten zu können.«

Es war schon spät am Morgen, als sie das andere Blattflüglerdorf erreichten. Sundew hatte die patrouillierenden Wachen in den Bäumen gesehen, die ihre Ankunft beobachteten, doch niemand kam hervor, um sie aufzuhalten. *Wir müssen ihnen sagen, ab jetzt können sie nicht mehr allen Blattflüglern vertrauen*, dachte sie und zuckte zusammen. *Jetzt, wo der Feind in jedem von uns lauern könnte.* Sie ließen die Drachen aus Sundews Dorf auf der größten Lichtung zurück. Zusammengedrängt beäugten sie die neugierigen Drachen um sie herum.

Als Sundew und Cricket im Thronsaal landeten, kam Bumblebee mit schlackernden Flügeln quer durch den ganzen Raum auf sie zugaloppiert. Zu Sundews Überraschung rannte sie direkt auf sie zu, prallte gegen ihre Klauen und streckte sich zu ihr nach oben, um hochgehoben zu werden.

»Hey, kleiner Käfer«, murmelte Sundew und nahm sie hoch. Die gelben und schwarzen Streifen des kleinen Drachlings sahen noch niedlicher aus als am Tag zuvor, und ihre Schnauze, die sie an Sundews Hals kuschelte, war warm.

Sundew fühlte sich seltsam froh über ihre gemeinsame Entscheidung, zurückzukommen, statt zu kämpfen. Bumblebee vor dem Fremdhirn zu retten … allein das war es schon wert.

Was ist bloß mit mir los?

Tsunami und Turtle waren die beiden einzigen Drachen im Saal. Beide hingen immer noch über dem Buch von Clearsight.

»Irgendwas gefunden?«, fragte Willow.

Tsunami schüttelte den Kopf. »Noch nicht. Ich muss aber zugeben, mittlerweile kann ich diese Clearsight ein bisschen besser leiden als früher.«

»Warum konntest du sie jemals nicht leiden?«, interessierte sich Cricket, offensichtlich schockiert.

»Weil ich dachte, sie wäre eine Idiotin, die ihren Freund fast die Welt zerstören ließ«, erwiderte Tsunami. »Doch um fair zu sein, haben wir das wohl auch irgendwie zugelassen.«

»Was?«, fragte Willow.

»Lange Geschichte«, antwortete Tsunami.

Sie drehten sich alle um, als Hazel mit ein paar Blattflüglersoldaten in ihrem Rücken in den Thronsaal segelte.

»Wo ist Inchworm?«, fragte Sundew. Wenn er immer noch hier war, im Dorf, mit Wasp in seinem Kopf –

»Ich habe meinen Wachen befohlen, ihn zum Brodelnden Fluss zurückzubringen«, antwortete Hazel. »Warum? Was ist passiert? Wo ist die Königin? Hat das Gegenmittel gewirkt?«

Willow erzählte ihr die ganze Geschichte so schnell und zusammengefasst wie nur möglich. Am Ende sah Hazel so erschüttert aus, wie Sundew sich fühlte.

»Also glaubt ihr, dieses Fremdhirn hat alle infiziert?«, bohrte sie nach.

»Ich denke, davon müssen wir ausgehen«, meinte Sundew. »Auch wenn der Rauch sich nicht bis zu allen Blattflüglern verbreitet hat, reicht es schon, wenn Königin Sequoia ihn einatmet.

Dann überzeugt sie alle davon, das ›Gegenmittel‹ einzunehmen, und niemand bemerkt, dass es sich dabei nicht um einen normalen Befehl der Königin handelt.«

»Also … müssen wir alle hier versammeln und uns irgendwo verstecken«, überlegte Hazel, sich die Stirn reibend. »Trommelt den ganzen Stamm zusammen. Erklärt ihnen, wir gehen nach unserem Evakuierungsplan vor und brechen noch vor Mittag auf. Packt leicht, wenn überhaupt. Nehmt Waffen mit. Versucht, die Drachlinge nicht in Panik zu versetzen. Sagt ihnen … sagt ihnen, dass noch nichts verloren ist, wenn wir schnell handeln. Lasst sie wissen, dass wir unsere Königin und unsere Freunde immer noch retten können, und dass ich ihnen mehr verrate, sobald wir in Sicherheit sind.«

»Aber wo ist das?«, fragte Willow, während die Soldaten nickten und losflogen. »Wir können uns noch weiter in den Dschungel zurückziehen, aber irgendwann stoßen wir auf den Ozean.«

»Dann überqueren wir ihn«, sagte Cricket. »Ich denke, wir müssen zu den Fernen Königreichen hinüber. Das ist unsere einzige Hoffnung.«

»Wie?«, fragte Tsunami und schlug das Buch von Clearsight schwungvoll zu. »Dieses Ding bringt nichts. Turtle und ich können nicht Hunderte von euch auf unsere Rücken nehmen und rüber schwimmen.«

»Lasst mich mal das Buch sehen«, bat Hazel.

Turtle reichte es ihr. Hazel blätterte es durch und fuhr dabei mit ihren Klauen schnell über die Seiten.

Sundew versuchte, nachzudenken. Vielleicht könnten wir riesige schwimmende Plattformen bauen, dachte sie, und alle darauf packen … und sie dann abwechselnd schwimmend über den Ozean ziehen? Sie hatte so eine Ahnung, wusste aber nicht sicher, woher sie kam. Waren ihre Vorfahren auf dieselbe Weise zu diesem Kontinent gelangt?

Aber wir haben keine Zeit, um hölzerne Plattformen zu bauen, groß genug, um allen restlichen Blattflüglern Platz zu bieten.

Oder vielleicht doch. Vielleicht können wir etwas Zeit gewinnen. Wenn ich zurückgehe und kämpfe … mit Cobra Lily und ein paar anderen … während alle anderen mit dem Bau beginnen …

»Dieses Buch fühlt sich komisch an«, stellte Hazel mit ihrer normalen Stimme fest, drehte es um und fuhr mit einer Klaue über den Einband. »Ich bin nicht gerade zufrieden mit dem Drachen, der es gebunden hat.«

Willow musste das erste Mal an diesem Tag grinsen. »Natürlich legst du besonderen Wert auf die fachgerechte Bindung eines altertümlichen, magischen und heiligen Texts«, frotzelte sie.

»Na schau doch mal! Der hintere Buchdeckel ist dicker als der vordere. Das ist einfach unsaubere Arbeit. Die letzten Seiten sind mit diesen perfekten kleinen Stichen eingenäht … sieht wie Goldfaden aus, aber vielleicht ist es Flammenseide; also die Art, die nicht brennt? Also hat sich jemand die große Mühe gemacht, die Vorsatzblätter bis um die Ecken herum perfekt einzunähen, aber die Mitte ganz schlampig gelassen.«

Sie starrte den hinteren inneren Buchdeckel nochmals genauer an.

»Hazel! Was TUST DU DA?!«, japste Cricket, als der Blattflügler mit einer Kralle das letzte Vorsatzblatt längs einschlitzte. »Du zerstörst das Buch!«

Doch Hazel hörte ihr gar nicht zu. Sie schob zwei Krallen zwischen das Papier und den Ledereinband und zog unendlich vorsichtig ein gefaltetes Blatt Papier heraus, das dazwischen versteckt gewesen war.

Es war, als hielte die ganze Welt den Atem an. Sundew wusste nicht, warum sich das gerade so wichtig anfühlte. Es war wahrscheinlich nur etwas, das dem Rest des Buches glich – eine Prophezeiung über irgendetwas, das schon vor Jahrhunderten passiert war, oder noch ein gefühlsduseliger Brief darüber, nett zueinander zu sein.

Und dennoch kribbelten ihre Schuppen vor Aufregung, als Hazel die geheime Botschaft auffaltete.

»Es ist … eine Karte«, sagte sie erstaunt.

Kapitel 23

Hazel breitete die Karte auf dem Thron aus. Alle anderen drängten sich um sie herum, um auch einen Blick darauf werfen zu können. Die Tinte war verblasst, aber noch lesbar. Sundew starrte auf die seltsamen Formen und erkannte in ihnen die Halbinseln wieder, die in die Libellenbucht ragten. Willow lehnte sich an ihre Schulter und Sundew spürte ihre warmen, glatten Schuppen.

»Das müssen die Fernen Königreiche sein«, überlegte Cricket, auf die Küstenlinie am äußeren rechten Rand der Karte zeigend.

»Ja«, pflichtete ihr Tsunami bei. »Das hier oben ist das Königreich des Eises, und hier befindet sich überall das Königreich des Sandes.«

»Und das hier ist die östliche Küste von Pantala«, erklärte Hazel, und zeigte auf die Küstenlinie links auf der Karte. Sogar auf dieser einseitigen Karte sah die Entfernung zwischen den beiden Kontinenten noch riesig aus. Unüberquerbar. Sundew wurde angst und bange.

»Diese Punkte hier dazwischen …«, meinte Turtle. »Könnten das Inseln sein?«

»Ja!«, schrie Cricket so enthusiastisch, dass alle zusammenzuckten. »Genau! Das sind Inseln! Seht nur, Clearsight hat kleine Pfeile von einer zur nächsten eingezeichnet. Bei dieser beginnen, dann hierher fliegen, danach dorthin.« Ihre Klaue hüpfte auf der Karte von einer Insel zur nächsten, als sie ihnen die Route zeigte.

»So muss sie nach Pantala gekommen sein«, stellte Willow erstaunt fest. »Sie muss ihre Wahrsagerkräfte dafür benutzt haben, um zu sehen, in welcher Richtung die nächste Insel liegt, damit sie immer wieder Flugpausen einlegen konnte. Das ist genial.«

»Und dann hat sie alles aufgezeichnet, damit irgendjemand irgendwann eines Tages den Inseln folgen und so den Ozean überqueren kann.« Hazels Gesicht glühte vor Aufregung. »Oder ein ganzer Stamm von irgendwas. Genau das brauchen wir, um zu den Fernen Königreichen zu kommen.«

»Oh wow«, hauchte Cricket. »Wir fliegen dahin? Wirklich?« Sie sah zu den Bäumen hinaus und Sundew ahnte, was sie fühlte: Einerseits die Fernen Königreiche und Sicherheit für Bumblebee. Andererseits: Blue.

Wenn Willow von dem Fremdhirn infiziert wäre, wüsste Sundew nicht, ob sie in der Lage wäre, wegzufliegen – egal, wie schlimm die Folgen auch wären.

»Ja. Wir fliegen alle dahin. Jetzt sofort«, erwiderte Hazel.

»Oh … alle?«, fragte Tsunami und klang leicht alarmiert. »Ich meine – ja, natürlich. Alle. Ich meine nur … wir würden mit einem ganzen Stamm anderer Drachen nach Hause kommen.«

»Eher zwei«, erklang eine Stimme hinter ihnen.

Sundews Herz sprang ihr fast aus der Brust, bevor sie sich umdrehte und erkannte, dass diese Stimme Io gehörte. Das große violette Seidenflüglerweibchen segelte mit ein paar anderen Seidenflüglern im Schlepptau in den Thronsaal. Sundew erkannte Cinnabar von den Juwelenbau-Chrysalis, die Cricket und ihr zuwinkte.

»Oh«, meinte Tsunami. »Ich meine, klar, welchen Unterschied machen schon sieben zusätzliche Seidenflügler?«

»An der Mündung des Schlundflusses befinden sich noch ungefähr zweihundert von uns«, erklärte Io. »Wir wollten uns als Verstärkung von hinten anschleichen, aber es sieht so aus, als wären wir zu spät dran.«

»Zweihundert …«, murmelte Tsunami leise.

»*Zweihundert* Seidenflügler sind gekommen, um uns zu helfen?«, fragte Hazel.

»Sorry – ich habe es nur in den Papierwespen-, Wespen- und Juwelenbau geschafft«, meinte Io. »Ich hatte keine Zeit mehr, zu den anderen zu fliegen, aber ich kann noch mehr zusammentrommeln, wenn ich jetzt sofort aufbreche. Die Chrysalis sind ein größeres Netzwerk als gedacht.«

»Zweihundert!«, flüsterte Willow Sundew mit leuchtenden Augen zu. »Ich hab dir *gesagt*, dass sie es wert sind, gerettet zu werden!«

»Wir haben einen Weg zu den Fernen Königreichen gefunden«, erklärte Hazel Io. »Wir müssen aufbrechen, bevor Wasp und ihre Armee hier einfallen.«

»Werden wir nicht gegen sie kämpfen?«, erkundigte sich einer der Seidenflügler nervös.

»Das werden wir, aber nicht heute«, antwortete Hazel. »Wir sind nicht bereit. Wasp kann die Blatt- und Seidenflügler jetzt infizieren. Wenn wir bleiben und versuchen zu kämpfen, kontrolliert sie uns am Ende wahrscheinlich alle, und dann können wir nie wieder zurückschlagen.«

Io spreizte die Flügel und knurrte. »Sie kann *Seidenflügler* kontrollieren? Dann muss ich die Chrysalis warnen! Wir müssen alle aus den Bauten rausholen!«

Hazel zögerte und schaute dann zu Willow, als hoffte sie, in deren Schnauzenausdruck einen Plan zu finden.

»Was ist das Problem?«, fragte Cricket. »Io hat recht – irgendjemand muss hierbleiben, den Rest der Seidenflügler zusammentrommeln und dann zum Ozean bringen.«

Sundew begriff, worauf Willow und Hazel bereits gekommen waren. »Das Problem«, begann sie, »ist, wir müssten ihnen dann eine Kopie der Karte dalassen. Und wenn es auf diesem Kontinent eine Kopie davon gibt …«

»… könnte sie dem Fremdhirn in die Klauen fallen«, beendete Willow ihren Satz, »oder … Tentakeln, oder was auch immer.«

»Oh«, hauchte Cricket und ließ die Flügel hängen.

»Hey, *nein*!«, rief Io laut. »Kommt schon! Wir können uns auf keinen Fall in Sicherheit bringen und Hunderte Seidenflügler zurück- und zu Zombies werden lassen! Könntet ihr sie alle wirklich so einfach im Stich lassen? WIRKLICH? Obwohl wir sie noch retten könnten?«

»Aber das bringt unseren ganzen Fluchtplan in Gefahr«, merkte Hazel an. »Wenn wir jetzt sofort mit der Karte aufbrechen, können Wasp und die anderen uns nicht folgen. Wir wären dort drüben völlig sicher. Sollten wir aber eine Kopie der Karte zurücklassen, könnten sie sie finden und uns verfolgen. Sie würden uns *ganz sicher* verfolgen.«

»Übrigens, nur so nebenbei, es gibt da drüben ein paar Drachen«, fügte Tsunami schnell hinzu, »die über eure Ankunft nicht gerade begeistert sein werden, und, P.S., es *definitiv* nicht toll fänden, wenn ihr eine gruselige Gehirnwäsche-Armee im Schlepptau hättet.«

»Sie werden nicht an die Karte kommen«, erklärte Io energisch. »Ich verstecke sie an einem sicheren Ort, sodass sie sie nicht finden werden; auch dann nicht, sollten sie mich fangen und meinen Geist fernsteuern. Ihr MÜSST mich die anderen Seidenflügler retten lassen. Wenn Wasp sie in ihre Klauen bekommt, wächst ihre Armee damit fast auf das Doppelte an. Das könnt ihr nicht wollen, oder?! Also ist es nur praktisch, und AUSSERDEM DAS RICHTIGE. Also echt!«

Hazel seufzte und rieb sich einen Punkt über den Augen. »Ich wünschte, Urgroßmutter wäre hier und würde mir sagen, was ich tun soll.«

»Ist sie aber nicht«, keifte Sundew. »Und das heißt, dass du im Moment die Königin bist.«

Hazel schenkte ihr ein schiefes Lächeln. »Es sei denn, Belladonna hat recht und du solltest das sein.«

»Nein danke.« Sundew schüttelte den Kopf. »Du bist genau die richtige Königin für uns. Du hast die Stimme dafür und alles.«

»Das stimmt, ich habe auch geübt«, stimmte Hazel ihr zu. Sie hob das Kinn und wandte sich in einer majestätischen, ziemlich beeindruckenden Pose Io zu. »Gut. Wir fertigen eine Kopie an, und du rettest die Seidenflügler.«

»Ich kann die Kopie machen!«, bot Turtle an. Er fummelte an seinen Klauen herum, als ihn alle ansahen. »Ich, ähm … ich kann echt gut schreiben.«

»Tu das«, erwiderte Hazel und kramte einen Stapel Papier aus einem Hohlraum hinter dem Thron hervor. »Nur eine Kopie, aber die muss perfekt sein. Io, entscheide, wer dich begleiten soll.«

»Ich«, rief Cinnabar sofort.

»Ähm«, unterbrach Sundew sie. »Eine kleine Sache. Falls ihr da draußen auch auf drei Blattflügler trefft, nehmt sie bitte mit. Sie heißen Bryony, Pokeweed und Hemlock.«

»Hemlock«, wunderte sich Willow. »Dein Vater?«

Sundew und ihr Vater hatten nicht gerade eine enge Beziehung; er war normalerweise zu sehr damit beschäftigt, Belladonnas Befehle auszuführen, und außerdem schrecklich wortkarg. Aber er war immer noch ihr Vater, und sie ließ ihn hier ungern zurück. Sie hatte keine Ahnung, wo er gerade war oder wie sie ihm eine Botschaft zukommen lassen konnte. Sie konnte nur hoffen, Io würde ihn finden, bevor das Fremdhirn es tat.

Hazel wollte gerade eine weitere Anweisung geben, verstummte aber, als von oben ein krachendes Geräusch ertönte. Sundew spürte beim Hinaufsehen, wie sich all ihre Muskeln anspannten. *Sie können nicht so schnell hergefunden haben. Sie können noch nicht hier sein.* Bumblebee kreischte und Sundew wurde klar, sie hatte sie mit ihren Armen automatisch ganz fest an sich gedrückt. Der Drachling zappelte sich aus ihrer Umarmung frei und kletterte schnell auf Crickets Rücken.

Aber es war kein Schwarmflügler, der da mit Getöse durch die Bäume krachte; es war einer von Hazels Leibwächtern. In der Mitte des Thronsaals kam er abrupt zum Stehen und japste nach Luft.

»Sind sie hier?«, fragte Hazel.

»Nein«, keuchte er kopfschüttelnd. »Aber etwas anderes passiert gerade. Sie haben den Dschungel angezündet.«

Oh nein, dachte Sundew. Sie spürte mit ihrem Blattgeflüster nach und schaltete es sofort wieder ab. Die kreischenden Bäume erfüllten sie mit Wut und Trauer. Sie konnte neben ihrer eigenen Panik nicht noch die des gesamten Dschungels ertragen.

Sie verkrampfte die Klauen zu Fäusten. Das Fremdhirn durfte nicht gewinnen! Sie konnte nicht fliehen und es denken lassen, es hätte gewonnen!

»Bringt alle zur Küste!«, befahl Hazel dem Leibwächter. »Wir sammeln uns am Nordufer der Mündung des Schlundflusses. Haltet euch an den Evakuierungsplan – jeder wurde einem Trio zugeteilt, und alle Drachlinge und älteren Drachen haben jemanden, der für sie verantwortlich ist. Sag ihnen, sie sollen *sofort* aufbrechen.« Er flog davon und sie drehte sich schnell zu Turtle um. »Zeichne schneller, Drache von der anderen Seite des Meeres.«

»Unsere Drachen haben keinen Evakuierungsplan«, warf Mandrake ein. Er sah Hazels Schnauzenausdruck und stammelte: »A-aber wir können einen ausarbeiten. Auf der Stelle.«

Sundew ergriff ihn an den Schultern. »Du kannst sie organisieren. Du wirst das ganz großartig machen, Mandrake. Es ist eigentlich das Gleiche wie das Sortieren der Insektensammlung.«

»Ja«, erwiderte er und sein Gesicht leuchtete auf. »Darin bin ich gut.«

»Dann flieg los und sortiere Blattflügler!«, wies sie ihn an. »Sorge dafür, dass sie wissen, wohin sie müssen, oder wenigstens, wem sie folgen können!«

Er sprang davon und schwang sich, von einer Ecke der Plattform aus, in die Luft. Sundew drehte sich um und bemerkte, wie Willow sie beobachtete. Sie war nur eine Flügelspannweite von ihr entfernt und sah sie besorgt an. Hinter ihnen hatten sich bereits alle Drachen in Bewegung gesetzt und flitzten durcheinander, während Turtle sich über den Thron beugte und eine Kopie der Karte zeichnete.

»Warum organisierst nicht *du* euren Stamm?«, fragte Willow.

»Weil er es besser kann«, antwortete Sundew.

Willow verengte die Augen. »Du bist ihre geborene Anführerin.«

»Sie müssen sich sowieso daran gewöhnen, Königin Hazels Anweisungen Folge zu leisten«, gab Sundew zurück.

»Sundew.« Willow zögerte, trat dann einen Schritt auf sie zu und spreizte die Flügel. Sundew spreizte ihre ebenfalls, bis sich ihre Flügelränder berührten und sie kurz von einer Blase der Stille umfangen waren.

»Das, worüber du gerade nachdenkst – bitte tu es nicht«, flüsterte Willow.

»Ich kann nicht einfach weglaufen!«, widersprach ihr Sundew. »Ich bin so *wütend*, Willow! Am liebsten möchte ich sie *alle* anzünden! Ich möchte alle in der ganzen *Welt* anzünden! Und giftigen Pflanzensaft auf ihre Köpfe tropfen lassen. Ihnen ihre Krallen einzeln herausreißen und in ihre Schnauzen rammen! Und sie dann noch mal anzünden!«

»Ich weiß!«, tröstete Willow sie. »Ich doch auch!«

Das überrumpelte Sundew. »Du auch?«

»Ja!«, meinte Willow. »Sie haben unsere Bäume in Brand gesteckt – die einzigen Bäume, die wir noch haben! Sie haben meine Königin gestohlen! Und – dieses *Ding* wollte dein Blattgeflüster verwenden, um ganz Pantala zu verschlingen. Als es das sagte, habe ich all das gefühlt, was du fühlst, Sundew. Noch nie zuvor habe ich zugelassen, dass ich so wütend werde.«

»Und deine Wut hat uns gerettet«, erkannte Sundew. »Mit dem Dorn.«

»Richtig«, gab Willow zu. »Ja, schön, mach ruhig dein ›Ich hab's dir doch gesagt‹-Gesicht. Aber dann mache ich es auch. Du hast recht – ich sollte wütend sein. Aber ich habe auch recht, nämlich damit, dass du dich darauf konzentrieren solltest, wer deine Wut verdient hat und wann die beste Zeit zum Kämpfen ist.«

»Sie alle verdienen meine Wut!«, knurrte Sundew mit lauter werdender Stimme.

»Du weißt, das stimmt nicht! Sie tragen ein Monster in sich. Ein Monster, das sie anführt. Bläst du deine Wut wahllos in die Welt wie Pusteblumenschirmchen, verletzt du damit alle, bist wahnsinnig schnell erschöpft und dir bleiben am Ende nur ein paar aufgebrachte Pusteblumen. Aber wenn du deine Wut bündelst und auf die Monster richtest, wirst du gewinnen. Ich weiß, dass du gewinnen wirst. Weil du Sundew bist, mein Für-Immer-Drache.«

Sundews Augen füllten sich mit Tränen und sie bedeckte sie schnell mit ihren Klauen. »Aaargh. Das ist nicht fair! Du verwandelst mich in dich! Sieh dir bloß mein blödes tropfendes Gesicht an!«

»Ich denke, du meinst eigentlich ›Oooooch, du bist auch mein Für-Immer-Drache, Willow'«, witzelte Willow mit einer grauenhaften Imitation von Sundews Stimme.

»Das weißt du doch, du Zweiggehirn.«

»Du bist echt *wahnsinnig* gut im Romantischsein«, bemerkte Willow.

Sundew lachte über ihre Tränen hinweg und dachte: Wie kann ich gleichzeitig so wütend und so traurig und so voller Angst und so voller Liebe sein?

»Warte, ich habe da noch ein wirklich stichhaltiges Argument«, fuhr Willow fort. »Rennst du jetzt los, um voll blinder Superwut gegen das Ding zu kämpfen, wird es zu einhundert Prozent dein Gehirn übernehmen, und dann hat es Pantalas mächtigste Blattgeflüsterkräfte. Ohne Hawthorn kann diese Pflanze nur so schnell wachsen, wie sie es normalerweise tut.«

»Wahrscheinlich ziemlich schnell«, vermutete Sundew. »Wie Unkraut.«

»Aber auf keinen Fall so schnell, wie sie wachsen könnte, hätte sie Hawthorn … oder dich. Also musst gerade *du* dich möglichst weit davon fernhalten, wollen wir eine Chance haben, diesen Kontinent nach unserer Rückkehr zu retten.«

Sundew seufzte und schmiegte sich an sie. »Gut. Du hast recht.«

»Wie immer, Willow«, fügte Willow in Sundews Stimme hinzu und lächelte durch ihre Tränen hindurch.

Nach unserer Rückkehr.

Sundew behielt diese Worte tief in ihrem Herzen, als sie zur Küste flogen, die kläglichen Reste ihrer Stämme versammelten, gen Westen zu der Feuerschneise blickten, die zum Sonnenuntergang emporzüngelte, und dann gen Osten über den käferschwarzen Ozean bis hin ins scheinbare Nichts leuchtete.

Sie wiederholte die Worte, als sich alle Drachen in die Lüfte erhoben und Königin Hazel folgten, um zur ersten Insel auf Clearsights Karte zu fliegen.

Wir kehren zurück. Wir bringen alle in Sicherheit, finden heraus, wie wir das Fremdhirn stoppen können, und finden Verbündete.

Sundew sah kurz über die Schulter zu dem Kontinent zurück, der langsam in der Ferne und der Abenddämmerung verschwand.

Und dann werden wir uns um dich kümmern.

Epilog

Der weiße Drache stapfte wütend auf dem von Raureif überzogenen Gras hin und her. Das Geräusch knackender gefrorener Blätter und Grashalme unter ihren Klauen drang in die Weiten der Tundra hinaus.

Seufzend flog Jerboa zu ihr hinab. Sie konnte sich nicht für immer in den Wolken verstecken. Jeder hinausgezögerte Moment würde die Königin der Eisflügler noch feindseliger machen.

Sie landete und hatte augenblicklich eiskalte Klauen. Obwohl sie schon so lange lebte, hatte sie sich nie an solch kalte Temperaturen gewöhnen können. Ihr Sandflüglerblut wollte zurück in die Wüste und dort im warmen Sand herumtollen.

»Endlich!«, schrie Königin Snowfall und machte einen Satz auf sie zu. »Ich habe keine Zeit, ewig hier zu warten! Ich muss ein ganzes Königreich regieren!«

»Verzeiht«, entschuldigte sich Jerboa. Sie neigte höflich ihren Kopf soweit sie konnte, ohne sich dabei wirklich zu verbeugen. »Königin Glacier kam früher immer erst nach mir an.«

»Tja – « Snowfall vergrub ihre Krallen im Boden und schaute finster. Ihre Flügel erzitterten kurz. Jerboa war aufgefallen, dies geschah immer, sobald sie Snowfalls verstorbene Mutter erwähnte. Es ließ sie hoffen, dass unter Snowfalls eiskalter Schale vielleicht doch ein Herz schlug … eines, das um Glacier trauerte. Nur gab es sonst leider keine weiteren Anzeichen dafür.

»Ich schätze, ich bin einfach pünktlicher als sie!«, schnauzte Snowfall. »Also wirst du das jetzt auch sein müssen!«

»Ich werde mich bemühen«, erwiderte Jerboa und neigte erneut kurz den Kopf.

»Hast du darüber nachgedacht, was ich von dir verlangt habe?« Das Eisflüglerweibchen lief erneut unruhig auf und ab. Noch bevor Jerboa antworten konnte, sprach sie schon weiter. »Nun, ich habe meine Meinung geändert. Ich brauche stattdessen etwas anderes.«

Jerboa zog eine Augenbraue hoch. »Oh?«

»Die Große Eisklippe«, blaffte Snowfall. »Die ist total dumm.«

»Das dachte ich auch immer«, pflichtete Jerboa ihr bei.

»Sie schützt unsere südliche Grenze vor, ich weiß auch nicht, einfallenden Sandflüglern, wenn die dumm genug wären, das zu probieren«, fuhr Snowfall fort. »Ich habe ihre Animare-Magie bisher nur einmal in Aktion gesehen.«

»Sie schießt Eisspeere auf jeden Drachen, der kein Eisflügler ist und versucht, die Grenze zu überqueren«, erläuterte Jerboa. »Darum treffen wir uns auch auf dieser Seite.«

Snowfall verdrehte die Augen, so offensichtlich erschien ihr diese Beobachtung. »Das Problem ist folgendes: Vielleicht würden die meisten Drachen ja versuchen, uns von dieser Seite aus anzugreifen – auf dem Landweg, also wären wir geschützt. Aber was, sollte Darkstalker zurückkommen? Oder ein anderer Drache wie er? Und dann versuchen, vom Wasser aus einzufallen? Was, wenn unsere Feinde die Klippe umfliegen und von unserer nördlichen Grenze aus angreifen? Oder östlichen?! ODER WESTLICHEN?!«

Jerboa seufzte. »Es ist zu kalt, um das zu versuchen«, erklärte sie. »Offen gesagt haben die anderen Stämme nicht das geringste Interesse daran, Euch Euer Königreich zu stehlen.«

»Mag sein, aber vielleicht wollen sie uns alle töten!«, konterte Snowfall. »Ich kann mir einen sehr großen, gruseligen, schrecklichen Drachen vorstellen, der genau daran besonders großes Interesse hatte!«

Bedauerlicherweise war Snowfalls Regentschaft eine Folge der Seuche, die Darkstalker geschickt hatte, um die Eisflügler auszurotten. Er war damit gescheitert und jetzt nicht mehr da, doch durch dieses Ereignis hatte sich Snowfall zu einer unglaublich paranoiden, ständig angespannten Königin entwickelt – was den Umgang mit ihr ziemlich anstrengend machte.

»Also will ich, dass du die Große Eisklippe für mich erweiterst«, befahl die Königin. Sie zeigte mit ihrer Klaue auf das Königreich hinter ihr. »Ich will, dass sie alles umschließt – alle Grenzen des Königreichs.« Sie machte eine kurze Pause und blickte Jerboa argwöhnisch mit verengten Augen an. »Es ist etwas passiert. Aber du darfst es nicht Königin Thorn erzählen.«

»Ich habe noch nie mit Königin Thorn gesprochen«, erwiderte Jerboa wahrheitsgemäß. Das hieß nicht, sie würde es niemals tun, doch Snowfall schien diese Antwort zu reichen.

»An unseren Grenzen patrouillieren Tag und Nacht Späher«, knurrte Snowfall leise. »Ich habe ihnen befohlen, so weit auf den Ozean hinauszufliegen, wie sie können, und für mich auch dort die Augen offenzuhalten. Für den Fall, dass WIRKLICH jemand angreift.«

»Oh?«, antwortete Jerboa erneut. Sie hatte herausgefunden, dieser Gesprächsbeitrag ihrerseits reichte, vor allem bei Gesprächen mit einer Königin.

»Und *rate mal,* was einer von ihnen gesehen hat«, flüsterte Snowfall.

Jerboa zog wieder die Augenbrauen hoch.

»DRACHEN!«, schrie Snowfall. »Hunderte Drachen! Auf dem Weg hierher! Über den Ozean! Und ich weiß nicht, woher sie kommen! Aber sie haben es auf mein Königreich abgesehen, und das werde ich nicht zulassen! Erweitere mir die Eisklippe SOFORT!«

»Vielleicht haben sie es ja gar nicht auf Euer Königreich abgesehen«, meinte Jerboa. Sie hatte eine ziemlich gute Vorstellung davon, um welche Drachen es sich hier handelte – nach alldem, was Moon und Luna erzählt hatten. Ihr war nur nicht klar gewesen, wie nah sie bereits waren. »Anstatt sie mit Magie fernzuhalten, solltet Ihr vielleicht nachsehen, ob es ihnen gut geht. Vielleicht brauchen sie Hilfe.«

»AAAAAAAAAAAAAAAAAAAAAAAAAAAAAAAAAAAAAAARGH!«, brüllte Snowfall. »Nein! Das ist eine Invasion! Und du musst sie aufhalten!«

»Königin Snowfall«, erklärte Jerboa bestimmt und versuchte, deren Wutanfall zu unterbrechen, ohne dass sie sich noch weiter hineinsteigerte. »Eure Mutter und ich hatten eine Vereinbarung. Sie hat meine Animare-Kräfte nie missbraucht.«

»Und nun schau dir an, welches Ende es mit ihr genommen hat!«, schrie Sundew noch aufgebrachter. »Sie hätte den Sandflügler-Erbfolgekrieg gewinnen können! Sie hätte den Stamm vor der Seuche schützen können!«

»Nein«, unterbrach Jerboa sie. »Wäre sie damals zu mir gekommen – hätte ich Bescheid gewusst – hätten wir die Seuche früher bekämpfen und sie retten können. Aber sie konnte nicht selbst zu mir kommen … sie war schon zu krank. Deshalb hatte sie Euch geschickt.« *Und ich wünschte, das hätte sie nicht. Königin Glacier war ein vernünftiger Drache, mit dem man reden konnte. Königin Snowfall hingegen …*

»Sie hätte mir früher von dir erzählen sollen«, klagte Snowfall. »Ein eigener Animare-Drache ist genau das, was wir brauchen.«

»Ich bin nicht Euer Animare-Drache«, bemerkte Jerboa. »Und ich habe schlechte Nachrichten.« Sie sah, wie Panik in Snowfalls Augen aufblitzte, und sprach schnell weiter. »Die Animare-Magie funktioniert nicht. Im Moment. Wie es aussieht.«

Königin Snowfall starrte sie mit einem von Verwirrung und Wut gezeichneten Schnauzenausdruck an.

»Tut mir leid«, fügte Jerboa hinzu.

»WAS?!«, brüllte Snowfall.

Jerboa streckte ihre Klauen aus. »Es geht einfach nicht. Weder bei mir noch bei irgendeinem anderen der Animare-Drachen. Alle früheren Zauber wirken noch. Aber wir können nichts Neues zaubern.« Sie zuckte mit den Schultern und ihre Flügel hoben und senkten sich in der eiskalten Luft.

»Wie ist das möglich?«, zischte Snowfall. »Warum passiert das gerade JETZT, kurz nachdem ich dich gefunden habe?! ICH BRAUCHE DIESE MAGIE!«

»Hm«, überlegte Jerboa, »vielleicht wäre dieser Kontinent ohne Animare-Magie eine Weile lang besser dran.«

Snowfall stieß mit einer Kralle in die Luft vor Jerboa. »Beweise es. Beweise, dass es nicht funktioniert.«

Jerboa hob folgsam einen gefrorenen Zweig vom Boden auf. »Ich verzaubere diesen Zweig hiermit so, dass er alles, was er berührt, grün werden lässt.« Sie hielt ihn Snowfall hin.

»Auf keinen Fall!«, blaffte diese.

Mit einem weiteren Schulterzucken berührte Jerboa sich selbst damit – Schultern, Schnauze, Flügel. Ihre Farbe blieb gleich. Sie stupste einen Felsbrocken in der Nähe damit an, aber auch dieser blieb grau.

Snowfall riss ihr den Zweig aus den Klauen, starrte ihn böse an und schleuderte ihn dann so weit wie nur möglich von sich. Jerboa blieb stumm und unterdrückte den Drang, ihr ein *Siehst du?* an den Kopf zu werfen.

»Wenn du nicht zaubern kannst«, fauchte Königin Snowfall, »wofür bist du *dann* gut? Du bist total nutz*los*!«

Jerboa sah der Königin dabei zu, wie sie sich schnell umdrehte und davonflog. Ihr unbändiger Zorn umgab sie wie eine Wolke aus winzigen Eissplittern.

Total nutzlos, dachte Jerboa und erlaubte sich ein klitzekleines Lächeln. *Ja. Genau das, was ich immer sein* wollte.

Tui T. Sutherland gehört zum berühmten Autorenteam von Erin Hunter (*Warrior Cats* und *Seekers*), und schreibt auch gemeinsam mit ihrer Schwester Kari Sutherland (*Magic Park*). Aufgewachsen in Südamerika, ist Tui in ihrer Kindheit schon an viele exotische Orte gereist. Sie liebt Tiere über alles, besonders Drachen, Greife und Hunde. Heute lebt sie mit ihrer Familie in Massachusetts.

Tsetsebau
Käfersee
Geißel-
skorpionbau
Hornissenbau
Zikadenbau
Gottesanbeter-
innenbau
PANTALA

Giftdschungel
Papier-
wespenbau
Wespen-
bau
Juwelen-
bau
Libellenbucht
Zuckmücken-
bau
Skorpionsee

Liebst du es, zu zeichnen oder zu schreiben? Hast du deine ganz eigenen Drachengeschichten zu erzählen?

In diesem offiziellen Wings of Fire-Kreativbuch entwickelst du fantastische Charaktere, lässt dir neue Abenteuer einfallen und erschaffst DEINE Fantasiewelt! Anhand von Beispielen des Wings of Fire-Illustrators Mike Holmes führt dich Tui T. Sutherland durch die New York Times-Bestseller-Reihe Wings of Fire – auf eine interaktive und spannende Art und Weise wie nie zuvor.

BREITE DEINE FLÜGEL AUS UND KREIERE DEINE GANZ EIGENE FANTASTISCHE GESCHICHTE!

DIE #1 NEW YORK TIMES
BESTSELLER-REIHE HEBT NUN
AUCH ALS GRAPHIC NOVELS AB!

NEW YORK TIMES BESTSELLERAUTORIN
TUI T. SUTHERLAND
ILLUSTRATION MIKE HOLMES
WINGS OF FIRE
DIE GRAPHIC NOVEL
BUCH FÜNF
DIE LETZTE KÖNIGIN